# 乳娘

唐明华 著

安徽人民出版社　山东人民出版社

图书在版编目（CIP）数据

乳娘 / 唐明华著 . —— 合肥 : 安徽人民出版社 ; 济南 : 山东人民出版社 , 2021.6
ISBN 978-7-212-10482-5

Ⅰ . ①乳… Ⅱ . ①唐… Ⅲ . ①报告文学—中国—当代 Ⅳ . ① I25

中国版本图书馆 CIP 数据核字（2021）第 105987 号

# 乳 娘

唐明华 著

统　　筹：韩　进　陈宝红　胡长青　　　策　　划：徐　敏　孙　立

出 版 人：陈宝红　　　　　　　　　　　　责任编辑：汪　峰　黄牧远　王　琦　卫　敏

责任印制：董　亮　　　　　　　　　　　　特约编辑：田晓玉

责任校对：张　春　　　　　　　　　　　　装帧设计：陈　爽

出版发行：时代出版传媒股份有限公司 http://www.press - mart.com

　　　　　安徽人民出版社 http://www.ahpeople.com

地　　址：合肥市政务文化新区翡翠路 1118 号出版传媒广场八楼　　邮编：230071

电　　话：0551-63533258　0551-63533259（传真）

印　　刷：安徽新华印刷股份有限公司

开本：710mm×1010mm　1/16　　印张：18.75　　　　　字数：210 千

版次：2021 年 6 月第 1 版　　　2021 年 6 月第 1 次印刷

ISBN 978 - 7 - 212 - 10482 - 5　　　　　　　　　定价：60.00 元

RU NIANG

阅读本书前建议扫码观看此视频，
会有意想不到的体验。

**红色热土 母爱圣地** 乳山市古为东夷族地，1942年2月，中共胶东区委划牟平县南部和海阳县东部组建一个新的县级行政区，以牟平、海阳县名首字取名牟海县。1945年1月，又以境内南部的大乳山命名，牟海县更名乳山县。

有一种真爱，与血缘无关却感天动地；
　　有一种深情，虽短暂相处却醇厚绵长。

# 推　荐　语

翻开《乳娘》的每一页，都能闻到一股浓浓的香味——这是母亲的味道，是生命的味道，当然，它也是中国革命史上独一无二的特殊味道。她的产生，基于人民与带领人民战胜一切反动势力和侵略者的中国共产党以及军队之间的血浓于水的亲情所酝酿。这个味道所散发的是人性中最伟大和最纯洁的那份光芒，它将永恒地留在人类历史的记忆之中。感谢作者，更要感谢那些用自己的乳汁哺育了1223名革命后代的伟大母亲。

——中国作协副主席、中国报告文学学会会长、

著名作家　何建明


作者饱含深情地描述了一段激荡人心的历史，用丰盈生动的细节再现了当年的逼真场景。腥风血雨的争斗和感天动地的母爱，交织成一部震撼心灵的半岛女性的传奇。这是关于哺育的史诗，是令人垂泪的抚养与呵护的故事。在诸多战争年代的回忆和血与火的记叙文字中，该书可谓别具一格，拥有独特的视角，散发出灼人的生命温度。

——中国作协副主席、著名作家　张炜

作者在《乳娘》中书写的传奇故事，是人间大爱的颂歌，是革命母亲的赞歌——什么是大写的人，什么是人间大爱，什么是平凡中的伟大，什么是人民的伟力，都由此揭示得淋漓尽致，令人至为感动和感佩。与此同时，作品内含了一些深省的意味，引人深长思之，使得这部作品意蕴更为丰厚，因而也更有价值。

——中国社科院研究员、中国作协理
论批评委员会副主任、中国当代文学研究会会长　白烨

关于乳娘的佳话，古已有之，但亘古未有乳娘群体为了一个共同的承诺义薄云天的传奇故事。因此，当作者以温婉、细腻的笔触真实再现抗战史上最为奇特的一幕场景时，字里行间，情感的涡流奔涌而出，透过泪光辉映的历史浪花，读者看到了老百姓心之所向的必然抉择，也看到中国共产党茁壮百年的生命密码清晰坦露。从这个意义讲，昨天的故事俨若一个深刻的寓言，它对我们明天的行程充满启示。

——中国报告文学学会常务副会长、
中国作协研究员、著名文学评论家　李炳银

八十年前，山东抗日根据地的一批年轻的母亲，用乳汁哺养了数百名八路军的子女，毫无条件、毫无保留地与共产党领导的抗日民族统一战线患难与共，同仇敌忾，有力地支援了抗日战争。普通百姓用实际行动表达了民心、民意及对于党和人民军队的真挚感情。这段浸润着乳香的历史最见人心、人情与人性。作者通过细致爬梳史料和深入实地采访，采用贴近历史、贴近人物特别是贴近人物内心的手法，致力还原八十年前的历史真实，表达了中国共产党之所

以得民心并因此而得天下的深刻主旨，为今天我们发扬光大密切联系群众的优良作风、持续保持党和百姓的血肉、鱼水深情提供了确凿的历史镜鉴。作品情感饱满，文字生动，细节和情节丰富感人，是献给建党百年的一份文学厚礼。

——中国作协创研部副主任、研究员，

中国报告文学学会副会长　李朝全

　　这是一段虽无惊天风雷，却动天地、泣鬼神的人间传奇。作者以饱满的情致，传神的笔触，将一段湮没在岁月积尘中的真实历史细细勾描、缀写、托裱，极呈历史天空应有的瑰丽和灼热的质感，谱写了一曲人类战争史上绝无仅有的生命华章。乳养之泽，血亲之恩，形象生动地诠释了革命事业与人民母亲血乳交融密不可分的真谛，是当前学习党史语境下激荡人心的文学读本。

——《中国作家》副主编　高伟

　　这是一部富于传奇、感天动地的报告文学力作。唐明华以报告文学作家的特有敏感与艺术视角，从历史的褶皱中打捞出一段感人至深的人间真情故事，以大量生动的细节和富于感染力的描写，浓墨重彩地为我们呈现出一幅生离死别、大爱无疆的动人画卷。半个多世纪以前胶东半岛一代乳娘的壮举，闪耀出人性的光辉，书写着共产党人与人民群众水乳交融的血肉之情，这既是文学画廊中典型的中国故事，也是一百年来中国共产党不断发展壮大的历史见证。

——中国报告文学学会副会长，

《北京文学》社长、执行主编　杨晓升

# 目　　录

目

录

# 序　幕

　　1941 年，中国的抗日战争进入最艰困的阶段。

　　由于战事频发、部队辗转，诸多将士子女难以得到照料，中共胶东区委指示区妇女抗日救国会筹办一个战时育儿所。是年 11 月，苏政前往荣成县岳家村，依托胶东医院开展工作。此时，苏政已身怀六甲。1942 年 1 月，苏政产下一名男婴。于是，这个起名"东海"的小家伙就成为育儿所接收的第一个孩子。若干年后，苏政在《我离开育儿所前后的情况说明》中这样写道：那时环境很恶劣，产后六天敌人出动。事务长给我做了担架，抬着行军，第八天路上，东海掉下了脐带。

　　没过多久，因为形势恶化，育儿所转移至荣成沟曹家村，1942 年初夏，又转移至乳山县（时称牟海县）的东凤凰崖村。7 月，中共胶东区委决定在胶东医院育儿所的基础上，筹建一个独立的胶东育儿所。说是育儿所，实际上，何所之有啊！且不说山村民居蓬门荜户，仅有立锥之地，即便村民腾出房屋，孩子们集中在一起也不易隐蔽。为安全起见，育儿所迁址后，

序

幕

第一项工作就是在周围村庄物色思想和身体均符合要求的奶妈，体检合格后，让乳儿随其在家中居住。育儿所的工作人员不定时地去各户查看。由此，一个传奇故事悄然开篇，300多名乳娘和保育员挺身而出，迎着滚滚烽烟走进特定的时代情境。直面极端残酷的战争环境，她们不避水火，毁家纾难，先后抚养了1223名革命者的子女，而且这些孩子在日军"扫荡"和多次迁徙中无一伤亡。这些看似普普通通的农家妇女用滴血的乳汁连缀起荡气回肠的国家记忆，成就了世界战争史上的生命传奇。追溯昔日场景，人们看到，女娲补天的全新演绎是如此震撼，人性之花的傲然绽放是如此壮美……

第一章

# 大爱如天

RU NIANG

1942年初冬，东凤凰崖村肖国英的第二个孩子尚未满月就不幸夭折了。哀痛之际，村妇救会主任矫凤珍送来了出生只有12天的小远落。她告诉肖国英，远落是八路军的骨血。抱起瘦骨伶仃的小家伙，肖国英心疼地说："孩啊，从今往后，俺就是你的亲娘了。"为了保证有足够的奶水，全家人把仅有的一点口粮全都省给了肖国英。一次，不到两岁的女儿饿得直嚷："妈，我饿，饿呀，给我吃一口吧。"肖国英看了看仅剩的那点口粮，又看看孱弱的小远落，狠了狠心，抹着眼泪背过身去。

　　就在肖国英悉心哺育小远落的同时，姜家村的王志兰也在为抚养小冬妮辛苦忙碌。小丫头刚送来的时候，王志兰的儿子只有几个月大，家人提醒她认真考虑一下，但她想都没想就爽快地答应了。由于奶水不足，她生生给儿子断了奶。丈夫怜子心切，埋怨她说："你咋这么狠心，对待亲生的儿子就像后妈。"她回答说："组织上既然叫咱拾养（方言，抚养的意思）冬妮，咱就一定得好好待她。自己的孩子怎么都行，小冬妮要是有啥闪失，咱良心上过不去啊！"

　　为了给小丫头增加营养，王志兰把家里仅有的一只母鸡下的蛋细心攒着；偶尔吃个苹果，皮是儿子的，瓤是冬妮的；尽管家里穷得叮当响，她还是变着法地用玉米面和鸡蛋做成香喷喷的疙瘩汤，每到这时，她就会给丈夫使个眼色，于是，那个可怜的小男孩就被糊里糊涂地抱出去了……

第一章　大爱如天

冬妮5岁时被亲生父母接走了，孩子的离去几乎把王志兰的心掏空了。因为思念过度、积郁成疾，两年后，这位年仅38岁的乳娘不幸去世。

扫码听书

扫码听书

# 滴血的乳汁

命运的敲门声是在 1942 年那个冬日突然响起的。

从中午起，纷纷扬扬的雪花就开始飘落，直到天色擦黑才渐渐停歇。此时，雪野寂寂，寒气森森，一弯冷月把空气冻得硬邦邦的。

杨家老宅内，晚饭已经端上了炕桌。姜玉英刚抄起筷子，手忽然在空中停住了。好像……西屋后窗响了两下，不会是有人敲窗户吧？姜玉英扭头瞭了一眼，脸上显出些许惶惑。短暂的沉寂过后，敲击声又清晰地传过来——"砰砰"，力道加大，显得有些急迫。男人抻着脖子朝那边喊了一嗓子："谁呀？""我，矫凤珍，快开门吧！"姜玉英翻身下炕，趿上鞋，嘀咕着："这大冷的天，有啥要紧的事啊。"不一会儿，村妇救会主任矫凤珍揽着襁褓急火火地进来了。看到一家人不解的神色，她开门见山地对姜玉英的丈夫说："坤璞啊，有件事想求你家玉英帮个忙。"说着，朝怀里努努嘴，"这个小嫚是八路军的孩子，爹妈都在前线打鬼子，顾不上，托付咱村给她找个奶妈……"男人的表情有

些木讷，让人猜不透他在想些什么。姜玉英轻轻撩开褓褓边脚，只见婴儿皱巴巴的小脸蛋显得有些苍白，两条稀疏的眉毛求助似的彼此靠拢，把眉心挤出一个扭曲的疙瘩。"多大了？"她关切地问。"差两天三个月。""叫啥名字？""仙儿。"姜玉英牙疼似的哼了一声："这么小就离开爹妈，真是怪可怜的。"矫凤珍认真地盯着姜玉英："组织上找人是有要求的，人品要好，还得利索，不能邋遢。村里合计来合计去，觉得找你最合适。一是你家二嫂已经六个多月了，你现在还有奶水；二是你们的为人大伙都了解，村里信得过。"姜玉英心里一震，最后这句话太关键，也太重要了，就像一簇火星划过堆积在心底的干草，转瞬间，惊喜的火苗开始摇曳。是啊，有生以来，哪里受过这样的抬举呢！不过，兴奋的同时，她的心里也生出几分忐忑。原因很简单，这是八路军的娃娃，容不得半点闪失啊。然而，母爱偏偏具有感性色彩。所以，在选择航向的一刹那，理智的罗盘往往不起作用，而感情和本能在支配一切。她下意识地抬起胳膊，刚要伸出双手，动作却突然凝滞了。她扭转脸，眼巴巴地望着丈夫……唉，在家从父，出嫁从夫，夫死从子，这是女人必须恪守的规矩嘛！想当初，母亲一边流着泪，一边咬着牙，狠狠地把"三从四德"勒进她的裹脚布里。在凄厉的哭声中，一双秀气的小脚丫拧成了锥形，像纺锤。疼痛过去了，能够下地了，她扶着炕沿，趔趔趄趄迈开步子，那摇摇晃晃的身影愀然暗示：这辈子，将不可避免地沦为家长和男人的附属品。后来的经历证明，既然没有独立人格，那么，无论大事小事，又怎能奢望自己做主呢？

姜玉英是乳山县（时称牟海县）蓬家夼村人，家中姊妹三个，她排行老二。十八岁那年，她出落得高挑了。看上去，比要好的几个姑娘高出一截，模样虽然说不上多好看，但走起路来，碎步款款，犹如风摆杨柳，颇有几分妩媚。到了谈婚论嫁的年龄，媒人像采花的蜜蜂一样"嗡嗡嘤嘤"上门了。头几个，父亲都觉得不称心，接下来，却对一个准备续弦的后生有了兴趣。媒人说，他的家境还算殷实，前妻未能接续香火，所以，身边也无拖累。听了这番说辞，父亲磕磕烟袋锅，慢悠悠地开口了，嗓音虽冷，脸上到底还是有了暖意。可是，姜玉英的想法却同父亲唱了反调——又不是嫁不出去，好端端一个黄花闺女去给人家填房，多没面子！父亲眼睛一瞪："你要是嫁个穷光蛋，以后日子怎么过？大人孩子喝西北风去？"说罢，恶狠狠地朝地上啐了口唾沫。女儿像突遭风寒，肩膀瑟瑟地缩紧了。

半年后，她出阁了。

迎亲的小毛驴就像新娘一样形单影只，不同的是，它早已习惯了扮演这样的角色。待到掀起盖头，姜玉英的心里"咯噔"一下，新郎居然比自己矮了半个脑袋！再匆忙瞥上一眼，那直撅撅的头发和脸上直撅撅的线条透露了基本的性格信息：这是一个脾气倔强的男人。

过门第二天，新娘子去挑水。看着她拐着小脚，扭动腰肢，在街头扎堆的女人自然少不了交头接耳。"瞧瞧，那身量，比她

男人还猛实。""啧啧……瞧那身板，十有八九生个虎崽子。"
一年后，村民的议论果然应验。两年后，她又生了一个丫头。对
于她的表现，婆婆和丈夫自然感到满意。老话说得好：儿女双全
福满堂。一个子加上一个女，不就合成了一个"好"字嘛！日子久了，
姜玉英在村里也有了不错的口碑。因为，她从来不嚼婆婆舌头，
待人总是和和气气。所以，一些人认为，她是东凤凰崖村最本分
老实的媳妇。正由于此，妇救会主任才抱着乳儿找上门来。

没等丈夫回话，婆婆先开口了："八路军是为咱老百姓打
天下，人家连死都不怕，咱帮人家抚养个孩子是应该的。"阖
家响器，一锤定音。姜玉英迫不及待地接过襁褓，婴儿半睁半
闭的眼睛忽然张开了，那痴迷的眼神让人觉得，她似乎一直在等
待这个时刻。姜玉英的心尖忽悠一颤，这是前世今生的一个约定
吗？蓦地，婴儿发出一声古怪的呻吟，噢，饿了，肯定是饿了。
姜玉英立马解开衣襟，乳房刚凑上去，小家伙就一口叼住奶头，
贪婪地吮起来，频率密集，声音颇大，"咕咚——咕咚——"就
像跌落山崖的溪流坠入深涧似的。"不急，不急，慢慢地，别呛着。"
姜玉英轻声细语。矫凤珍笑着调侃道："吃奶能吃出这么大的动
静，我还从来没听见过。这个小丫头，真是饿死鬼托生的。"

家里多了一个新成员，原本闹哄哄的小屋声音更嘈杂了。

姜玉英发现，八路军的娃娃哭起来也跟自己的孩子不一样，
别看嘴巴只有樱桃大小，能量实在很惊人呢！你瞧，只要两片
小巧的嘴唇抿成喇叭形，小屋里即刻涛声激荡，若非亲眼所见，

恐怕很难想象，人之初竟有如此气壮山河的魄力。

　　每次喂奶，她都要先紧着仙儿吃饱。待到她的小肚皮舒舒服服膨胀起来，小家伙就会一声接一声地咿呀着，尖尖的、带着奶味儿的声音在小屋里微微颤动着。总算轮到女儿了，她刚吸了两口，就吐出奶头，"哇"地哭了。悸动的音波透着愤怒，也透着困惑：奶水呢？为啥没有奶水了？哭了两声，又裹住奶头，吮了几口，又哭了。姜玉英只好向婆婆求援："妈，奶不够了，打点糊糊给二嫚吃吧。"然而，女儿的反应表明，她对这样的补救措施同样是很失望的。听着不满的啜泣声，姜玉英在心里喃喃自责。那一刻，她觉得自己是世界上最无能的母亲，真的，最无能的。

　　除此之外，还有让人闹心的事。

　　按理说，娃娃小的时候，觉多。仙儿倒好，吭吭叽叽老半天，好不容易哄着了，浅浅地眯上几分钟，眼皮又睁开了。姜玉英苦着脸埋怨道："这是鸡打盹吗？不好好睡觉，怎么长个？"尤其当夜幕拉开，小家伙变本加厉哭起来，全然一副混不吝的架势。刚一出声，苍白的小脸蛋陡然涂上一层绯红，嘴唇琴弦般震颤，频率之快，简直不可思议。姜玉英赶忙把她抱起来，借着油灯的光，只见仙儿眉毛愤怒地扭曲着，犹如两条蠕动的蚯蚓。拍呀，哄呀，小家伙不依不饶，哭得愈发放肆。一会儿的工夫，脸蛋由绯红变为青紫，给人一种将要窒息的恐惧感。没办法，姜玉英只好挪下炕来，颠着小脚，抱着晃着，走来走去。哭声一点点低下去，也说不清到底溜达了多久，终于，姜玉英轻轻地嘘了口气，小心翼翼放到炕上，不料，"嗷"的一声，刚刚结束的演出又重新开始了……

一天，好不容易哄仙儿睡着，突然听见有人吆喝："鬼子来了，鬼子来了——"顿时，街巷里人声嘈乱，脚步杂沓。姜玉英"蹭"地从炕上弹起来，一边招呼正在院里玩耍的儿子，一边催促婆婆。说时迟，那时快，只见她飞快地解开衣襟，把仙儿放进去，拢上衣襟，外面，再裹上一床小被，胡乱找根草绳往腰里一扎。很快，面临后街的窗户被推开了，大人、孩子像扔麻袋一样甩出来，没等脚跟站稳，就匆忙加入了逃难的行列。姜玉英上边裹着仙儿，下边牵着儿子，拼命扯动一双小脚，跑啊，跑啊，没多久，抱着孙女的婆婆就落到后面了。姜玉英停下脚步，一只手叉着腰眼，如同缺氧的鱼儿一样张大嘴巴，胸廓费劲地起伏着。等婆婆上气不接下气地撵上来，姜玉英说："咱跟不上，就别跟了。人多目标大，容易让鬼子看见。他们往南边跑，咱们干脆往北山躲吧。"喘息片刻，她们转身朝另一个方向跑去了。山路弯多坡陡，坑坑洼洼，婆媳俩摇摇晃晃，深一脚浅一脚。突然，姜玉英一脚踩空，仰面朝天从斜坡上摔下去。惊魂甫定，她慌忙看看孩子，只见仙儿惶惑地瞪着大眼睛，不明白刚刚发生了什么。姜玉英挣扎着，想撑起来，刚一用劲，大腿根迸出锥心的刺痛，坏了，右腿不敢动弹了。婆婆连拉带拽，折腾了好一会儿，姜玉英方才咬着牙，一瘸一拐地朝山坳里走去。数月后，疼痛逐渐消失了，然而，跛脚的姿态却永远固定下来。咳，这一跤摔的，好惨呐！

不经意间，夜幕垂落，光线渐渐暗下去，仿佛谁在天上涂了一层墨。或许是涂得太多了，墨汁一滴滴坠下来。哦，下雪了，密密匝匝的白线织成一张扭动的大网，开始覆盖茫茫山野。风也趁火打劫，"呜呜"地吼起来。凛冽的寒气挟着雪花频密地灌进姜玉英的衣领，她激灵一下，赶忙把衣服裹得更紧些。好歹折腾到一个叫龙须沟的山坳里，没等坐下喘口气，女儿"哇"地哭起来。哭声是有传染性的，顷刻间，尖细的声音就从姜玉英怀里窜出来。"饿了，饿了。"婆婆连声嘟囔，姜玉英麻利地解开衣襟，怀里的哭声戛然而止，可女儿的哭声却更泛滥了。姜玉英对婆婆说："妈，你先抱着二嫚到那边躲躲，别让她看见我喂奶，不然的话，她哭得更厉害。等我喂饱了仙儿，再喂她。"婆婆沉默了片刻，抱着孙女躲开了。很快，哀啼渐息，可没多会儿，又哭声大作。不过，颤音持续了短短十几秒钟，就被什么东西捂住了。原来，情急之下，奶奶把自己干瘪的乳头塞进孙女嘴里，小家伙一口叼住奶头，饥不择食啊！只见小脸蛋在奶奶毫无生气的胸脯上使劲蠕动着，她恶狠狠地吮着奶头，几颗乳牙也不停地啃啮。然而，乳房俨若熄灭的死火山，里面的岩浆早已枯竭。她吮了几口，吐出左边的奶头，又衔住右边的奶头，拼命地吮啊吮，小脸儿涨得青紫，最后，彻底失望了。哭声复起，有些嘶哑。奶奶于心不忍，只好抱着孙女颠颠地跑过来，央求儿媳妇说："多少给二嫚喂两口吧。"姜玉英接过女儿，轻轻叹了口气，自己身上掉下来的肉，

第一章 大爱如天

当妈的能不心疼吗。可是，这边刚吃了几口，仙儿又不管不顾地哭起来。姜玉英犹豫了一下，毅然拔出奶头，把孩子递给婆婆。婆婆没吱声，但脸上的表情却把心思暴露了。姜玉英解释说："宁肯让自己的孩子遭点罪，也不能让八路军的孩子受委屈。这也是没有办法的办法，不然的话，万一有个好歹，俺咋给人家交代呀！"婆婆想说句什么，却又嗫嚅着，无话可说。少顷，背过身去，看不见她的神情，只看见她的肩头微微颤抖。女儿大概意识到自己的处境，绝望的哀号透着不甘的挣扎。姜玉英明显感觉到哭声的压迫，倚着树干的身子一寸寸地滑下去。恍惚中，她看见哭声结成冰花，冰花又凝成冰面，她听见，冰面下潜流涌动，那是感情的悲咽啊！

　　下半夜，女儿终于没了动静。因为连冻带饿，可怜的小家伙连哭的力气都没有了。天亮的时候，女儿的小脸、小手涂了一层暗灰，人像霜打的茄子，蔫蔫的。没进家门，就开始咳嗽，额头滚烫，仿佛灼着炭火。呼吸也变得急促，张着小嘴，胸廓费劲地起伏着，好像喉咙被一只无形的大手扼住似的。姜玉英慌里慌张地把奶头杵过去，糟了，孩子竟然一点儿反应也没有。姜玉英的头皮"嗡"地一炸，"吃奶，嫚儿，吃奶呀！"女儿不为所动，失神的眼珠像沾了一层灰，乌蒙蒙的。母亲急了，伸手去拍女儿的脸蛋儿，小家伙搐动了一下，随即，爆出一串激烈的呛咳。捱了一天，病情明显恶化，在没有进食的情况下，孩子居然恶心呕吐，并伴发腹胀、腹泻。很快，又出现烦躁不安和谵妄的症状，继而发生肢体抽搐乃至惊厥。待到第三天夜里，小家伙已经气息奄奄。姜玉英把她紧紧搂在怀里，倚着土墙，眼巴巴地守护着。天傍亮的时候，实在困极了，迷迷糊糊睡过去，不一会儿的工夫，突然惊醒，抬手一摸，孩子小脸冰凉，一丝鼻息也没有了。她身子一抖，耳边"噗啦"一声，尖锐的恐惧感像被惊飞的夜鸟掠过头顶。紧接着，滚烫的泪珠夺眶而出，"砰"的一声砸在女儿冰凉的脸蛋上。她呜呜地哭了，像个受了委屈的孩子。当黎明窸窸窣窣走进小屋时，她仍然紧紧地搂着孩子，让孩子沐浴在母爱最后的晨曦中。母女俩的脸上都笼着一层圣洁的光辉，从旁边望过去，宛若一尊青铜雕塑。此时，这盘普通的农家土炕变成了一座生命的祭坛，生与死的歌咏漾起亦喜亦悲两个声部，伴着深情的旋律，一个从梦乡归来的小女孩又看到了新鲜的霞光，而另一个小女孩却被黑暗永远掳走了。

　　丧女之痛让丈夫的心情变得十分暴躁，他的额头猛地爆出一条青筋，如同树根裸出地面。"你咋看的孩子！"气咻咻的谴责脱口而出，在小屋里横冲直撞，把姜玉英吓得手足无措。她满眼泪花地望着丈夫，想要开口，喉咙里却打了一个结儿。看到儿媳妇可怜的样子，婆婆发话了："小嫚害病，当妈的有啥法子？孩子没了，你上火，玉英就不上火吗！"男人像泄了气的皮球一腚蹾到土炕上，一连几天，他都阴着脸，没同媳妇搭腔。

　　或许，情绪的影响能够潜移默化。随后几天，仙儿表现得很乖巧。喂饱了奶，稍微拍几下，就会安安静静睡上一觉。醒了，

也不像从前那样哭闹，一双乌溜溜的眼珠转来转去，小嘴里不时涌出咿呀声，就像花朵上散发的芬芳。

很快，生活恢复了以往的节奏。看上去，姜玉英的神色平静，仿佛什么事情也没发生过。不经意间，忙忙碌碌的一天过去了，夕阳悄然滑落，新月挂上枝头。夜深人静，天地沉寂。突然，老宅里响起一阵"嘤嘤"的啜泣。"醒醒，玉英——"是丈夫的声音。眼皮眨了一下，好不容易睁开了。迷惑的目光透着惊恐，这是一个从睡梦中突然惊醒的人才有的眼神。"咋了？又做梦了？"她怔怔地望着丈夫，突然清醒了。"我看见二嫚回来了，就坐在道边的石头上，朝着咱家大门哇哇地喊，把我喜的呀，赶紧叫了一声，她一看是我，把头一扭，就没了……"丈夫一时无语，闷了一会儿，粗声粗气地说了一句："寻思那么多，有啥用？睡吧。"

正是因为心中有了隐痛，姜玉英照料仙儿时，更喜欢唠叨了。小丫头认真地盯着姜玉英，听着听着，好像明白了什么意思，突然咧嘴一乐。姜玉英用手指轻轻碰碰她的小手，嚯，反应挺快，居然紧紧握住，还蛮有劲呢。自个儿躺着的时候，小手、小腿不停地挥呀，蹬呀，尖细的嗓音长一声，短一声，吹哨子似的。那天，小家伙莫名其妙地笑笑，接着，咿咿呀呀。突然，姜玉英听到一声短音，是喊妈吗？虽然混沌，含糊，但做母亲的依然感到了莫大的惊喜。一瞬间，曾经的操劳得到了完全的补偿，一个满足的微笑从她嘴角漾出，就像一朵苦菜花悄然绽开，舒展而又明媚。

冬去春来，日子就这样一天天地过去了。

日子是什么？日子不就是人生的苦辣酸甜，人性的美丑善恶吗？

此时，那个叫仙儿的小丫头已经厌倦了土炕，对尝试走路表现出极大的热情。她扶着炕沿，眼里显出紧张的神情，稍事犹豫，突然一撒手，跌跌撞撞迈开步子。姜玉英颦眉蹙额，一只手往前探着，另一只手抵着肋骨，笨拙地挪着小脚，边追边喊："慢点，别摔着。哎哟，我的小祖宗！"

一天，丈夫接到通知，和村里一干精壮劳力去前线抬担架。临行前，他小心翼翼地把仙儿揽进臂弯，目光变得十分柔和。眼前的一幕让姜玉英颇感意外，结婚这么多年，她还是头一次发现，言行粗糙的丈夫内心竟如此细腻呢！

一周后，神情疲惫的男人回来了。一进屋，发现炕上睡着一个陌生的小丫头，仙儿却不见了。他疑惑地问："仙儿呢？"姜玉英回答："让育儿所接走了，这不，又送来一个。""多大了？""不到一岁，刚断了奶。"正说着，孩子醒了，哼哼唧唧地哭起来，姜玉英轻轻拍打着，安慰道："不哭，妞妞不哭，听话啊……你看，爸爸回来了。"说着，扭过脸来对丈夫说，"村长回来学给我听，育儿所的领导看到仙儿长得白白胖胖，可高兴了，一个劲地表扬咱呢。"

和仙儿相比，妞妞的性格更为活泼。吃饱了，睡足了，她总是自顾自地说呀，动呀，沉浸在自己的世界里自得其乐。姜玉

第一章 大爱如天

英笑眯眯地望着妞妞，喃喃自语，你听听，这小嘴一天到晚都不闲着，到底都说些啥呢？

入伏之后，天热起来，妞妞出汗太多。怕孩子喝凉水闹肚子，姜玉英破例点上柴火，每天烧几回开水伺候着。至于家里其他人，依旧像从前那样，抄起水瓢，咕咚有声。乡下人嘛，喝凉水早就习惯了。

为了给妞妞补充营养，姜玉英特地养了两只母鸡，"咯咯哒，咯咯哒——"下蛋了。香喷喷的鸡蛋羹刚端上炕桌，妞妞就眉开眼笑地扑上来，哥哥眼巴巴地在旁边瞅着，馋得口水都流出来了。母亲的安抚和劝说带有启发的性质："你已经长大了，妞妞还小呢！当哥哥的不能和妹妹争吃的，对吧？"儿子眨眨眼，使劲把口水咽回肚子里。无论如何，当哥的总得装装样子吧。

很快，妞妞摇摇晃晃下了地，不过个把月的光景，屋里、院里就待不住了。出门一看，眼界大开。从此，逛街就成了小家伙热爱的事情。有时候，刚喂了两口饭，她就急着往外跑，姜玉英只好拐着小脚撵出去，跟在屁股后面絮絮叨叨，哄着喂她。吃着，玩着，突然要拉屎。于是，她垂下小脑瓜，双手扯着裤子，满不在乎地朝路人撅起小屁股。这时，姜玉英就会聚精会神站在一旁，仿佛是对一种行为艺术进行审美。喏，这就是母亲，也只有母亲才具有这样匪夷所思的鉴赏能力。

在姜玉英无微不至的呵护下，妞妞越长越俊俏了，苹果样的小脸蛋，纤巧秀气的尖下颌，尤其是那双漂亮的大眼睛，眸子黑黑的，像油亮的点漆，像晶莹的玛瑙，像清澈的山泉。这边瞅瞅，那边瞧瞧，长长的睫毛忽闪一眨，真惹人疼呐！当然，妞妞喊妈妈的时候，姜玉英感到最开心。她欢喜地应着，向前探出身子。

"来，亲亲妈妈。"小丫头挓挲着小手，摇摇摆摆跑过来，一头扎进她的怀里。接着，热乎乎的小脸蛋使劲拱上来，那种痒痒的、带着奶味的甜蜜把她的整个身心都融化了。

就这样，慈母的笑容屏蔽了烽火硝烟，给妞妞的童年留下温暖的记忆。你瞧，低矮的院墙外，鹅黄的柳枝便是春天的风景；村外的小溪边，孩子的嬉闹则是醉人的乡音；沟沟坎坎的坡地里，一簇簇随风摇曳的苦菜花便是妞妞的童年了。童心是一个五彩斑斓的世界，童趣像鸟儿一样在贫穷的天幕下展翅飞翔，而深深的母爱显然是贫困中唯一奢侈的东西。

妞妞三岁时，被育儿所接走了。

母女分别的那一刻，姜玉英心如刀割。望着突然出现的陌生人，妞妞显然意识到什么，还没等保育员俯身抱她，小嘴一咧，放声大哭。顿时，姜玉英泪眼蒙眬，小屋里的光线变成了晦暗的浅蓝色。保育员和蔼地笑笑，毅然抱起孩子。妞妞急了，拼命挣扎，小手连揪带抓，保育员往后仰着脸，一边躲避，一边仄歪着身子走出小屋。姜玉英抹着眼泪，刚想撵上去，又迟疑着停下脚步，倚着炕沿的身子慢慢矮下去，终于，被凄厉的哭声彻底压垮了。

直到烧饭的时候，她依然失魂落魄地萎在土炕上，眼神蒙眬，雾茫茫的。一觉醒来，姜玉英明显憔悴了，失了水分的脸庞如同一爿燥土，原本清澈的眼睛也缺了光泽。难怪会有一夜白头的说法，殊不知，思念是一种多么痛苦的煎熬啊！

姜玉英夫妇

一有空，姜玉英就会坐到门口，抻着脖子朝村头张望，嘴里时不时地絮叨着什么。有村民搭讪说："妞妞一走，你轻快多了。"没想到，一句话戳到正在渗血的伤口上，姜玉英脸色苍白，眉眼倒挂。"咳，快别提了。一时瞅不着孩子，我就抠心挖胆的。真想去看看她，又不知道她住在什么地方，咱跟谁打听啊？"

过了些日子，人们发现，那双执拗的小脚又把沉沉的思念牵到村头的大树下。姜玉英手搭凉棚，眯着眼，痴痴地朝崎岖的山路张望，见人路过，她就絮叨："真想孩子呀！你说，她俩还能回来吗……"

扫码听书

# 泪光里的微笑

与姜玉英的经历有所不同，姜翠芝之所以成为乳娘，起因和乳儿没有任何瓜葛。

那天，她去挑水，在街上同村支书打了个照面，对方突然想起什么，停下脚步，招呼了一声："方印家的，跟你商量个事。"她停下脚步，神情有些困惑。"啥事呀？""八路军的兵工厂现在搬到了东凤凰崖，眼下正缺人手，村委寻思，厂子在你娘家，吃住也方便，你能不能回去帮把手啊？"八路军的兵工厂？姜翠芝盯了支书一眼，没等脑子想明白，舌头就沉不住气了。"啥时候去？""当然越快越好了。""行，我回家拾掇一下。"支书满意地点点头，眼角的鱼尾纹悄然舒展，

姜翠芝

第一章 大爱如天

脸上的笑容灿烂了许多。

得知媳妇自作主张，丈夫张方印恼了，两只瞳仁忽儿挤成窄窄的墨线，忽儿撑宽，变暗了。终于，喉咙里响了两下，闷闷地甩出一句话："孩子咋办？""我带着。"丈夫使劲咽口唾沫，藏在喉结下面的火山骤然喷发："你说得倒轻巧，兵工厂的活是你出去挑担水、推个磨，一时半会就忙完了的？你一扑拉腔就走，家里这一摊子撂给谁？这么大的事你也不和家里商量商量，看把你能的！"心脏"咚"地撞了一下胸口，姜翠芝像遭了钝击似的愣在那儿。结婚两年来，她还是第一次看见丈夫发火。她在心里悄悄数落自己：姜翠芝呀，姜翠芝，你真是猪脑子，这个家到底谁主事你不知道啊！然而，就在这时，一个细小的声音从身体的某个角落冒出来：已经答应村里了，说话不算数，多丢人呐！她想辩解，但不知为什么，喉咙里像窝了一团草，嘴角徒劳地牵动了一下。忽然，窗外传来孩子们的喧闹，肆意的聒噪让她心乱如麻。

第二天吃早饭的时候，丈夫一直绷着脸不吭声。她偷偷瞥了一眼，又赶紧把视线挪开了。闷头吃罢，男人把碗一推，突然拾起昨日的话头："兵工厂的事比家里的事要紧，人家需要，该去，去吧。"女人喜出望外，发自内心的笑容一股脑地从眸子里涌出来，绽成窗外一树热闹的槐花。

匆匆收拾一番，她就抱起三个月大的女儿，骑着毛驴上路了。

时值暮春，曾经寂寞的山野早已变得热闹、活泼。春天是恋爱的季节。野花受了春光的诱惑，远远近近连缀一片，铺排成蜂蝶的婚床；野草受到春风的邀约，深深浅浅摇曳多姿，颇有伴娘助兴的效果。两年前，也是一个阳光明媚的上午，一顶颤巍巍的花轿就是沿着这条熟悉的山路把她抬到婆家。那扇窄窄的轿门无异于命运旅途上极重要的关口，咫尺之间，心神忐忑的新娘子便跨过了人生的楚河汉界。

　　姜翠芝的娘家在崖子镇东凤凰崖村，父亲是老实巴交的普通农民。1924年，刚过立冬，年轻的母亲开始临盆，一番挣扎过后，嫩生生的小丫头便在血色狼藉的土炕上刻上了自己的生辰八字。两年后，她有了一个弟弟，再后来，又添了一个妹妹。随着时间的推移，人们发现，这个模样俊秀的小姑娘性格开朗，快人快语，那张秀气的小嘴颇有语言天赋，正说着话，清脆的笑声蓦地漫开。待到第一个本命年，她似乎一下子挣脱了地心引力的束缚，及至年底，个头便蹿到一米七。模样楚楚动人，搭眼一看，光鲜的脸蛋儿如同一只漂亮的首饰盒，清澈的眼神仿佛山溪出涧，流动的波光淹没了脸庞的其他部分。所以，当后来那个注定要成为她丈夫的男人见到她时，一定会心旌摇荡，迷失在她含情脉脉的目光里。事实再次证明，面容姣好的姑娘必定不乏媒人提亲。比较而言，父母对西井口村的张姓后生尤其中意。张家世代经商，见多识广，外面人缘活络，家里宅富地肥。择婿大户人家，父母当然求之不得，可女儿却面从腹诽。是啊，身为女人，她知道婚姻是改变命运的大好机会，但素不相识，光凭媒人撺掇

就忙着谈婚论嫁，她总觉得心里发虚，不踏实。到底憋不住了，冲着媒人没头没脑地来了一句："他长得到底咋样？不会是歪瓜裂枣吧？"话音未落，父亲当场爆了粗口，她像遭了击打的鸟贝，"吧嗒"一下，闭嘴了。

当然，缄默无法化解疑虑。

好在时隔不久，悬念便被迎亲的花轿彻底终结。这是一个令人信服的喜剧桥段：撩开轿帘的一瞬间，堵在胸口的那坨东西"轰"地粉碎了。新郎个头挺拔，神情俊朗，一双坦诚的大眼睛嵌在国字脸上，目光温暖，笑意吟吟。毫无疑问，用传统的审美标准去衡量，这是一个值得称道的体面男人。伴着锅碗瓢盆的交响，她的感受由浅入深：丈夫性格沉稳，平日里少言寡语，碰上不熟悉的人，话更金贵。起初，她被表象迷惑，以为他像印象中的许多男人一样情感粗糙，后来，才逐渐觉察到，丈夫其实心思缜密，其根据在于，他对生活画卷的每一处描绘都用了精细的工笔。譬如，油灯的光影小，容易伤眼，女人每次做针线活的时候，他都把浸在油里的灯捻挑得大一点；再譬如，冬天浆洗双手容易皲裂，赶集的时候，他特意买回一盒蛤蜊油……这是一种默默地呵护与关爱，如同一件贴身的衣服，用知冷知热的包裹传达出一般男人少有的细腻与温馨。女人总是容易被感动，有时候，男人一个关切的眼神就足以让她反复回味。庆幸之余，她暗自嗟叹，所谓的美满婚姻，只能是机缘巧合才得以实现，进而言之，这种幸福只能来自上苍的恩赐。时隔两载，她又不知不觉地走向一个利害攸关的时间节点，从故事后续的情节看，正是重返娘家的这次颠簸，不仅把一个幸福家庭，也把相关者的命运走向彻底改变了。

回到娘家稍事安顿，她就出现在兵工厂的被服车间里了。

"太好了，你来得真是时候。你看看，就这么几个人，哪能忙得过来？把我给愁的呀！"车间主任指着乱七八糟的棉衣介绍说，"表和里机器都缝好了，咱们就干后边的活。"说着，困倦地眨眨眼："催得紧，没法子，大家都辛苦点吧。"姜翠芝会心一笑，似乎是说，不就是干活吗？没啥大不了的。喏，这就是山里的女人，在苦日子里泡惯了，像极了山上的野草，看上去细细柔柔，骨子里却很有韧性呢！

几分钟后，她已经完全进入角色。

但见那枚缝衣针深入浅出，娴熟而轻盈，交织出舞蹈般的韵律。身旁的姐妹纷纷投来赞许的目光，一个年轻姑娘兴奋地嚷道："哎哟，你的手可真巧啊！"女孩叫田明兰，山东莱阳人，和姜翠芝同岁，不过生日略迟。小田是个命运多舛的农家女。七岁时，父亲病故，九岁那年，做了童养媳。1939年，八路军第五支队驻泊她的家乡沐浴店镇西朱兰村，年仅十五岁的田明兰毅然投身革命，成为支队辖属被服厂的工人。小田个子不高，模样可人，脸蛋儿圆圆的，眉清目秀，一颦一笑都透着胶东姑娘特有的纯朴之美。有时候，人与人的交往实在是一件很玄妙的事情，也许倾盖如故，抑或白头如新。谁也没有想到，看似

第一章 大爱如天

偶然的姐妹相识，竟促成了日后一段脍炙人口的爱情传奇。

正埋头干活，姜翠芝忽然觉得乳房发胀，又过了一阵，感觉越发胀了，抬手一摸，触痛明显，硬鼓鼓的。她暗自叫苦：坏了，胀奶了！赶紧躲进犄角旮旯，揉啊，挤呀，好一通忙活。看着白花花的乳汁把土墙洇了一片，她禁不住轻声叹惜：哎，白瞎了！

随后，工作重新开始。絮棉花、上衣领、掏扣眼、钉扣子……在时间的压迫下，熟悉的天光悄悄变质。真的，正午的脸庞刚才还神采奕奕，一转眼，就抽缩成黄昏疲倦的面容。姜翠芝胡乱扒拉了两口饭，又操起家什，接着忙碌。针线的嗞嗞声在寂静里响得十分清晰，长夜被一点点地缝进棉衣里。

直到过半夜的时候，她才拖着疲倦的身子回到家里。没等母亲点亮油灯，就一把揽起襁褓，撩起湿乎乎的衣襟。油灯亮了，光影摇曳，有气无力。借着昏黄的光线，姜翠芝看见女儿脏兮兮的小脸上泪痕蜿蜒，如同适才停止了蠕动的蚯蚓。"嫚儿，嫚儿……"姜翠芝连声呼唤，小家伙迷迷瞪瞪睁开眼，认出母亲，"哇"地哭了。"噢……可把嫚儿饿坏了。"她麻利地把奶头塞进女儿嘴里，"吃吧，使劲吃。"显然是吮吸过猛，小丫头突然呛了一口奶，结果，气管痉挛，咳嗽不止。姜翠芝心疼地咕哝道："哎哟，看把嫚儿给饿的，都怨妈，都是妈不好！"

没过几天，车间摸排统计谁有奶水。主任的解释直截了当："咱们隔壁的育儿所奶不够吃，厂长的意思是让咱们的人当个不脱产的奶妈，帮着八路军奶孩子。"姜翠芝二话没说，痛痛快快报了名。歇晌的时候，小田悄悄凑过来。"大姐，咱们有的人不实诚。"姜翠芝不解其意，小田扭脸朝倚在墙根的女人努努嘴："她明明有奶，刚才主任问，你没听她咋说的？"翠芝不以为然地摇摇头："有就是有，干吗要撒谎呢？""耍心眼呗，怕亏了自己的孩子。"

听到女儿报名的消息，母亲先是一愣，接着，闷声闷气嘟囔开了："你给八路奶孩子，妈不反对，我怕的是，万一走漏了风声，小鬼子不来祸害咱吗？"女儿的回答振振有词："八路军为啥打鬼子？还不是为了咱老百姓？现如今，人家有了难处，咱不应该帮把手吗？再说了，有八路军保护，怕啥呀？""咳，都当妈的人了，干啥事还是不过脑子。你以为八路军是村口的大槐树，扎在那里一辈子都不挪窝？人家有腿，不定哪天，说走就走了。"女儿还想反驳，但是，从嗓子眼里冲上来的话撞上紧闭的牙关，生生碰了回去，躲在沉默的掩体里，嘴巴虽然不出声，但是，她依然用无声的争辩执拗地守护着认定的道理。好半天，两人悄然无语，就那么默默地相互看着，仿佛都有些不自在。绷着脸抻了一会儿，母亲无奈地叹了口气。

翌日上午，统计名单新鲜出炉。

按照事先约定，到了喂奶的时候，姜翠芝就放下手上的活去了育儿室。撩开衣襟的刹那间，这位农家妇女的人生价值骤然凸显：她知道，自己正在做一件别人无法替代的重要事情。旋即，孩子的小嘴裹住奶头。她觉得，八路军的娃娃吃起奶来劲头似乎

格外大，而且，吮吸的动静也格外撩人，就像迎亲时的唢呐声，抑扬顿挫，煞是甜美。头一个还没奶完，保育员又抱来一个。姜翠芝恍然，噢，娃娃们还排着队呢。等到第三个孩子快要喂饱的时候，贪婪的小嘴突然吮出塌陷的颤音，此时，疲软的乳房如同喷发后的火山，经过持续奔涌，岩浆几乎流淌殆尽。不难想象，当女儿的小嘴恶狠狠地叼住奶头时，吮出的失望有多么深刻，哀哀的哭诉有多么委屈。姥姥发现不对劲儿，立刻刨根问底，得知真相后，窝着脸嗔怪道："见过实在的，没见过像你这么实在的！不多多少少留点奶，自己的孩子喝西北风吗？"姜翠芝哑口无言，心想：也不怪母亲埋怨，人家张姐当时就只奶了两个孩儿。咳，我可真是个死心眼呀！

次日上午，那对恢复了活力的奶头又像正点的班车准时朝娃娃们的小嘴驶来了。第一个喂好了，接着喂第二个，没等喂饱，保育员又抱来第三个。当热烘烘的笑容扑面而来时，姜翠芝突然明白了，世界上还有一种烦恼的幸福叫信任。哎，这是怎样的幸福哟！痛苦、焦灼，好似捧着一个烫手的山芋。她提醒自己：进门之前不是早就打好主意了吗？凭你怎么说，今天也只能奶两个。可不知咋的，这阵子大脑距离上肢似乎格外远，还没等信号传递过去，两手已经把孩子接过来了。你就打肿脸充胖子吧！她一边悄悄数落自己，一边把奶头塞进娃娃嘴里。这，大概就是我们常说的人性的魅力吧！是的，面对取舍，这个善良的女人没有计较利害得失，而是听从了爱心的驱使。听，急迫的吮吸声又响了，"咕咚，咕咚……"她目不转睛地盯着孩子，心中那根隐匿琴弦一经拨动，便立刻泛出袅袅的悲悯之音。"咕咚，咕咚……"甘甜的乳汁分明是幼小的生命之舟渡过苦难之河的一根纤绳，正由于此，一个新的悬念产生了——家中的女儿嗷嗷待哺，长此以往，结果会是什么样子？

一天，军区首长来车间视察。

首长个头不高，肤色黝黑，两道剑眉线条硬朗，让人想起阅兵场上的分列式。事后姐妹们才知道，原来，那个面似包公的首长就是威名赫赫的胶东军区司令员许世友。据史料记载，抗战初期，胶东军区所属部队的装备不仅数量稀少、质量低劣，而且，武器弹药亦严重匮乏。在既缺少技术人才又缺少设备材料的情况下，兵工战士白手起家，千方百计攻坚克难，努力保障部队作战之需。1943 年 5 月，胶东军区第一兵工厂试制出首批硝化甘油炸药。就产品原料而言，制造这种炸药及无烟火药需要大量硫酸。因为日伪军严密封锁，采购硫酸极其艰难。为了摆脱困境，兵工战士土法上马，把大瓷缸改成硫酸塔，利用当地硫矿石土法冶炼，经过反复调试，最终，成功报捷。鉴于此，胶东军区司令员许世友、参谋长贾若瑜亲临现场表示祝贺。交谈中，司令员得知生产操作时工人的衣服动辄被严重烧蚀，便立刻追问："什么面料可以做工装？"答："呢子衣服。"司令员马上命令后勤部门把缴获日军的呢子大衣和防毒面具迅速调拨给兵工厂，从而在一定程度上缓解了硫酸和火药生产过程中的防护之忧。

那天，首长兴致颇高，他这边瞅瞅，那边看看，俨然对蝴蝶穿花般的缝衣针产生了浓厚兴趣。踱到小田跟前，他索性立在那儿，严肃的目光在姑娘的手上、脸上来回逡巡，看着看着，眼角漾出一个不易觉察的笑影，于是，不近情理的黝黑显得生动了。

按照一般的理解，首长的微笑无疑表达了某种赞许。实际上，它的含义早已超出了女工们的理解范畴。这会儿，恐怕谁也没有意识到，运筹帷幄的司令员已经开始谋划一场新的爱情战役。

没过多久，上级领导亲自做媒了。

事情来得过于突然，以至于小田没有任何思想准备。碍于礼数，她不好当面回绝，一转脸，就满面愁容地找到了姜翠芝。

老大姐同样颇感意外："许司令？"

小田认真地点点头。

姜翠芝"扑哧"一乐："好嘛，鸡窝里飞出了金凤凰，谁能想到，咱这不起眼的兵工厂能出息你这么个人物，真是啥人啥命，你这是哪辈子修来的福分呐！"

小田怔怔地盯着大姐的脸，仿佛上面写满了样子古怪的生僻字。"哎哟，我的老大姐，你是开玩笑还是成心作践我？"她一脸不快地嘟囔着，"为这事儿，我都快愁死了。"

"愁么？"

"你看他长得那个样，又矮又黑，岁数还比我大那么多，要是换成你，心里能舒坦吗？"

姜翠芝会心一笑，语重心长地说："你说的不假，他长得不好看，岁数也大，不过，依我看，将来居家过日子，光靠一张脸管啥用？顶吃还是顶喝？再说了，男人岁数大也是好事，结了婚知道疼老婆。"

小田神情犹疑，想说点什么，又似乎无话可说。觉察到小田的情绪变化，姜翠芝当然要趁热打铁："田啊，听大姐一句劝，你没爹没妈，家里条件也不好，能嫁这么个男人，就不愁没有依靠了。大姐是过来人，和你说的都是心里话，你自个好好寻思寻思吧。"一番话，说得实实在在，入情入理，终于，姑娘的眸子里漫出一抹暖色的薄雾，就像春寒料峭中的桃树，绽开冷暖自知的花蕊。

不久，田明兰亲手给许世友做了一双新鞋，让姑娘惊诧的是，对方竟然回赠了一颗弹头。这个不按常理出牌的男人解释说："我一无所有，只有这颗小小的弹头送给你作纪念。你莫看它小，不起眼，我爱惜得很哩。这是万源保卫战时，敌人打进我肩膀里，我自己用刀尖划破皮肉把它抠出来的。这么多年，一直带在身边。"姑娘接过子弹，像得到稀世珍宝似的紧紧攥在手心里。一物定情，厮守终生，这样的信物实在非同寻常啊！

1943年春，许世友和田明兰举行了简朴的婚礼。

喜糖一包、清茶一杯，一群出生入死的战友用欢声笑语簇拥着一对新人。作为新媳妇娘家的代表，姜翠芝理所当然地被奉为座上宾。这是她的高光时刻，瞧，堂堂的军区司令员对其恭敬如仪，这种场面多么令人欢起（当地方言，高兴的意思）。

不料，大喜伤心。

回来没几天，女儿生病了。

因为夜间着凉，小家伙开始咳嗽、发热，烦躁不安。持续数日后，苍白的小脸蛋泛出淡淡青紫，目光呆滞地望着虚空，仿佛无辜的蝉儿被神秘的面筋粘住似的。原先永远都喂不饱的小嘴破天荒地丧失了饥饿感，勉强喝上几口稀粥，不一会儿，全吐了。等到姜翠芝午夜归来，小家伙已经陷入昏迷状态。她急急忙忙抱起孩子，蓦地，肩膀古怪地搐动了一下。天哪！女儿脖子僵硬，身体却软得面条一般。"嫚儿，嫚儿！"嘶喊像石子落进深潭，没有任何回响。顿时，那颗疲惫的心脏像受惊的野兔在胸腔里砰砰乱撞，几乎要从腔子里蹦出来了。时过三更，小丫头突然出现痉挛。紧接着，喉咙里蹿出一串尖利的颤音，身子如同风中的柳条剧烈摇摆，猛地，肩膀抽动一下，车轮爆胎似的完全瘫软了。

第二天下午，西井口村外的一棵栗子树下添出一个小土堆。按照当地人的说法，之所以把夭折的婴儿埋在栗子树下，是因其谐音（立子）蕴含福佑后生之意。姜翠芝仔仔细细地培好土，又折了一截树枝插在堆前，至此，摇曳的绿影为小丫头办好了认祖归宗的最后一道手续。哦，骨肉分离，咫尺天涯。但是，在灵魂深处，母亲和女儿情感的根须仍紧紧地缠绕在一起。直到天色向晚，她才失魂落魄踅回老宅。一进门，看见男人被一团混浊的烟雾笼罩着。她刚要从旁边溜过去，冷不丁，男人一声断喝："又干吗！"接着，重重地磕了一下烟袋锅，身子从雾中闪出来，头发梢泛着烟气，眸子里堆满谴责。姜翠芝眼圈一红，怆然泪下。男人顿时慌了神，乖乖，眼泪原来还有如此神奇的功能，只要女人的眼睛泪花一闪，他就失了主意，不知所措。

晚饭一口未动，但心口窝依然堵得满满的。当然啦，饭可以不吃，家务活却不能耽搁。收拾好锅碗瓢盆，又洗洗涮涮，忙完了，她闷闷地缩进墙角。她在跟自己怄气，无论如何，她都不能原谅自己。嗨，瞧这事闹的，她把自己给得罪了。

几个月后，育儿所和兵工厂相继转移，姜翠芝形单影只地返回婆家。

隔年秋，一串瓮声瓮气的啼哭声划破晨曦，丈夫高兴地从门外的小凳上蹦起来。一个刚刚诞生的婴儿简直就是拯救了两个大人的神灵，因为他，世界上少了一个饱受妊娠之苦的母亲，多了一个欣喜若狂的父亲。姜翠芝从接生婆手中战战兢兢接过儿子，如同接过一件昂贵的瓷器。看上去，小家伙如同一只刚刚甩掉尾巴的小青蛙，圆滚滚的肚皮随着呼吸一起一伏，白嫩嫩的胳膊、小腿保持着准备跳跃的蜷曲姿态，仿佛随时随地都会从她怀里蹦出去。吮吸声乍响，姜翠芝悲喜交集：感谢上苍眷顾，给了自己将功补过的机会。事情明摆着，那个男婴不仅帮助母亲顺利完成自我救赎，而且，也让一脉香火成功延续。

1944 年 8 月 15 日，胶东军区向胶东军民发布动员令，要求分区独立作战，相互配合，形成全面反攻的战略态势。1945 年 1 月 26 日，胶东行署决定，牟海县改称乳山县，命名依据则为

第一章 大爱如天

境内南部的大乳山。同年5月，中共中央发出号召，要求各地迅速扩充兵源，夺取抗日战争的最终胜利。迅即，乳山全县掀起了轰轰烈烈的参军热潮。丈夫张方印毅然报名，光荣入伍。

临行前，他笨手笨脚地抱起儿子，泛着奶香的小家伙呆萌萌地望着他，眼睛眨了眨，忽然"哇"地哭了。男人有些慌乱，连忙摇动胳膊。随后，呢喃着俯下脸，用鼻尖在儿子的小脸蛋上轻轻蹭了一下。然后，抬起头，眼睛眨也不眨地盯着女人。"给我看好儿子。"夫妻一场，这是他留给姜翠芝的最后一句话。

丈夫走了，她的心一下变得空落落的。夜深人静的时候，那个叫作思念的东西悄悄从心底渗出来，如同浓度很高的硫酸，把情感的神经灼蚀得好痛啊。眼巴巴地盼了一年，终于，有消息了，她万万没有想到，在记忆的底片上，丈夫的最后一幅影像竟是空白。

那是一个初冬的下午，太阳面色苍白，几朵憔悴的云也散发着忧伤的气息。不知何故，村干部把她请到村委会。一上来，支吾着不敢说实话。一个说："大妹子，等全国解放了，咱们的日子就好过了。"另一个说："是啊，大米白面管够，一顿饭一个大苹果。"姜翠芝越听越糊涂："你们到底要说啥呀？"村长叹口气，一拍大腿："咳，跟你说实话吧，方印他……"话音刚落，她一头栽倒了。

接下来，是一个血泪斑斑的不眠之夜。

透过蒙眬的泪光，她看见丈夫那熟悉的身影跌跌撞撞向自己走来。哦，一个个遥远而又模糊的生活场景顿时变得异常清晰，轻轻地，从她眼前依次划过，慢慢浓缩进这个伤心欲绝的凄凉夜晚。及至天色微明，她撑着炕头非常吃力地爬起来，看上去，颤巍巍的身体对支撑的双臂仿佛是个极重的负担。忽然，嘴里觉着不对劲儿，哎哟，门牙怎么掉了！她抬手一摸，发现牙齿就像狂风肆虐后的树苗，根系松动，摇摇晃晃。随后，事态逐渐升级，不过一天，两排牙齿便七零八落掉了大半，仅剩几颗磨牙茕茕孑立。一夜之间，年轻媳妇就变成牙床空洞的老太婆，这是多么荒诞的场景啊！捧着一堆血迹模糊的牙齿，姜翠芝心如枯槁，什么念想也没有了。

不知什么时候，一轮明月挂上树梢。月光筛进窗来，照着灶边散发着霉味儿的麦草，如同照着看不见的忧伤。后来有人回忆说，那天晚上的月亮似乎不同以往，看上去，像是浸透了清凉的泪水，湿漉漉的。她佝偻着腰身，僵僵地倚着墙角。突然，脑海里火花一闪，瞬间的光芒照亮了心中最隐秘的角落。她惊愕地睁大眼睛，呀，一个陌生的黑影静静地立在那儿，五官模糊的脸上浮出诡异的笑容，她倏地一个寒战，死神？没错！她忽然有了一种彻头彻尾的解脱感。多少年了，她对死亡一直心存恐惧，可眼下，感觉却完全不一样了。她着了魔似的想到可能的结局，她甚至有些奇怪，死神其实很亲切嘛！"事到如今，只要把眼一闭，就一了百了，再也不会遭这份罪了！"想到这儿，嘴角现出一道扭曲的皱纹，眼睛里也闪过一个古怪的笑影。就在这时，夜

第一章 大爱如天

色中传来丈夫幽幽的嗓音——给我看好儿子！她倏地打个冷战，噩梦被惊醒了。

只隔了一个晚上，那张脸就老了好多年，眼睛则大了一圈，相形之下，脸庞似乎缩小了尺寸，让人觉得，她的眼眶大极了，看上去两个眼球像是漂浮在大海上，而且，眼神凄清，犹如冬天的旷野，苍凉、空洞。

捱过凛冽的寒冬，新生的麦子开始抽穗了。

小暑那天，村干部找上门来，意思是育儿所眼下急需乳娘，希望她能去帮忙奶几天孩子。姜翠芝征求公婆意见，婆婆当场表态："国军（儿子乳名）他妈，把孩子交给我，你放心去吧。"姜翠芝立即收拾了两件换洗的衣服，匆匆赶往育儿所的驻地田家村。随后，她的怀里就添了一个叫"胜利"的孩子。虽说名字叫得响亮，但精神却显得萎靡不振，快七个月了，咿呀声还是又轻又缓，就像老妇的哀叹透着暮气。不过，第一次吃奶，他就给乳娘来了个下马威。脸蛋儿刚贴上胸脯，小嘴就急切地寻找那团幸福的安慰。姜翠芝"哎哟"一声，疼得直咧嘴，他却不管不顾，可劲儿吮吸。不一会儿，神情变得活泼起来，皱巴巴的小脸蛋也明显松弛了。吃饱了，喝足了，他舒舒服服地哼了两声，笑嘻嘻地咧咧嘴，两片小巧的嘴唇如同新鲜的花蕊赫然绽放，牙龈上，刚刚露头的两点白釉一闪一闪的。姜翠芝也笑了，只不过，笑容里透出了隐约的咸味儿。

入伏后，天气越来越热。

知了的聒噪如同滚沸的热水哗哗流淌，涌动的热浪爆出了隐约的碎响。酷暑难耐，小家伙起了痱子。好歹扛过白天，天一擦黑，姜翠芝就点燃麦糠熏蚊子。令人苦恼的是，蚊子倒是熏跑了，孩子也被熏得眼泪汪汪，咳嗽、憋闷。为了让孩子睡个安稳觉，她抱着小胜利坐到院子里。下半夜，露水重了，再抱回屋，晃着蒲扇驱赶蚊子。这一宿，孩子美美地睡到大天亮，大人却实在熬坏了。

三伏天日子难耐，三九天也同样遭罪。上半夜，因为灶膛余热尚在，土炕还有些热乎气，等到下半夜，就完全凉透了。怕孩子着凉，她就把小家伙放到肚皮上，睡着睡着，小鸡鸡忽然变成小水枪，"哗啦啦"，把她尿醒了。"我上辈子是不是欠了你的债？哪有这么祸害人的？"她揩着水淋淋的身子喃喃数落，浸透了母爱的无奈表情让人想起了瑟瑟秋风中摇曳的苦菊。不多会儿，小家伙又趴在肚皮上憨憨睡去。她却一点睡意也没有了。恍惚中，从寂静的深处传来小孩子隐隐的哭泣，她屏住呼吸，是的，那是儿子的声音。她呻吟似的哼了一声，真是委屈他了。唉，顾了这头就顾不了那头，当妈的有啥法子呢？

就这样，一盘普通的农家土炕变成一座撼人心魄的时代舞台，日复一日，同样普通的女主角都在重复一幕伟大的演出。于是，人们看到，她用博大的母爱把悲剧演成喜剧，把哽哽悲咽变成朗朗笑声。

春末夏初，育儿所再度转移。此时，小胜利已经断奶，这

就意味着，属于姜翠芝的使命已经圆满结束。

乳娘姜翠芝的小儿子张启宝和爱人经常翻看老照片，回忆过去的事情。他告诉作者，1986年他花了将近60块钱，给母亲镶了满口牙，直到母亲临终前，还唠叨说，这口牙真好使。

返回娘家那天，路边的苦菜花开得正艳。走着走着，她忽然来了兴致，采了一朵戴在头上，随之，脸上漾开一个明丽的笑容，忽然想到什么，赶紧把嘴抿住。哦，这个动人的笑靥多像绽放的苦菜花呀，根是苦的，花却是香的。是啊，在那些艰困的岁月里，人们不是一次次地看到了泪光里的微笑吗！清风徐来，如丝如缕，远远近近的苦菜花浅吟低唱，妩媚的金黄显得越发明亮、灿烂了。

# 第二章
## 生死抉择

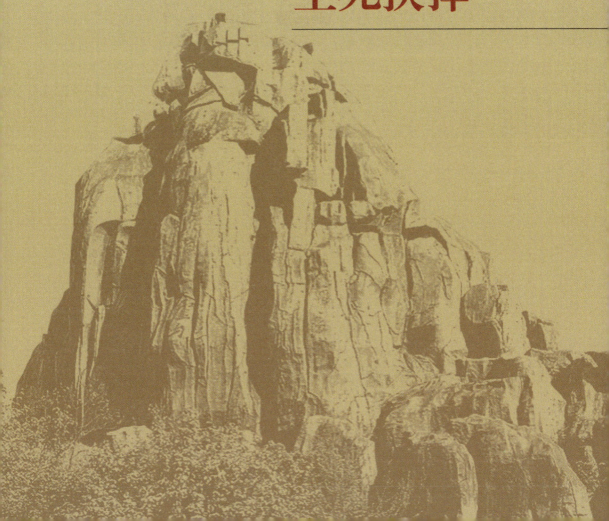

RU NIANG

1942 年 11 月 17 日，日伪军近两万人倾巢而出，从青岛、高密等地由西向东分进合围，为期四十天的毁灭性"大扫荡"开始了。日军像梳头篦发一样，不落一村一户，不漏一山一洞。烧草堆，挖地堰，清山洞，连荒庵、寺庙也不放过；夜间就地宿营，沿合围圈每隔三五十步，燃起一堆篝火，由士兵来回巡视，稍有动静，便鸣枪示警。随着敌人步步进逼，怀抱乳儿的二十多位乳娘连同逃难群众三千余人陷入不断缩小的包围圈中。为了保护乳儿，乳娘们把个人安危置之度外，危难关头，她们毅然做出生死抉择，那慷慨悲壮的一幕幕场景感天动地，令人泪目。

扫码听书

第二章　生死抉择

扫码听书

# 风雪松峦顶

　　山东省档案馆里封存着一本 1946 年编印的名为《从战斗中生长壮大起来的育儿所》的小册子，纸张和印刷都很粗糙，封面是一个妇女怀抱婴儿坐在雪地上的情景。美术编辑用粗糙的线条勾勒出乳娘宫元花的战地写真，画面背后，沉寂着一个发生在遥远冬日里的亲情故事。

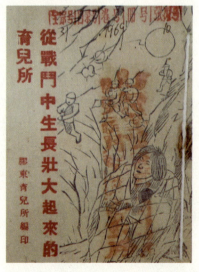

《从战斗中生长壮大起来的育儿所》现存于山东省档案馆

　　查阅案头的相关资料，我发现，除却故事的情节主干，有关主人公的信息寥寥无几，通过村干部打听其子女下落，对方回答说，都去了外地，已经很长时间不和村里联系。经过多方求证，我把零星的碎片连缀起来，大致看到一幅细部残缺的人物拼图——宫元花，乳山市崖子镇草庵村人，1919 年 1 月出生，1994 年 3 月去世。

1942 年春天，成立不久的育儿所开始秘密物色第一批保育员。某日，村妇救会主任宫义芝找到尚在哺乳期的宫元花，因为彼此熟络，用不着拐弯抹角，一上来，妇女主任就把实情和盘托出。当时，宫元花的丈夫正在前线浴血杀敌，家中只有婆媳俩和襁褓中的孩子相依为命。望着只有八个月大的女儿，宫元花有点迟疑不决，一番纠结之后，她和婆婆商定，把女儿送到亲戚家寄养。随后，便急匆匆地去育儿所报到了。

　　在 1949 年 10 月《胶东育儿所调查统计表及保育工作总结报告》中，有这样一段记录："当即收容孩子二十四名，所内组织机构也很简单，只有所长一人，会计兼事务一人，发动了十四名保育员。当时因为环境恶化，为了避免敌人的袭击，住址是经常移动不定，所到之处全是借用民房民具，毫无设施。"入所后，宫元花接手哺育刚满周岁的小福勇。在乳山市妇联 1984 年整理的一份档案中，宫元花对当年育儿所的生活做了如下描述："所里的孩子最大的四岁，最小的刚过百天。奶母、保育员每季度发一元五角津贴，吃穿都是集体。张玉英和李玉华给孩子做衣服，张敬芝、刘少梅经常教奶母、保育员唱歌、识字。后来，姓周的同志教识字，王克兰管生活，经常给孩子炒小果吃。"由于接触传染，福勇得了水痘，先是发热、腹痛，并伴有阵发性呕吐，很快，头部、背部出现皮疹，并迅速向躯干和四肢蔓延，病儿痛苦不堪，哭闹不止。因为育儿所条件有限，宫元花抱着孩子跟随八路军医疗分队边走边治，后来，她回忆说，当时，走到哪个村哪个村就

第二章　生死抉择

派牲口送，大人骑牲口，孩子坐在驮篓里。就这样，先后辗转马石店、腾甲庄等八个村子，最终，小福勇康复了。

1942年9月，育儿所转移至崖子镇田家村。随着枯黄的树叶日渐凋零，那个发生在雪夜里的故事开始悄悄酝酿一个惊悚的开头。

七十九年后，我怀着钦敬之情流连于当年的街巷中。走进一条狭长的胡同，我仿佛穿越漫漫时空，置身那个寒风凛冽的冬日上午。透过身边一扇虚掩的门板，老宅里隐隐传来小福勇稚嫩的咿呀声。冷不丁，远处锣声骤响，紧接着，门板被"咣当"撞开，我看见宫元花抱着小福勇仓皇而出，保育员李玉华紧随其后，

1942年那个寒冷的冬日，乳娘宫元花抱着小福勇，和保育员李玉华一道从老宅内匆忙而出，很快，在胡同尽头消失了

两人急急忙忙从我面前跑过去，很快，在胡同尽头消失了。

在荒凉的山沟里，她们一躲就是七八个小时。这期间，大人孩子没吃一口东西。看到小福勇不停地哭闹，一起逃难的老乡递来一块玉米饼子。宫元花和李玉华一点儿也舍不得吃，宫元花细细地嚼碎了，一口一口地全都喂给了小福勇。夜里，下起了大雪，呼啸的北风灌满了耳朵，撕扯着头发，狞厉而又粗暴。为了保护孩子，宫元花和李玉华盘腿相对而坐，双手插在对方的胳肢窝里，把小福勇夹在中间，像两堵人墙一前一后挡住风雪。过了一会儿，宫元花伸手摸摸福勇的小脚丫，糟糕，冰凉冰凉的。她赶紧解开自己的宽裆棉裤，把孩子腿脚裹进去。下半夜，雪越下越大，气温越来越低。宫元花和李玉华相互支撑，咬牙坚持着。忽然，宫元花觉得小肚子那块儿有热乎乎的东西"稀里哗啦"往下流，哎呀，小家伙撒尿了！当黎明窸窸窣窣走上山坡时，两个保育员已经被冻僵了。相互依傍的两个雪人如同一座洁白的石雕。这是一个令所有人动容的神圣画面，在这个世界上，还有什么堪比它所产生的震撼呢？

两年后，在育儿所庆祝六一儿童节大会上，宫元花和李玉华双双被评为"育儿模范"。

1943年4月，为了照料负伤返乡的丈夫，宫元花含泪离开育儿所。回家不久，她又急人所难，帮助八路军干部杨坤思抚养孩子长达半年之久。再往后，关于她的故事就只剩下一个耐人寻味的省略号了。

第二章 生死抉择

扫码听书

## 殇情北大沟

一条坑坑洼洼的小路，把沉沉的脚步牵到村北的半坡处。

走在前面的杨德亭扭回身，指着不远处一片被野草覆盖的空地对我说："当年的老房子就盖在那个地方。后来，我父亲把房子给了二叔，我十七岁那年，二叔把老房拆了。"按照他的年龄推算，那次拆迁发生在 1973 年。这就意味着，先后抚养过四名乳儿的姜明真在这儿度过了五十个春秋。终于，在一个萧瑟的

作者采访乳娘姜明真的儿子杨德亭

秋日，历经沧桑的老宅愀然离去，把曾经的一切悄悄地隐匿于山谷的深处。

　　大概是受了情绪的影响，杨德亭的表情有些凝重。初夏的暖风从远处漫过来，流水一样浸润着眼前的松树和柞树。我默默望着泛滥的绿色，心想，当年的老宅是什么样子？随着老杨的描述，草地上渐渐矗立起一间简陋的小草屋——先用山石砌高地基，再用黄土夯出围墙，最后，把野草往房顶一苫，尽管披头散发却也大功告成。用现在的眼光看，小屋俨若时光倒流的考古遗址：里面分隔的三个房间各拥着巴掌大小一块地方，中间挤着灶台，东西两端卧着土炕。至于内部的细节，则模糊空泛，只能依靠想象去填补了。令人称奇的是，主人竟然在房头植下几棵修竹。我忽然有些感动，是啊，真没想到，一对农民夫妻会用高洁之株装点清贫的生活，这是怎样的意境！瞧，竹影婆娑，清吟有声。我想，这，或许就是一个拟人化的隐喻吧。

　　姜明真的娘家在崖子镇西涝口村。她十七岁那年，嫁到东凤凰崖村，做了佃农杨积珊的媳妇。丈夫兄弟三人，排行老大。在村里，杨家是尽人皆知的贫困户，家中环堵萧然、空空如也。为了糊口，直到完婚的头一天，他还在财主家里扛活。新婚燕尔，姜明真就发现，自己托付终身的男人简直就是一个不知疲倦的家伙。真的，他太能干活了。如果用现在的标准评价，他是一个兀兀穷年的农民，一个胼手胝足的劳模。

　　穷则思变。

不知不觉地，一个隐秘的愿望像春天的小草在他心底悄悄绽出嫩叶。那是一个多么强烈、多么诱人的蛊惑——就像葵花之于太阳，干柴之于烈火，航船之于灯塔，那是对幸福生活的向往啊！

1937 年 12 月，中共胶东特委书记理琪组织策划并领导了著名的天福山起义，胶东大地随之燃起抗日烽火。就在这时，老杨家发生了一件蹊跷事，一觉醒来，丈夫杨积珊失踪了。后来姜明真才知道，男人已经投身革命，成了一名行踪飘忽的地下工作者。受其影响，两个弟弟相继入伍，再后来，二弟血洒疆场，为国殉节。作为杨家的儿媳，她和丈夫虽然没有爱情的海誓山盟，却有精神的相濡以沫。所以，当村妇救会主任矫凤珍和丈夫杨心田把刚刚满月的福星抱进杨家时，那个小小的襁褓便当即演化为乳娘与乳儿之间的生死契约。姜明真毫不犹豫地给八个月的小儿子断了奶。其果决之举分明就是铮铮誓言，没错，在抱起乳儿的同时，乳娘也郑重地交出了一份承诺。

那天，听到民兵敲锣示警，村民们一窝蜂地拥向南边的杨树岙，姜明真和婆婆却拉扯着孩子，慌张地朝相反的方向跑去了。对此，杨德亭解释说："翻过这片山坡，背阴的地方有条沟，叫北大沟，挺隐蔽的。当年为了躲鬼子，家里人就在沟里挖了两个藏身洞。一南一北，隔着几十米。洞口很小，肚子挺大，差不多一间小房的样子，大概有七八个平方米吧。我妈抱着福星，我奶奶背着我二哥，后面跟着我大姐、大哥，一家人都躲到北边那个洞子里。当时，我二哥断奶没多长时间，一看见我妈给福星喂奶他就哭，就闹，怎么哄也不行，结果，这一哭，就给自己惹出大麻烦了。"

这是一个骇人的悬念，我为那个男婴的安危感到揪心。

兀地，远处传来一声沉重的叹息，场景转换的一刹那，我的目光超越了现实空间，抵达了洞窟深处。我仿佛看见，姜明真怀抱福星，席地而坐。听着儿子一声紧似一声的哭喊，她面色黑灰，像破败的窑土。又过了一会儿，到底忍不住了："妈，咱得想个办法。锁儿一见我喂奶就哭，万一鬼子来了，听见动静，福星和咱全家就都毁了。"婆婆扬起下巴，目光紧张地盯着儿媳："你说咋办？"姜明真嘴唇哆哆嗦嗦，就像严重的口吃患者，好不容易把字句从嗓子眼里挤出来："先把他放到那边洞子里，哭累了，就没那些动静了。"婆婆下意识地瞥了孙子一眼，脸上的神情很凄凉，像清冷的月光笼着一片荒地。抻了片刻，无奈地叹了口气。小家伙似乎意识到什么，母亲刚一上手，他就拼命扭动、挣扎，哭声也因为惊恐变调了。几分钟后，姜明真上气不接下气地返回来，刚坐稳，一阵古怪的"嗡嗡"声由远而近，没等她明白过来，鬼子的飞机便挟着巨大的声浪从坡顶呼啸而过。她的身上倏地起了一层鸡皮疙瘩，连胳膊上的汗毛也竖了起来。突然，天崩地裂一声巨响，她浑身一震，洞里很暗，看不清她的神情，只看见塌陷的双肩微微颤抖，眼窝里斑斑泪光隐约闪烁。婆婆一骨碌爬起来，急着去看孙子，姜明真哽咽着劝阻道："娘，

第二章 生死抉择

047

千万别出去，要是被鬼子发现了，福星就保不住了。"飞机轰鸣
刚刚消失，她就急不可耐地钻出洞口，没跑多远，猛地愣在那儿。
天哪！洞口坍了！那一瞬间，整个世界抽缩成一声绝望的呻吟：
孩子，我的孩子！她疯了似地扑过去，拼尽力气挖开洞口，只见
儿子趴在地上，一动不动，震落的碎土把蜷曲的身影弄得一片斑
驳。她哆哆嗦嗦抱起孩子，一泓悲凉的泪水顺着脸颊蜿蜒而下。
"锁儿——锁儿——"走了形的叫喊撕心裂肺，忽然，孩子吭了
一下，又吭了一下，声音很细，很轻，好像有什么东西卡在嗓子
眼里。唉，可怜的小家伙，这会儿已经奄奄一息了。

　　因为连惊带吓，锁儿一病不起。回家后，症状不断恶化，
勉强捱了数日，第四天下午，可怜的小家伙终于停止了呼吸。哦，
那天的黄昏好美呀！映衬着天幕上的淡淡猩红，夕阳步履沉沉爬
上山顶，迟疑着回眸一瞥，留下告别前的最后一抹余晖。于是，
一朵朵晚霞默默围拢过来，围拢过来……那是迎接赤子西归的庄
严仪仗吗？

　　福星四岁时，被亲生父母接走了。那些年，姜明真先后抚
养了四名乳儿，时间或长或短，全都安然无恙，而她自己的六个
子女却因为疏于照料有四个不幸病故。不得不说，这实在是一曲
令人伤感的生命之歌。在悲怆的旋律中，生与死的不同音阶犹如
相生相克的重音符交替而至。令人欣慰的是，若干年后，那个叫
福星的小女孩用实际行动告诉世人：爱的生生不息是生命超越死
亡的唯一途径。

在半坡上盘桓之后，老杨领我去看当年藏身的山洞。由此向西数百米，再折向正北，大约二里开外，可见一条三四十米长的沟谷。南北走向，深五米左右。由于日晒风化，雨水径流，位于谷底西侧的洞窟已经坍塌，洞口亦被流失的山土掩埋，透过杂乱的野草，可见拳头大小的隙缝。忽然，隙缝中隐约传出孩子的哭声。是幻觉吗？我屏住呼吸，哭声消失了。沉静中，一个清晰的诘问穿过我的灵魂——到底是什么原因，让一个个乳娘在生死关头，宁肯舍弃自己和孩子的生命，也要守护乳儿的周全？到底是什么原因，让她们毁家纾难、义无反顾，而始终无怨无悔？

周边阒寂无声。

只有轻风呢喃，如泣如诉。

第二章 生死抉择

# 魂断杨树疥

　　就在姜明真面对痛苦抉择的时候，乳娘李淑真也同样遭遇生死劫难，其惨烈境况令人目断魂销，悲歌击筑。

　　李淑真生于 1904 年，娘家是崖子镇西涝口村。十八岁时明媒正娶，嫁给了凤凰崖村的青年农民杨枳文。1942 年 5 月，一路辗转的育儿所在村里扎住脚跟。望着陌生人怀中的褓褓，李淑真并未意识到，一个催人泪下的亲情故事已经悄然埋下伏笔。果然，没过多久，空间转换，大幕开启，清凉的月光下，村干部抱着七个月大的凤枝叩响杨家的门扉。揽过乳儿的那一刻，李淑真猛然发现，自己居然情不自禁地走进了历史的特定情境。哦，命运真是一个神奇的魔方，看似不经意地轻轻一转，便让这个普普通通的乡下妇女同一个撼天动地的旷世传奇产生了某种内在的联系。

　　经村干部引荐，我找到她的儿子杨德祥。老杨属鸡，已经七十多岁了，个头不高，一米六左右。说起话来，嗓门挺大，神情质朴。直觉告诉我，这是一个老实巴交的农民，其灵魂深处至今还保留着可贵的品质，类似父辈手上老茧那样的东西。老杨兄妹九人，他是幺儿。可叹哥哥姐姐人命危浅，到头来，只剩他一根独苗幸存于世。他说，1969年，老母亲抱病而终，享年六十五岁。

谈起往事，他领我走到村东头，指着南面四五里开外一片起伏的山峦说："那座山叫杨树夼，当年鬼子'扫荡'，村里人就躲到那片山里。"

乳娘李淑真的儿子杨德祥告诉作者，当年母亲就是沿着这条土路，抱着乳儿跑到山里去了

"那时候我还没出生，后来听老妈讲，那天下午，天上飘起小雪，我小姑在屋里哄着凤枝玩，老妈在炕上给凤枝做衣服。"

"小姑当时才十六岁，别看年纪小，思想倒挺进步。在学校里，她就加入了'青年抗日先锋队'。"

　　"傍黑的时候，就听见外边传来阵阵锣声，有人扯着嗓子使劲喊：'鬼子来了，鬼子来了！'老妈一听，扔下手里的活儿，抱起凤枝，拉着小姑赶紧往外跑，就顺着这条道，跑到山里去了。"

　　我问："你父亲呢？"老杨回答说："他得照应我爷爷奶奶，就这么着，他和我妈跑散了。"

　　"鬼子是从北边过来的，在村里住了一宿。第二天，包围圈就向南边马石山方向推。在杨树夼的北坡上，村民杨树坤和杨宗连被鬼子发现了。那时候，他俩都年轻，不到三十岁。听见鬼子吆喝，两个人拔腿就跑，鬼子的枪跟着就响了，杨宗连一头栽倒，当场就咽了气。杨树坤吓得浑身乱颤，拉不动腿。眼看鬼子就撵过来，他急了，抹了两把杨宗连身上的血涂在自己脸上，就势往地上一躺，拉过血淋淋的尸体压在身上，闭着眼装死。鬼子上来一看，很得意。以为是一枪打死了两个人，呜里哇啦叫唤了几句，走了。"

　　劫后余生，实属幸运。但是，血腥的杀戮仍在继续。杨树坤这边惊魂未定，李淑真那边就出事了。原来，就在杨树坤历险的时候，李淑真的藏身之处与他相距不过数百米。枪声乍起，姑嫂俩如惊弓之鸟，慌不择路，由于孩子拖累且山路崎岖，没跑多远，李淑真便脚步踉跄，气喘吁吁。看到嫂子越落越远，小姑子急眼了，扭头喊了一嗓子："嫂子，快点呀！"话音刚落，枪响了。

那颗致命的子弹俨然是死神投出的一把匕首，她被呼啸而来的子弹击中了，一声锐利的嘶喊从喉咙里猛地窜出来，她双手按住胸口痛苦地抽搐了几下，身子晃了晃，忽地瘫倒了。透着腥味的鲜血从胸口冒出来，花蕊般慢慢绽放，连缀成一朵又一朵恐怖的花。李淑真跌跌撞撞跑过来，此时，卧在血泊中的小姑子已经处于昏迷状态。"芬……芬……你醒醒，醒醒啊！"李淑真声音颤抖，泪流满面。听到亲人的呼唤，伤者的眼睛慢慢睁开了，只见她一下握住嫂子的手，失神的眸子里溢出深深的依恋。李淑真使劲搂了一把："来，我换着你，坐起来。"小姑子吃力地咧咧嘴，声音游丝一般："嫂子……别费劲了……我不行了……"忽然，坡下传来鬼子的吼叫，满眼惊骇的凤枝"哇"的一声哭了。"快……嫂子……"已经松弛的手指突然有了劲道，"为了孩子……快跑吧。"说着，小姑子猛地推开嫂子的胳膊，李淑真浑身一颤，她使劲咬住嘴唇，哽咽着站起身："妹子，嫂子对不住你了！"

那天晚上，偎在乳娘怀里的凤枝安然入梦，她哪里知道，躲在草丛里的娘亲却瑟瑟无眠。那一夜，山重水复；那一夜，人间至暗。

"大扫荡"过后，杨枳文匆忙进山，寻找妹妹的下落。在那片乱石参差的山坡上，场面惨不忍睹。杨枳文肝肠寸断，大放悲声，那是一种类似受伤的野狼迸发的嚎叫，凄厉、哀恸，剑一般刺透时空帷幕，把我的耳膜撞得生疼。我一惊，心尖像被什么蜇了似的，瑟瑟地缩紧了。恍惚中，我定定地望着前方那片山峦，

第二章 生死抉择

忽然，青虚虚的天幕上映出一个仰天长啸的悲怆剪影，我听见，那苍凉的嗓音在山坳间回荡，一种说不清楚的滋味从里面渗出来，慢慢融进山林，而后，又袅袅升上历史的天空。怀着深深的敬意，我在采访本上一笔一画地记下当年那个花季少女的姓名——杨极芬。我想，逝者已矣，生者如斯。当我们安享今日的幸福时，应当永远铭记那个曾经发生在杨树夼山坡上的故事。

我昂起头，凝望着远方那片山峦，悄悄地，心底又响起在凤凰崖村北的洞窟前浮现的无声诘问：到底是什么，让老百姓舍生忘死、义无反顾地追随中国共产党。

绿野寂然，青山不语。

我想，那个令人信服的答案就蕴藏在无边的缄默中。

# 第三章
## 寸草春晖

RU NIANG

1952 年 7 月，新中国大势初定，胶东育儿所也圆满完成了肩负的历史使命。

翌年，育儿所接到上级指示：身处各地的父母将陆续前来接走孩子。于是，所里召开全体会议，第一次向孩子们公开了隐瞒至今的身世及亲属关系，并解释说："你们为什么从来没有见到爸爸妈妈？就是因为国家处在危亡之际，你们的父母都奔赴战场，没法照顾你们，所以才把你们送到这里。现在，战争已经结束，你们很快就能够同父母见面了……"

一天，育儿所阿姨找到八岁的宋玉芳，认真地对她说："爱利（宋玉芳乳名），你父母来信了，这几天就来接你。"直到这时她才知道，小班那个叫小林的女孩儿是自己的亲妹妹。

临走前，姐妹俩去照相馆合影留念。

第二天，一辆吉普车风尘仆仆地驶来了。一见司机，宋玉芳羞涩地喊了一声"爸爸……"，司机尴尬地解释说："我是首长的警卫员，你爸爸工作太忙，没时间接你们，所以派我来了。"妹妹哭着、闹着不肯上车："我不要爸爸妈妈，我要阿姨……我不走，我就是不走……"送别的几位阿姨同样依依不舍，都哭了。一位阿姨抹了下眼泪，硬是把妹妹抱上车。直到吉普车驶出人们的视线，哭闹声依然从苍茫的远方传过来……

第三章 寸草春晖

扫码听书

扫码听书

## 爱的接力

　　那是一个蕴含玄机的清晨。

　　早起，窗外朦朦胧胧，漫着一片捉摸不定的薄雾。你像往常一样，扛起镢头匆匆出门。或许是第六感觉不甚发达，所以，在田里忙活的时候，你并未察觉什么地方不对劲。约莫一顿饭的工夫，雾气散了，太阳慢吞吞地露出脸来。就在这时，那个和你有血缘关系的陌生女人突然出现了。

　　发生在家中的一幕场景是弟弟君辉事后说给你听的。作为姐姐的眼线，曾经的跟屁虫如同当年守候消息树的儿童团员。他说，那会儿，母亲正忙着拾掇鸡食，一名公社干部领着客人走进小院。一照面，公社干部就直奔主题："婶子，这位大姨是从上海来的，有事找你。"养母懵里懵懂，上海来的？找我干吗？尽管心生诧异，但并不妨碍她用热情的笑容招呼客人。不知怎的，刚刚漾开的笑意突然溜号，让人觉得虎头蛇尾。真奇怪，素昧平生，却似曾相识。养母仔细端详，瞧，她穿着时髦，气质尊贵，那眉眼，那身段，都活脱脱映出了你的影子。养母的心底迸出一声轻叹，那一瞬间，她什么都明白了。

和养母最初的反应一样，对方也是满脸困惑。

她试探着问："大姐，你是姓邓吗？"养母点点头。客人摇摇头："你不像我认识的大姐，我是不是找错了？"养母问："你找谁呀？""宋尊光，宋大哥。我记得很清楚，那位大姐叫邓素云……"养母淡然一笑，"没错，这就是宋尊光家。邓素云是我堂姐。"对方恍然大悟，"哎呀，怪不得呢，刚才我还纳闷，你个头比邓素云高，脸面也不一样啊。"养母把客人让进屋，甫一落座，她就迫不及待地问："孩子怎么样？"养母说："挺好的，待会儿收工，就回来了。"客人轻轻叹了口气："咳，她出生才十八天就托付给了宋大哥，一晃，十九年喽！"正说着话，忽然发现西屋门后探出一颗脑袋，她好奇地问："这是谁呀？"养母回答："我儿子。"客人笑眯眯地朝男孩招招手："来，过来。"说着，拎过搁在桌上的挎包，拽开拉链。弟弟顿时眉开眼笑，嚯，一只金黄色的面包和一把红红绿绿的糖果把原本普普通通的日子变得比过年还要喜庆。

天近正午，收工了。

离着家门几丈远，弟弟就嚷嚷着迎上来："姐，咱家来人了。"你说："什么人？""是个女的，穿得可好呢！"弟弟兴奋地比划着，你理解他的心情，既然来了客人，中午这顿饭无论如何也要改善一下了。

一进门，坐在桌边的客人便"呼"地站起来，原本平静的

第三章 寸草春晖

脸上瞬间紧张起来，视线着了魔似的盯在你脸上。你浅浅一笑，羞涩地垂下眼帘。哎呀，那两束目光把脸蛋灼得都有点发烫了。养母咳了几声，随后，有些发颤的声音从喉咙里挤出来，"正子，这是你亲妈。"虽然低如耳语，但是，在你听来，却似一头怪兽挟着风雨呼啸而至。你的胸口"轰"的一震，心忽地乱了："亲妈？不，不可能，我妈早就不在了。""跟你说实话吧，正子……"养母的眼角泛出苦涩的笑影，"你是抱养的，我姐把你托付给我的时候，你才4岁。"旁边的女人点点头，用确凿的眼神否定了你的怀疑。你怔怔地望着她，仿佛望着一个怪诞的谶语。渐渐的，你的眼窝里有光影晃动，随即，两颗晶莹的泪珠悄然滑落，"咚"的一声在你心底的燥土上砸出一团烟尘。你突然捂住脸，扭身跑进西屋，"咣当"一声摔上房门。哭声骤起，如同滚雷，养母和生母面面相觑，没了主意。终于，养母的嘴角翕动了几下，似乎想说点什么，但踌躇着不知如何表达。她抬手搓搓脸颊，又痛苦地咳了几声，最后，还是沉默了。

　　一个时辰后，你抹着眼泪坐到灶台前。你是个明白事理的姑娘，尽管感情上无法接受，但出于礼貌，也不能怠慢突然出现的母亲。吃饭时，生母用伤感的语气发掘出埋藏已久的亲情档案，于是，你知道了事情的来龙去脉，也知道了自己在家中排行老三，上边有一个哥哥和一个姐姐，下边还有一个妹妹和三个弟弟。母亲说："当时部队突围，没法带你，只好委托你的养父、养母代为抚养。他两都是共产党员，把你交给这个家庭，我和你爸都放心。"你一直低着头，躲避着母亲的视线，白色的忧郁笼着你的脸，像落了一层霜，两片活泼的嘴唇抿成紧闭的大门。"实际上，哥哥、姐姐的情况也和你相似，当时，你哥哥撂在北京，你姐姐撂在宁波，新中国成立后，他俩先后被找回来，现在，全家只剩你一个人留在外面了……"说到这儿，母亲顿住话头，神情有些迟疑。少顷，又把视线转向养母，用求助的语气说："老邓啊，我这次来，就是想带着孩子回去。这么多年了，我总得对全家有个交代吧。我想让正子和兄弟姐妹见个面，相互认识一下。"养母闷了片刻，开口了："正子，要不……你就回去吧。"你脖子一梗："我不回去！你身体不好，我爸又不在家，我走了你和俺弟俺妹咋办？家里的日子怎么过？"养母试图宽慰你："穷人家的日子好对付，到时候……"话没说完，你气哼哼地把筷子往桌上一搁。突兀的沉默产生了明显的窒息感，空气仿佛凝固了似的。

晚饭后，养母悄悄对你说："正子，听你妈讲，为了弥补对你的亏欠，她和你爸已经在上海为你找好了工作。上海是大城市，生活条件跟咱们乡下比，一个天上，一个地下。你年纪还小，为了将来有出息，还是跟你妈走吧。"

那天夜里，你的心里发生了一次隐秘的斗争。也就是说，家人并不清楚你情感气压的峰与槽究竟发生了怎样的变化。听，起风了。突如其来的气旋把你心中平静的湖水搅得波涛汹涌，矛盾交织的念头像结下梁子的浪花不停地大声咆哮着、相互撕咬着。哦，六千多个日日夜夜历历在目，深入骨髓的亲情让人实在

第三章 寸草春晖

难以割舍。是啊，你永远忘不了，为了让自己吃饱，没有奶水的素云妈妈揽着襁褓走街串巷讨奶吃；你永远忘不了，养父一次次背着女儿，走几十里的山路求医问药；如今，这个家上有老，下有小，养母重病缠身，弟妹尚未成年，自己要是走了，这个家可怎么办呐？然而，养母的劝说也是入情入理，意味深长："我知道，闺女是放心不下这个家。不过，你还得听妈说一句，当父母的，拉扯孩子到底图个啥？不就是盼着你们将来有出息吗？"直到天蒙蒙亮的时候，斗争终于有了结果——命运抛来的缆绳颓然落空，悬念终结了。瞧，你的生命之舟依然坚定地系在先前的锚桩上，因为，那是情感的泊位呀！

一周后，生母郁郁辞行。你伫立道边，久久凝望着远去的背影。视线中，长长的街巷随着失意的脚步不断延伸，那是一条通往昨天的道路。是的，十九年前那个寒冷的冬夜，汪水村党支部书记宋尊光就是踏着坑坑洼洼的路面把你悄悄抱回自家小屋。

在养父后来的回忆中，1941 年的汪水村遥远而模糊，不过，从岁月深处传来的婴儿啼哭却尖厉而清晰。那年秋季，一支四十多人的新四军小分队进驻汪水。起初，村支书并未意识到，冥冥之中，一条无形的纽带已经把他和一对年轻夫妇联结在一起。听上去，丈夫操着浓浓的宁波口音，妻子则挺着大肚子，看架势，即将临盆。果然，没过多久，你出生了。十八天后，部队紧急转移。面对年轻夫妇求助的目光，村支书没有丝毫犹豫。当他小心翼翼接过襁褓时，已然成为你抵达命运彼岸的摆渡人。从那天起，你有了一个新的家，有了新的父亲和母亲。

　　采访时，我看到了一张泛黄的全家福照片：你站在父母中间，四五岁的光景，穿着花袄花裤，苹果似的小脸蛋，梳着两条小辫子。养父国字脸，浓眉大眼；养母脸庞圆圆的，眉目清秀，面色白皙。夫妇俩端坐在凳子上，身后的背景居然是一面灰黑驳杂的老旧墙壁。听村民讲，养母比养父大一岁，小时候父母包办，两家定了娃娃亲。在丈夫的影响下，勤快、贤惠的家庭主妇毅然加入了共产党，于是，夫妻加同志，成就了汪水村历史上第一对革命伴侣。据说，在村民眼里，养母是汪水街上最漂亮的女人，她不光长得俊，而且口齿伶俐，要不然，上级怎么会把支部宣传委员的担子交给她呢？

　　后来，你才知道，养母曾经生育过一儿一女，均不幸夭折。雪上加霜的是，那年深秋，她拐着一双小脚蹚过乳山河去偏僻山坳里参加一个秘密会议。返回时，山洪突至，河水暴涨，寒彻骨髓的涡流登时变成摧残生命的炼狱。当她嘴唇青紫涉到岸边，除了上肢尚有轻微的触痛，胸部以下已经完全麻木了。及至体温恢复过

邓素云（左）、宋尊光（右）夫妇与乳儿宋连芳（中）合影

来，她的体内已经埋下致命的病根，并彻底丧失了生育能力。正由于此，夫妇俩打心眼里稀罕你，就像捡了个宝贝疙瘩，一天到晚捧在手心里。没有奶水怎么办？养母抱着你，走东家串西家，村里但凡有乳汁的奶头让你吮了个遍。渐渐地，一口接一口的奶水催生了你的情感，浸透了你的灵魂，在爱的滋养下，你一天天地长大了。

天有不测风云。

的确，全家人谁也没有意识到，当初封冻于养母体内的河水居然悄悄发生变化。就像冰面下潜流涌动，并不影响上面路人通行，可突然有一天，冰面开裂，水花四溅，一个看似正常的躯体当场坍塌了。

因为缺医少药，病人的生命体征慢慢衰竭，清醒与混沌的界限变得越来越模糊了。从昏睡中醒来，看到你乖乖地偎在身边，养母干燥的眸子里有了潮湿的水汽，脸上也显出欣慰的神色。有时候，养父也在旁边坐一阵儿，偶尔，会有只言片语，但大部分时间都是在沉默中度过的。对于这对传统夫妻来说，沉默也是一种语言，于无声处，女人体会到了少有的温馨。与此同时，细心的妻子也发现了丈夫的变化，从前那么豁达的一个人，现在居然眉头紧锁，满脑门子都写满了心事。其实，养母的感受更沉重，生离死别，她的心里该有多少遗憾和牵挂呀！

弥留之际，养母想到了堂妹邓素珍。堂妹比养母小十一岁，因为罹患肺病，耽误了婚期。有道是，人之将死，其言也善；鸟之将死，其鸣也悲。一俟堂姐洒泪托孤，堂妹顿生悲悯。于是，在泪雨纷飞中，姐妹俩完成了一次伟大的接力。

数日后，三十九岁的养母撒手而去，把尚未用完的母爱悉数留给了堂妹。就这样，在那个恍兮惚兮的秋日里，你有了一位新的母亲。那一年，你刚满四岁。

养母邓素珍性格内向，不善言辞，个头比堂姐高，肤色略黑，打眼一看，病快快的。不过，相较于堂姐，她对你的关爱并无二致。是啊，母爱永远是一棵常青树，因为，它的根须深深扎进人性的土壤里。一任季节轮回，那匝地的绿荫始终不渝地重复演绎着颠扑不破的情感逻辑。

六岁那年，你有了弟弟。时隔两年，又添了妹妹。谁也没想到，小丫头的哭声竟然成为悲剧的先导，养母体内的结核病灶就像沉睡的火山一样悄然苏醒了。起初，是低热、胸闷，伴发刺激性干咳。听着尖厉的声音如鞭梢破空般肆意呼啸，你战战兢兢拢住双臂，肩膀瑟瑟地缩紧了。随着病情不断加重，泡沫状的痰液中有了血丝。几经迁延，终于酿成一幕恐怖的场景。那是一个宁静的黄昏，倦鸟归林，牛羊回圈，你家的灶台前晃动着养母的身影。突然，一阵剧烈的咳嗽挣出喉咙，她双手捺住胸口，痛苦地搐动了几下，紧接着，一串古怪的声音从她的胸腔迸出，震颤中，她像舷边的海浪来回摇晃，几秒钟后，斜着身子扑倒了。殷红的鲜血淋淋沥沥地从她嘴角涌出来，在锅台上、地上洇展、渲染。从那以后，养母几乎丧失了劳动能力，只能勉强做一点

第三章 寸草春晖

家务。为了减轻她的负担，你学会了做饭，也学会了洗衣服。看到你像护士一样围着养母转来转去，有好心人支支吾吾地提醒说："闺女，你妈那个病……会传染的，你还是小心点吧。"小心？干吗小心？你愀然变色，因为害怕传染就不伺候？她是我妈呀！

那些年，也真是难为了养父母。

身为村支书，养父一天到晚连轴转，白日里，率领老少爷们摸爬滚打；入夜后，除了开会，还要制订第二天的生产计划，逐项调配劳力。待到所有的事情忙完了，已经累得精疲力竭，即使在睡梦中，他也能闻到从山坡上、大队部里飘来的土腥味儿和烟草味儿。如此一来，家里的事情就全撂给养母。且不说她要抱病操劳，仅靠养父挣那点有限的工分，如何养活一家五口？眼瞅着，日子过得越发艰难了。

尽管如此，养父和养母还是像从前一样向着你。那时，口粮主要是地瓜干，让人稀罕的玉米饼子就成了饭桌上的珍馐美味。因此，一旦它抛头露面，弟弟君辉便垂涎欲滴；妹妹也像猫儿一般乖巧地偎着养母，扬起下巴，两只眼睛痴痴地盯着袅动的热气。然而，养母的分配方式每每令其大失所望。她先是不动声色地给他俩盛上地瓜干，而后，麻利地把玉米饼子递给你。弟弟不干了，嘟嘟囔囔进行质疑，养母连哄带骗："你姐现在正长身子，得尽量让她增加点营养，过两年，等你长身子的时候，我把好吃的都留给你。"弟弟理屈词穷，瘪着小嘴，不吭气了。

接下来，你的举动却让失望变成惊喜。只见你拿起饼子一分为三，递给弟弟和妹妹，剩下的一块递给养母，养母虎着脸又推给你。弟弟则不管三七二十一，狠狠咬上一口，有滋有味地嚼出满脸笑意，养母却皱着眉头，轻轻叹了口气。

弟弟君辉在后来回忆时深有感触地说："别看父亲40多岁才有了我这个儿子，但自始至终，他和我妈对姐姐的疼爱远远超过我和妹妹。结婚前，我就穿过一件像样的棉袄，藏青色的面料，还是三姨给我做的，一口气穿了七八年。妹妹穿的，全是姐姐替换下来的旧衣服，染染色，改一改，就上身了。"

你八岁那年，养父牵着你的手，亲自把你送进村东头那间破旧的教室。"宋连芳。""到！"你怯生生地站起来，嗓音倒是脆亮亮的。随着学识的增长，你对父母的情感也发生了微妙的变化。你逐渐体会到，父爱和母爱是有差别的。对于父亲来说，所谓望子成龙，俨然是一个充满无限张力的词语，它意味着父亲的关爱是通过理性呵护帮助子女跨越成长的时空距离。你很争气，学习成绩总是名列前茅。每当捧起你的成绩单，父亲眼角的鱼尾纹便滋润地舒展开来，母亲枯涩的眼窝里也会悄悄渗出湿漉漉的东西。

多少年以后，你还会时不时地听见从童年传来的蝈蝈的叫声，只消耳边"扑"地一响，那只蝈蝈会轻盈地跳进记忆的眸子里。好可爱呀！它歪着小脑袋，潇洒地振了振翠绿的翅膀，清脆的鸣叫便从薄如蝉翼的翅下一串又一串地冒出来。你擎着蝈蝈笼转来

第三章 寸草春晖

转去地看，它却旁若无人，只顾一个劲儿地叫。你说，小的时候最喜欢跟父亲去赶集。哦，我明白了，那只蝈蝈就是赶集回来的路上父亲给你逮的。还有那辆独轮车，每次父亲把你抱上车头，你都体会到一种踏实的快乐。车轮是榆木做的，走起来"吱扭、吱扭"，声音很大，说得夸张一点，能传出两三里远吧。像往常一样，一听到隐约的"吱扭"声，母亲便放下手里的活计去拾掇午饭，等你们父女俩进了门，热气腾腾的饭菜也上了桌。虽然是粗茶淡饭，一家人却有说有笑，其乐融融。是啊，亲情所产生的幸福感同物质的多寡是根本不能画等号的。

　　三年困难时期，有一天，养父在街上遇到一个抱着孩子的寡妇。孩子蜷缩在母亲怀里，哭闹不止。养父关切地问："这么个哭法，是不是病了？"寡妇答道："家里断了顿，饿的。"养父无奈地叹了一声，扭转身，闷着头走了。隔了几步远，突然甩过来一句话："你家没留地瓜种吗？""留了。"寡妇莫名其妙，村支书说这话是啥意思？她愣怔片刻，回过神来，总算明白了藏在话里的意思。那时候，村里没有足够大的储藏室，因此，每年秋后，代储村里分配的地瓜种，就成为各家各户必须完成的任务。待到谷雨过后，村里回拢种苗，坏了，寡妇家明显对不上数了。队长火刺刺地对养父说："都像她这么弄，地还怎么种？不行，必须罚她的款，全村批斗。"养父的态度息事宁人："她一个女人家拉扯三个孩子也不容易。人命关天，吃了就吃了，剩下多少算多少吧。"消息传开后，村民纷纷在背后竖起大拇指：好人，老宋真是个好人呐！

春秋数载，你小学毕业，上初中了。

学校离家七八里，养父骑着那辆二手自行车每天接送，风雨无阻。上高中时，离家更远了，养父就把自行车让给你。再去公社开会，他只能徒步跋涉。看到宋支书喘吁吁、汗津津的样子，领导颇为不解："你没骑车吗？"养父"嘿嘿"一笑："闺女到城里念高中，给她骑了。"

这期间，养母病情逐渐加重。你惴惴不安，高中还没念完，就毅然辞学返家。恰好，村里小学缺一名代课老师。你走上讲台，由此开始了教学生涯。

期盼中，困难时期姗姗离去，没承想，养父又突遭不测，因为一次意外约谈，他被兜头泼了一盆"贪污集体粮食"的脏水。

那天晚上，养父喝了不少劣质白酒，你知道他满腹委屈无法化解，没有别的办法，他只能用透明的液体冲刷心中的块垒。待到酒意阑珊，他把几个孩子招呼到跟前。记忆中，养父第一次召开如此严肃而又特殊的家庭会议。不知为什么，养父好半天没有开口，他坐在那儿，一直用湿漉漉的眼睛望着你们。终于，脸上显出了一个苦涩的微笑："下次再让人叫走了，不知道还能不能回来……高平（弟弟君辉的乳名）和小敏（妹妹的乳名）都大了，也该懂事了，一定要听话，别惹你妈生气……"忽然，他的嗓音有点发颤，"我的事情可能会连累你们……"说着，头慢慢地垂下去。少顷，又倔强地昂起来，"我没做过任何对不起

党和人民的事……"他声音低沉地强调说，"我可以用我的良心对天发誓。"倏忽一下，已经蜷缩的心脏悬起来，你有了一种不祥的预感。果然，没过多久，担心的事情发生了。

养父被羁押的那一刻，你听见重力坍塌的隆隆轰响，地震了。剧烈的摇撼让你觉得胸骨、肋骨，甚至肺叶如同倾塌的梁柱，"稀里哗啦"砸下来，顿时，心脏感到窒息般的压迫。窝在炕上的养母发出一声凄厉的哀号，哆哆嗦嗦撑起身子，溺水似的张着嘴巴，大口大口喘息着，等她拼命挣出水面时，已经泣不成声了。

没过多久，养父锒铛入狱。

消息传来，你悲愤不已。那天晚上，你耿耿难眠，沉沉黑暗为你的灵魂进行了一次庄严洗礼。是的，灵魂也是在磨难中慢慢长大的——爱，是它的起点，也是它的年轮。不管怎样，灾难发生之后，生活再也不是原先的模样了。

听说支书成了坏分子，许多村民表示质疑。很快，他们把矛头对准了提供检举材料的小队会计。"你不是说书记贪污吗？那么，我们也问一句，你是会计，管钱管物，你自己的屁股干不干净？""要想贪污，你最有条件，你必须给大伙说清楚。"什么叫众怒难犯，只要瞅一眼那个群殴的场面，就会明白什么叫作痛打落水狗。看到民意汹涌，工作组索性将小队会计一并拿下！

若干年后，刑满释放的构陷者良心发现，悔不当初。同弟弟君辉聊天时，他道出了曾经的隐情，虽说不过寥寥数语，却贯穿了一个家庭整整 12 年的悲惨时空。当时间的河水终于洗白冤情，昨天的故事已经白发苍苍，宋支书的大好年华亦戚然远逝。

变故发生后，负面影响随即显现，你被校方撵下讲台，扫地出门了。

新的打击让养母再遭重创，咳声骤起，血渍狼藉。喘息甫定，她擦着嘴角，想说点什么安慰你，可是，说什么好呢！哀叹之余，她的目光透出深深的怜惜，她明白，家庭生计的重担今后将无情地压在你柔弱的肩上。唉，苦命的闺女！你的表情倒很平静，装得像个没事人似的。"不让教就不教呗，有啥大不了的？不就是下地干活吗？喊！"于是，广袤的原野变成新的黑板，养父留下的镢头变成"吱吱呀呀"的粉笔，你描呀，画呀，字里行间，写满了摸爬滚打、栉风沐雨。尽管你使出浑身气力，一天也只能挣六七个工分。辛辛苦苦干到年底，一结账，居然欠了队里数百元钱。望着账目表上骇人的赤字，你神情凄楚，默然无语。对于饥饿的肠胃而言，食物就是最简单又最权威的真理。在弟弟君辉的描述中，那几年，吃饱肚子就是全家的奋斗目标，作为过来人，饥饿的滋味实在是一段刻骨铭心的经历。慢慢地，人们发现，性格开朗的小正子变了，不仅话少了，笑容也不见了，明晃晃的日头底下，一双抑郁的眸子竟然堆满了夜色的孤寂。

农历八月十五，二姨登门了。一包做工粗糙的月饼带来了久违的欣喜。养母拿起一只月饼，掰成两半，递给弟弟和妹妹。然后，又拿起一整只月饼塞给你。你看了养母一眼，轻轻掰了一

第三章 寸草春晖

小块儿，又递回去。养母嗔怪道："这孩子，大了，咋就不听话了，拿着，别惹我生气！"看到养母面带愠色，你只好乖乖接过月饼。从那以后，你的唇齿间始终滞留着月饼的芳香，那圈红褐色的图案也永远成为你灵魂的胎记。后来，你享用过许多糕点，但在情感的天平上，它们的重量同当年那块月饼根本无法相提并论。

就在一家人度日如年的时候，你的亲生母亲突兀而至。过后，你专程跑去莱阳探监，把事情的经过一五一十告诉养父。对此，养父颇感自责："这事怨我……早晚得有这一天，我应该早讲给你听听。"他劝你："上海是大城市，你爸你妈又是大干部，家里的条件跟咱这边没法比。既然联系上了，你就犯不着待在乡下遭这份罪，该回就回去吧。"你懊恼地蹙起眉头，眉宇间挤出的竖纹如同一个醒目的惊叹号："不，绝对不可能！"

为了让社员多多少少增加点收入，村干部一番琢磨之后，决定偷偷摸摸搞点副业。

听，机遇来敲门了。

迎接它的，当然是激情与干劲。

你从大队领回玉米叶，利用晚上的空闲编织小垫子。先前的作息规律紊乱了，那盏脏兮兮的小油灯也由此患上了失眠症。瞧，昏黄的光影困倦地摇曳着，淡淡的光晕浸着你同样困倦的眸子，从夜色微凉到月没参横，你不停地编呀编，仿佛制动失灵的车辆沿着惯性的斜坡一个劲地向前滑行。养母实在忍不住了，心疼地絮叨说："你不要命了？明天还得下地，赶紧歇了吧！"

漫在窗台上的月光晃了一下，发出隐隐的喟叹。的确，望着眼前的一幕，向来不动声色的月亮也被深深感动了。

　　有时候，生活就如同一部时空交错的电影。通过平行蒙太奇，我们看到，这不是汪水，也不是乳山，而是千里之外的上海街头。一周前，你接到一封家书。信中，母亲表达了全家人期盼你来沪探亲的迫切心情。起初，你并未理会，但经不住养母再三劝说，最后，勉强同意了。临行前，你多了个心眼，让妹妹和你结伴而行，有了护身的挡箭牌，撤退时就不愁找不到借口。

　　唔，上海的一切好新鲜哟。

　　楼房如层林尽染，商场似孔雀开屏，更有旋转木马似的车流、人流把你搞得晕头转向。

　　就在你滞留上海期间，弟弟君辉做了一件让你疚痛终生的事情。

　　那天是星期六，下午放学早，贪玩的弟弟趁机去了邻村同学家。太阳离山顶还有一竿子高，他的肚子就咕咕叫上了。挨饿的滋味真难熬啊。从同学家出来，没走多远，碰上一户人家吃晚饭，小饭桌就摆在大门口，把他馋的呀，就那么傻傻地站在旁边，眼巴巴地瞅着人家，再也迈不动腿了。过了一会儿，他居然怯怯地伸出手，自语似的咕哝着。男主人瞥过来一眼，冷着脸，没接茬儿。女主人犹豫片刻，开口了。"你是哪个村的？""汪水。""噢，姓啥？""姓宋。""你爹叫啥名字？""宋尊光。"埋头吃饭的男人扭转脖子，冷冰冰的脸上有了暖色，他感慨道：

"我听你们村的人说，你爹是个好人呐。"女人悄声嘀咕了一句："他不是让公安局抓走了吗？"男人眼睛一瞪："你瞎咧咧啥？"说着，朝屋里努努嘴，使个眼色。女人颠颠地跑进屋，拿出半个玉米饼子递过来，弟弟接过饼子，千恩万谢。一扭身，便狼吞虎咽，吃急了，噎得直翻白眼，抻着脖子，公鸡啼鸣一般，连着打了几个嗝。

后来，消息传到舅舅耳朵里，他又跑来告诉姐姐。养母气得火冒三丈，戳着弟弟的额头，上气不接下气地骂起来："小兔崽子，出去要饭！你这不是成心丢老宋家的脸吗！"听了这话，你像结结实实挨了一巴掌，脸上火辣辣的。随即，你给上海写了一封求助信。救急如救火啊！从那时起，翩翩鸿雁每月都会准时送来20元补贴。放在今天，这点钱显得微不足道，但在当时，却是雪中送炭。的确，连续四年的资助如同一条脱困的纤绳，在亲情的助力下，逆水之舟终于渡过了波涛汹涌的岁月之河。

那天，你在田里淋了雨，一连三天，高烧不退。第四天，挣扎着爬起来，跌跌撞撞要去锄地。养母连说带劝，好歹把你拦回来，然后，守在炕边，默默地望着你。慢慢地，怜悯的目光中生出愧疚之意。是啊，当初，她当着堂姐的面发誓，将来一定要用自己的爱心给你更多补偿，可是，时间却让现实内容悄悄变质。如今，面对曾经的承诺，她该怎样兑现那张空头支票呢？沉吟半晌，养母旧话重提："闺女，我想来想去，你还是回上海吧，省得在这里受拖累。你还年轻，干啥都不耽误。去了大城市，准保比窝在山沟沟里有出息。"你猛地拽过被子，把脑袋蒙了个严严实实。话不投机，养母当场卡壳了。

1969年8月，养父刑期届满，出狱了。

明亮的阳光下，他怕冷似的拢着双臂，身后，拖着一条沉重的阴影。但无论如何，亲人团聚是离散五年之后最令人高兴的事情。唏嘘过后，自然少不了摆酒接风。或许是长期戒酒的缘故，从前的海量竟明显缩水，没喝多少，养父就醉了。

旧愁未泯，你的终身大事又成了养父养母一段新愁。按照当时的规定，芳龄十八，女子即可跨越婚姻的门槛，你呢，时年二十又二，依然待字闺中。在当地，显然是屈指可数的大龄青年了。

养父养母当然希望你能够寻一个好夫婿，即便不回上海，起码也应该嫁到城里。他们深知，作为女人，出嫁犹如二次投胎，因此，希望通过婚姻弥补对你的亏欠。从这个意义说，无论对你还是对养父养母，这都是极其重要而且唯一的机会。

一家女，百家提。

出乎所有人的意料，你没有进城，也没有远走高飞，而是选择了邻近汪水的李格庄青年农民于朋之。你的思路很明确，既然是父母的小棉袄，离得太远，他们怎么能想穿就穿呢！

通过媒人的描述不难看出，于家不过是村里的一户普通家庭：全家兄弟四个，于朋之是长子。介绍人夸赞说，他是全村公认的大能人，不仅是侍弄庄稼的一把好手，而且心灵手巧，木匠、

瓦匠无师自通。初次见面，你怦然心动。嚯，一米八几的个头，五官俊朗，身材魁梧。该当因缘际会，一上来，对方那憨憨一笑，瞬间激活了你的情感电路。印象最深的，是他明亮的双眸。不是说眼睛是心灵的窗户吗？没错，那是一双怎样的眼睛啊，坦诚、清澈，就像一口深邃的井。你只向井里看了一眼，淋漓波光便在心中荡漾了一生。和女人的细腻相比，对于初次相亲的感受，男人往往是粗线条的。事后，他能提供的唯一线索就是你的辫子。他说，那条辫子挺长，油亮油亮的。看得出，在他心目中，那条辫子无异于感情的破折号，至于后面的内容，则有待于时间去补充了。

你把自己的感受如实告诉了养父母，你说："我都打听了，他手很巧，能吃苦，通过接触，觉得这个人也很实诚。二老要是不反对，我就跟了他吧，这样离你们也近，走动方便，将来也好有个照应。"养母没吱声，只是眼巴巴地瞅着养父，那目光的意思是说，孩他爹，你表态吧，你是一家之主。不知怎的，就这么一会儿的工夫，养父那张熟悉的面孔就老了好多，他目光严肃地看了你一眼，开口了："结婚是一辈子的大事，你可得想好了。嫁给他，你不后悔呀？""不后悔，我自己拿的主意，我认命。""好吧，既然这样，就按你的意思办吧。"说着，养父又追上一句，"这件事，你还得和你上海的父母说明白，听听他们是什么意见。不然的话，他们会埋怨我和你妈一辈子。"

听说姐姐找了农民，弟弟君辉感到十分惋惜。他对你说："姐，就凭你这条件，找农村的太亏了。你回上海多好！"你回了一句："你懂什么？我在当地找对象，结了婚还能回娘家住。不然的话，这个家怎么办？谁给你做饭吃？"弟弟也道出了心里的小九九："我早就想好了，你要是回上海，我也能跟你到大城市去。"你笑了："傻弟弟，上海是咱们待的地方？"你抬手摸了摸弟弟的脑袋，心里说，别看个子不矮，说话办事还是个孩子。

商定婚期时，养母的心情比养父还迫切。由于长期的病痛折磨，她瘦得走了形，枯萎的身体被疾患的箭镞扎得千疮百孔。来自身体内部的声音让她日益沮丧，以至于对病情越来越没有把握。正由于此，你能否尽快婚嫁，就成了养母的心病。对她来说，那个标志性的时刻无疑具有特殊内涵：一是兑现当初的承诺，二是告慰托孤的堂姐。

很快，养母就开始张罗嫁妆了。

按照当地风俗，女儿出嫁陪送的三铺三盖，须由母亲亲力亲为。选好被面，弹好棉花，仔仔细细缝好网套，再择定一个双月双日的吉祥时辰，就可以静候开工了。那天上午，艳阳高照，喜气盈门。院子里铺开塑料布，养母和几位帮忙的妇女席地而坐，聚精会神，颇似联袂创作的画家着意描摹一幅精致的作品。听着几位大婶七嘴八舌的讲述，你才知道，做床被子原来还有那么多的讲究。譬如，被子要缝两床厚的，每床棉花十斤，寓意十全十美；剩下一条，棉花六斤，寄望六六大顺；缝被子必须用双线，针脚要密，一根线从头缝到尾，意思是千里姻缘一线牵，夫妻白

第三章 寸草春晖

头到老，生活甜甜蜜蜜。看到絮了十斤棉花的被子厚得有些夸张，你不解地问："平时盖的被子也没这么厚呀？"一位大婶笑呵呵地解释道："一床被用多少棉花，可是有说道呢！当年我出嫁那会儿，听我妈讲，被子和辈子一个音，陪嫁的被子一定要做得厚厚的，这叫"厚被（辈）子"，图个吉利。结婚是终身大事，谁不想以后过日子多点福气。"那一刻，你的心弦被悄然拨动了。唔，稠密的针脚温暖、细腻，一针一线缝进了多少关爱与祝福啊！

冬至一过，满打满算，离你出嫁的日子只剩一个月了。

随着婚期临近，养母的病情却日益恶化。在一阵阵令人心悸的呛咳中，窥伺多日的死神蠢蠢欲动，结果，喜庆的帷幕尚未拉开，悲剧的锣鼓却抢先起势。好可怕啊！殷红的鲜血从养母嘴里、鼻子里喷涌而出，如同剧烈的火山爆发。你和养父手忙脚乱把她送到医院。一番紧张忙碌，好歹把吐血止住了。大夫和养父是老朋友，私下里干脆实话实说："老哥呀，嫂子这病能撑到现在已经很不错了。不瞒你说，住院已经没有多大意义，还不如把她接回去，好好伺候两天吧。"养父默然无语，是啊，对于不久于人世的妻子来说，医院的真实作用与其说是治疗，不如说是安慰，科学无能为力的地方，只有用亲情和爱才能填补。

不难想象，在生命的最后几天，养母的内心有多么煎熬。那透着深深遗憾的目光让人觉得，她实在就是竞技场上充满悲情的接力选手，在跑过漫长的赛道之后，终点线已经近在咫尺，突然，一个趔趄，颓然扑倒，纵使拼命挣扎，却再也没有气力重新站起来了。

　　许多年以后，你还清楚地记得，那天的夕阳很红，似乎涸出了血色。不经意间，夜色从天际笼罩下来，隐进黑幕中的院落，好像在悄悄酝酿什么。夜半时分，陷入昏迷的养母突然醒了，你赶紧俯下身子，一瞬的工夫，她就紧紧拉住了你的手，就像当年领你去赶集，从头到尾都把你的小手握在掌心里，生怕把你丢了似的。有生以来，你还是头一次从她的眼睛里看到无限依恋的神情。过了好一会儿，她的喉咙里挣出一声若有若无的叹息，嘴唇吃力地翕动着，你把耳朵贴过去，听见声音游丝一般，很细，很弱。"原先寻思……好歹再捱上两天，能亲眼看着你出嫁……人拗不过命……"说着，她的手突然紧握了两下，"孩子大了，让他到我坟头上来言语一声……和姥姥拉拉呱……"你抹着眼泪，使劲点点头。养母困难地喘息着，把目光移向养父，用最后的力气把爱的接力棒交到他手里："后天……正子就过门了，到时候，你可不能掉泪，得让闺女走得高高兴兴的……"话音未落，一串锐利的呛咳从喉咙里猛地窜出来，她的肩膀向上一拱，手痉挛地抖了抖，然后，慢慢地松开了。

　　那一刻，沧海桑田；那一刻，泪雨滂沱。

　　时隔一天，那个特殊的黎明戚然而至。当新郎的嗓音蔼然响起的时候，一个泪眼蒙眬的新娘神情落寞地走进了自己的婚礼。临别前，养父怔怔地望着你，神情明显有些恍惚。是啊，仿佛就在昨天，那个小小的襁褓还揽在怀里，那稚嫩的哭声也

第三章　寸草春晖

079

清晰可闻，一眨眼的工夫，二十四年过去了，时间过得真快呀！你抹着眼泪，声音颤颤地对养父说："爸，我虽然是嫁出去的闺女，但是这里还是我的家。你放心，我一定回来照顾你和弟弟妹妹。"养父伤感地回答说："别傻了，结了婚，就不是你自己说了算了。"你马上强调："我和朋之都商量好了，保证说话算话，你放心就行了。"养父点点头："好啊，随你吧。"一家人把你和女婿送到门外，弟弟和妹妹把你扶上姐夫的自行车，养父努力挤出一个笑容："走吧，走吧！"车子还没拐出胡同，憋了很久的泪珠便溢出眼角，顺着他脸上的沟壑蜿蜿蜒蜒地滑落了。

就这样，在那个恍惚的冬日里，你有了一个新的家。依着今天的眼光看，这个家可以说简单得不能再简单：除了一个大衣柜和一个小饭橱，别无他物，看上去，原本不大的洞房显得空荡荡的；天棚的处置同样敷衍潦草，几张废报纸一糊就竣工了。对于这种瞒天过海的手法，你用会心一笑表明了自己的理解——财产并非唯一的证婚人，因此，幸福不是一个单纯的物质概念，幸福感的获得必须有灵魂的参与。

来年秋天，你诞下一名女婴。因为脐带绕颈，导致胎儿窒息。可怜刚出生的小家伙，还没来得及睁开眼睛，便被死神无情地抛进了黑暗的渊薮。

又熬过了十个月的妊娠之苦，你终于听到了令人释怀的啼哭。欣闻喜讯，养父急火火地骑上车子去看外孙。小家伙似乎有了心灵感应，一边在褓褓中蠕动着身子，一边嗓音粗粗地"咿呀"

了两声。养父笑了，你也笑了。欣慰之余，你心生感慨，如果两位养母知道自己有了外孙，该多高兴啊！

儿子刚过了百日，你就抱着娃娃回了娘家。

天伦之乐让寂寞的小院重新热闹起来，舒心的笑容仿佛春天的湖水漾起阵阵欢波。嗬，你多像一团面引子呀！因为这个由头，锅里便有了暄腾腾的大馍馍，饭桌上也开始香气氤氲了。

时隔数年，又见喜鹊登枝。

养父沉冤昭雪，彻底平反并恢复名誉。

宋连芳（左）、于朋之（右）夫妇与小儿子于海涛（前中）、大儿子于海洋（后中）合影

不久，你重返讲台，先是去李各庄小学，而后又去流水头初中担任代课老师。此时，你已经是两个孩子的妈妈了。

经历过生活的惊涛骇浪，命运之舟终于驶入波澜不惊的宽阔水域。放眼望去，风平浪静，波光粼粼，让人对渔舟唱晚生出无限向往。不料，突然间阴风怒号，樯倾楫摧，小船瞬间倾覆了。

　　那天早上，你骑自行车去学校督促学生早复习。眼看就到校门口了，拐弯时，与一辆运煤的大卡车迎头相撞。天塌地陷的一刹那，生命之弦砰地崩断，你的人生之旅戛然而止。是年，你刚满四十三岁。

　　惊悉噩耗，养父的精神一下子垮掉了。从后续影响看，白发人送黑发人的情感重创是毁灭性的。弟弟君辉发现，姐姐走后，父亲的眼神里平添了一种从未有过的落寞，就像蒙了灰的老灯泛着黯淡的光影，失了水分的头发干枯杂乱，庄稼撂荒似的。三年后，老人郁郁而终。在经过了八十三年的漫长跋涉之后，他终于同等待多时的妻子在天国里相聚了。合葬完毕，弟弟君辉在父母坟前恭恭敬敬竖起一块石碑。此时，距汪水村二十里之遥的一处坡地里，你正在静静沉睡。坟头上，几株野山菊不知什么时候绽开了花蕊，浅浅的小黄花朴素、灿烂，走近了，就会闻到一股淡淡的香气。

# 永远的牵挂

扫码听书

如果没有那封突然而至的家书，1964年的春节不会与往年有何不同。

小年那天，你从外面溜达回来，一进门，养母就把一个信封递给你，神色平静地说："喏，你爹来信了。""什么？"你顿时怔在那儿。长这么大，这是你收到的第一封来信。所以，事情才显得那么突兀，那么不可思议，就像晴空划过一道闪电。瞧，那个被称作父亲的陌生男人，用一枚小小的邮票寄来一个硕大无朋的思念，那是整整十六年的情感浓缩啊。信中，曾经出生入死的老红军语气内敛，只有寥寥数语，因此，一张信纸便显得空空荡荡，好似画家刻意留白，悉心营造的一个大写意。掏出随信寄来的二十元钱，你目光灼灼，喜不自禁。好嘛，对于生活十分拮据的家境来说，这两张皱皱巴巴的钞票分明是非常奢侈的数字了。

奇怪的是养母大字不识一个，却捧着那封来信，翻来覆去看了好几遍，你纳闷，莫非字里行间还有什么遗漏的信息？看

第三章 寸草春晖

083

得出，养母的心绪有点乱，她丢开信纸，心不在焉地朝窗外瞄了一眼，只见天幕上，一朵晚霞在孤独地徘徊，颜色苍白，病快快的。养母不声不响地踱到屋外，平日里，她像一只不知疲倦的耕牛，用默默地劳作抵制休息的诱惑，可现在，她却怔怔地立在院子里。也许，就是从那一刻起，她的心里涌出一种莫名的伤感。很显然，这封意外的家书让春节多了一种从未有过的特殊滋味。

那天晚上，从未爽约的睡眠姗姗来迟。当兴奋的潮汐慢慢消失，远远的，记忆的桅杆从波涛的尽头悄然升起。于是，你又看到了岁月长河中猎猎招展的记忆之帆。是啊，能把昨天和今天连接到一起的东西，只有记忆。

听，那声羸弱的啼哭是从遥远的 1948 年 6 月传来的。后来，你听养母讲，那个瘦得像只小猫似的女孩就是你。出生当天，你就被妇女主任抱走了。因为没有奶水，一连两天，你都用嘶哑的哭声表达激愤，直到第三天辘辘饥肠才得到抚慰。中共党史出版社 2018 年出版的《胶东育儿所》一书中记载：1948 年，时任崔后部队被服厂政委的李大林，因随部队转移参加济南战役，无法抚养孩子，便委托口子村妇救会主任宫宝葵将出生仅三天的女儿送人抚养，随即，这个孩子被送到了时年 34 岁的戚永江家中。当时，戚永江家中条件十分艰苦，但她还是毫不犹豫地接过了这个孩子，并取乳名金枝……由于她自己的孩子先后夭折了 5 个，有人劝她继续生育，她断然回绝了。因为，她觉得如果再生育孩子，很有可能无法更好地抚养金枝，这对不起孩子的父母，对不起这位革命的后代。从此，她将金枝视为己出，并为孩子取名为宫剑英，同丈夫一起拉扯着一双儿女生活……当然，书上说的这些，你也是后来才知道原委。

小时候，养父成天在外面忙公家的事，家里的一摊子全靠养母一个人打理。养父性情很温和，平日里少言寡语。相形之下，养母却是心直口快，说起话来声音脆亮绵密，仿佛爆竹声声。如此反差，让人有理由怀疑，上苍在当初操作性格编码的时候闹了乌龙，把男人和女人的性格弄颠倒了。

印象中，养母是个泼辣能干的女人，一天到晚，总是用不停地操劳喂养饥肠辘辘的日子。可是，忙来忙去，全家的生活始终像她的面容一样消瘦。尽管如此，她却活得很有骨气。事实上，在养母的内心，一定有一个看不见的厨房，她用道德作为食材，源源不断地为你和哥哥提供精神补给。譬如，她经常教育你们做人一定要诚实，不能撒谎；再譬如，每次路过人家的田边地头，她总会板起脸，对你和哥哥耳提面命：不许侧目，不准弯腰，哪怕饿死也不能动别人的东西。

记得1962年初冬的一个傍晚，一个女人领着一个孩子上门乞讨。女人蓬头垢面，不过三十岁左右，动作看上去却像六七十岁。她怯怯地伸出手，声音透着央告与哀痛。恰好，养母刚熬了一锅菜汤，她二话没说，就让母子俩一块坐下了。吃罢晚饭，她把养父拽到一边，朝上房对面努努嘴，悄悄地说："你睡儿子

第三章 寸草春晖

那屋。"养父一听，不高兴了："你就喜欢管闲事，留下吃饭也就罢了，还要留下住宿，你这不是拾个累赘来家吗？"养母眉梢一抖，当场把养父怼了回去："天都黑了，咱不留她，让娘俩到哪儿住？这么冷的天，你就忍心看着她俩冻死呀？"看得出，这句敲打分量很重，养父像受了惊的河蚌，"呱嗒"一声闭上嘴巴。过了一会儿，缓过劲来，又想唠叨几句，刚要开口又立刻噤声。是啊，在这个世界上，还有谁比他更了解眼前这个女人呢？事已至此，再吵也没啥意思了。

那年深秋，天色向晚。

养父回家后一声唉叹："咳，也不知道司机是咋开的，一车货全翻到沟里了。""在哪？"正忙着剁鸡食的养母瞥过来一眼。"村东头，那条大路刚下坡那一块，离着二队的棒子地也就几步远。""这可咋办？"养母关切地问。"大人去城里找拖车，光留下个八九岁的孩子守在那儿。""哎哟，太可怜了！"说着，她扔掉菜刀，"噌"的一声站起来，拎过养父的军用水壶灌满热水，又揣上两块地瓜饼子，急急忙忙出门了。那天晚上，你等得好苦。黑洞洞的窗户像期盼的眼睛痴痴地望着门前的土路，你和哥哥趴在窗棂上，如同嗷嗷待哺的鸟儿，张着小嘴探着脑袋，脏兮兮的小脸上写满困惑的神情。实在忍不住了，扭头问养父："俺妈咋还不回来呢？"一直闷头抽烟的养父狠狠嘬了一口，没吱声。此时，你哪里知道，养母正在用找来的玉米秸秆给孩子搭窝棚呢。哦，这就是你的养母。她用爱温暖了一个家庭，也温暖了这个世界。

正是这点点滴滴的心灵浸染，衍化为你对养母的深深敬重。若干年后，你依然感慨于斯：

爱，是人世间最美的风景。

常言道，贫贱人家百事哀。

然而，绳床瓦灶，却不乏儿女情长。年复一年，温馨就像绵密的柳絮在那个叫作家的小屋里飘飘荡荡。

采访时，你告诉我，那些年，尽管布票少得可怜，但养母每年都要给你做两身衣服，春节是冬装，端午是夏衣。我问："哥哥呢？""咳，别提了。我记得一连好几年，他都穿着那件补了又补的蓝褂子。"你说，在那些窘迫的日子里，印象最深的就是哥哥脚上穿的那双鞋了。娘用淘来的旧鞋进行搭配，于是，不同的颜色便分居左右，而且大小不一，走起路来，那只大的鞋子只能在地上拖着，如同一只跛脚的鸭子，样子有些滑稽。就这样，日复一日，年复一年，踢里踏拉的脚步声就像一根无形的链条，贯穿了他的整个少年岁月。你说，最让你感动的是 1961 年。眼瞅着，寒风瑟瑟，满目凄惶，母亲还在为你没有棉裤发愁。哥哥知道了，赶忙把自己两年前结婚时做的棉裤拿出来，让媳妇拆了，一表一里给你改了两条。这是两条嘘寒问暖、呵护情感的棉裤啊！直到今天，你灵魂的肌肤依然保留着昨日的温度。

那天，你在街头玩耍。坐在路边跟人拉呱的一个大婶突然指着你来了一句："看看，这闺女跟她亲妈长得多像，简直就

是一个模子刻出来的。"亲妈？什么意思？你疑惑地望着大婶。
她咧咧嘴，浮上脸颊的笑容有些暧昧："你亲妈在部队上，你是
抱养的。"当时，你脑子里一片空白，傻了似的："我是被抱养的？
这……怎么可能呢？"看到你呆若木鸡，旁边的女人赶紧安慰：
"闺女，别往心里去，你现在的妈对你挺好的……"你使劲咬住
嘴唇，转过身，神情恍惚地走回家去。在门前，你踟蹰着停下脚步，
你觉得，眼前这间熟悉得不能再熟悉的小屋突然变得有些陌生，
你的眼睛里显出一个硕大的问号——这个保存了无数温馨记忆的
空间里果真埋藏了一个天大的秘密。

　　你犹豫再三，到底还是打破沉默，把疑问如实抛给养母。
那会儿，你多么希望养母情绪激动地断然否认呐。由于事发突然，
她的反应有些慌乱，嘴角困难地翕动了两下，支支吾吾解释道：
"瞎说……怎么不是我亲生的，你去照照镜子看……长得多像我
啊。"话虽这么说，但她始终都在躲避你的目光。你听见自己的
心里发出一声轻叹，疑问被证实了——原来，自己血管里流淌的
血液同两位相依为命的亲人没有任何关系。

　　好在没过几天，你的心情就平复了。不过，在波澜消失的
地方，新的疑惑出现了。不定什么时候，你会突然愣神儿——爸
爸妈妈在什么地方？他们长什么样啊？

　　时间过得真快，转眼间，你九岁了。

　　那天，养母去赶集，买回一个天蓝色的小书包，上面印着
一只和平鸽，黄灿灿的，展翅欲飞。还有一件红花褂子，一条绿

088

花裤子。把你打扮好了，喜滋滋地望着你，如同欣赏一幅亲手裁剪的窗花，表情很陶醉。

噢，上学了。

你背上书包，鸟儿一样飞进村头那间破破烂烂的教室。全班一共十个学生，六个男的，四个女的。老师在刷了黑漆的墙上写下十个阿拉伯数字，于是，入学的第一堂课，先从计数开始了。接下来，老师又教了一首歌谣：乳山河，长又长，河边扯起青纱帐……多好听的歌谣啊，唱着唱着，那歌词就牵住了你的手，带你去了一个新的地方。于是，你看到了外面的世界，明白了人生除了混混沌沌，还有正午阳光。你兴奋得小脸通红，你被歌声里的景色迷住了。

既然学会了识文断字，咱就回过头来，说说你给父亲回信引发误会的那段插曲。

在信中，你告诉父亲，寄来的钱收到了，全家人都很高兴。接着，你又提出新的要求，让父亲再寄二十块钱。结果，把父亲惹恼了：小小年纪，如此贪心！莫非，背后有人指使吧？你回信解释，寄来的钱，其他人谁也没有沾上光，养母只给你做了一身新衣服。你告诉父亲，原先日子还过得凑合，谁知，碰上天灾，连吃饭都成了问题。那些日子，什么萝卜须、地瓜蔓、槐树皮、玉米秆……不管三七二十一，养母全都尝了个遍，好吃的、能吃的留给你和哥哥，不好吃的、不能吃的留给她自己。为此，哥哥心里很不落忍，也担心时间长了，让你蒙受更多的委屈，于是，

第三章　寸草春晖

以你的名义偷偷写了那封求助信，希望把你接回城里去。不料，信寄出没几天，哥哥就出事了。

　　的确，如果用结绳记事的方法记录你经历的意外事件，那么，发生在大年三十的一幕场景无疑是你心里至今也未能解开的疙瘩。那天中午，一家人刚准备吃午饭，支书来了。一条腿还拧在门外，劈头就问你哥："十五（哥的小名），前天你从烟台回来，是不是搭人家的车？"哥点点头："是啊。"支书呛水似的咳了一声："走吧，去大队部，有些情况需要了解一下。"不知为什么，直到日头偏西，也不见大哥的踪影。养母沉不住气了，拔腿去了大队部。你也颠颠地跟上去，像拖在她身后的小尾巴。支书的回答如同晴天霹雳：公安局的同志说，他杀了人，把他带走了。天呐！养母像遭了电击一般瘫在那儿，嘴唇哆哆嗦嗦，额角的青筋眼瞅着凸起来，与此同时，两个肩膀却一点点地陷下去，那双美丽的眼睛也被泪水淹没了。

　　那天晚上，你翻来覆去睡不着，你想哥哥，想得心里好难受啊。哥哥比你大十岁，从小到大，他对你特别好，家里家外都护着你，跟个保镖似的。有一次，村里有个女人当众奚落你是抱养的，不干不净地说些糟蹋人的话。听到你受了欺负，哥哥气冲冲地去了那女人家，那女人蛮不讲理，当场撒泼。哥哥火了，一把揪住她的头发，"嗵"地按到灶台上的大锅里，水花四溅，把个泼妇淹得直翻白眼，哥哥不依不饶，硬是把她拽到了大队部。一路上，那女人丢人现眼，狼狈极了……你轻轻叹了口气，昏暗中，你的视线缓缓移向窗户，无边的夜色沉沉地堆积在窗框上，像数九寒天化不开的浓墨。这是一种原始的黑暗，望着它，你的灵魂感到了一种无形的压迫。你害冷似的裹紧被子，心里默默叨念，哥哥现在在哪儿？人家不会打他吧？

很快，你就发现了养母的变化。有时候，她会怔怔地盯着你，但眼神空洞，失了焦点；有时候，她会长时间地坐在暗处，佝偻着腰身，一动不动。此时，你哪里知道，沉默的养母正在心里大声争辩：不可能，绝对不可能！我养的孩子，我知道他是什么品行。是啊，无论如何，她都不相信公安的定论，因为，她实在无法想象，都在一个锅里摸勺子，乳儿蕙质兰心，儿子却杀人越货，这是多么荒诞的对比啊！你不知道该怎样安慰养母，你搬来小凳，悄悄坐到她身边，扬着小脸，一声不吭。你觉得，只要守着养母，就是一种安慰呀。

短短几天工夫，养母明显憔悴了。

对于突然落单的嫂子来说，丈夫被抓，不啻为灭顶之灾。想想看，冷不防缺了养家糊口的主劳力，以后的日子可咋过？为了活命，嫂子只好把两个孩子交给婆婆，自己回了娘家。偏偏祸不单行，养父因单位裁员，只好卷起铺盖，一脸落魄地回了家。此时，养父已过知天命之年，且不谙稼穑，因此，撅着屁股干一天也挣不了几个工分。唉，可怜呐！

不幸的是，哥哥造成的负面影响仍在持续发酵。

那年，你小学毕业。报考初中时，尽管成绩优异，却因为

哥哥的牵连被刷下来了。幸亏一位老师把你的身世和盘托出，校领导才改弦更张，把你的名字写进了学生花名册。过些日子开学了，总共两块三毛钱的学费让养父愁肠百结。犹豫再三，养父冒出一句话："饭都吃不上，哪还供得起，甭念了吧。"你的脑瓜"嗡"地一声，不上学？天哪！自己的理想怎么实现？凭啥本事像班主任老师那样，站到三尺讲台上呢？为了实现这个目标，你已经做了明确的规划，不但要上初中、高中，还要上大学。万万没想到，那两块三毛钱的学费陡然变成一块巨大的暗礁，理想的航船意外倾覆了。你犯了倔，不吃不喝，一个劲儿地哭啊哭。养母心疼闺女，这边哄你，那边数落你爸。"都怨你，不让孩子上学，你想把她逼死吗？"说着，匆匆披上衣服，趿上布鞋，"别哭了闺女，我这就去借。"听说你住校还没有铺盖，嫂子从娘家跑回来，把结婚时压箱底的被子抱给你。没钱置办换洗的衣服，养母只好把自己当年结婚的衣服拆了，染成紫虚虚的茄子色，然后，裁剪缝缀，给你改了两件短袖小褂。为了供你上学，一家人竭尽全力，但凡能想到的办法都使上了。

开学那天，养父推着小车去送你。记忆中，你还从未那样高兴过，真的，当时的感受实在太奇妙了，你甚至觉得，喜悦就是天上的白云，心跳就是田野的歌声，时至今日，你依然认为，那终生难忘的感觉一生中只能经历一次，这种感觉是永远无法复制的。

周末，放学的钟声刚响过，你就迫不及待跑出教室。归心似箭，你想家了。远远的，你看见自家房屋的烟囱上炊烟袅袅，一进门，你闻见大铁锅破天荒地散发出诱人的香气。吃包子！嘿，这下可把你乐坏了。肠胃开始欢呼雀跃，感觉真像过年一样啊！

吃饱了，喝足了。五岁的小侄子舔着小嘴对你说："小姑，你能不能每天晚上都回来吃饭啊？"你不解其意："为啥？"侄子说："你回来，奶奶就能做好吃的……"养母截住孙子的话头，嗔怪道："小孩子不能挑食，吃饱肚子就行了，什么糙的好的！"那一刻，你的心情难以言表。哦，滞留在舌尖上的味道是多么深刻的生命体验啊！在此后的漫长岁月里，你品尝过各种各样的美食，但在味觉的评判上，它们无论如何都不能同当年的野菜包子相媲美。因为，那是母爱浓缩的滋味呀！

曾经听大人说，事不如意者，十常八九。没错，开学不久你就发觉，自己与同学的关系出现隔阂。即便是同桌，和你说话也躲躲闪闪，明摆着是刻意回避什么。其他同学对你也是爱搭不理，很多时候，他们聚成一堆，气氛热烈。你往前一凑，他们便立刻噤声，目光警惕地盯着你，仿佛看到了不洁之物，生怕沾染了晦气似的。更令人难堪的是，有的同学竟在背后戳戳点点，目光鄙视，神情不屑。你先是不解，继之恍然：原因很简单，你有一个蹲大狱的哥哥！放暑假前，你还是六年级的班长，同学们围在你的身边，叽叽喳喳，如同众星捧月，现在可好，落差之大，判若霄壤，你的心里别提有多郁闷了。

听了你的解释，父亲释然。他又寄来二十元钱，并附了一

张全家福。你拿着照片细细端量，噢，爸爸妈妈原来是这个样子。然而，你做梦也没有想到，时隔不久，父亲突然出现了。

那天，刚下课，你被等在门外的一位女老师喊住："剑英，校长让你去他的办公室，你爸来了。"你好生纳闷，又不逢集，他来干什么？老师立刻澄清："你爸是从济南来的。"心脏"咚"地撞了一下胸口，不期而至的喜讯让此前的思念突然呈现出现实意义——哦，穿越十六年的漫漫时空，那个遥远而模糊的形象瞬间变得清晰了。父亲面容清癯，中等个头，不如你想象中那般威武。你颤颤地喊了一声："爸爸……"话音未落，就一头扑到父亲怀里，像受了委屈的孩子一样嘤嘤抽泣。你的泪水触动了父亲心底最柔软的地方，不畏生死的老红军也情不自已，两行热泪夺眶而出。看到父女俩哭成一团，校长也不禁落了泪。

吃过午饭，你回到校长办公室。

父亲说，他准备下午就回济南。你说："大老远地来一趟，趁这个机会，去看看我妈吧。"校长点头赞许："孩子说得对，老哥，你应当去看看。人家把孩子拉扯这么大，不容易。"

不一会儿，一辆自行车出了校门。

山路弯弯十六里，途中，你向父亲述说了在班里遭到孤立的窘境，谈到了将来的理想，并着重强调，为了实现自己的大学梦，希望跟着父亲回到城里。父亲当即应允，他说："待会儿见了面，我和你妈商议商议。"

父亲的突然造访让落寞的小院热闹起来，那口寡淡已久的大铁锅也因此变得有滋有味。一家人边吃边聊，长吁短叹，终于，内容涉及你最关心的话题。父亲对养母说："大妹子，有件事我想和你商量一下。剑英想跟我回去，说心里话，我统共五个孩子，不多这一个，也不少这一个。我想，先让她回城，等读完了书，工作了，这个孩子还是你的。"养母的回答很干脆："行，你带走吧。"

毫无疑问，这看似简简单单的一句话已然成为你人生的里程碑，要不了多久，你将完成一次命运的大迁徙。你仿佛看到，一种崭新的生活已经在前方向你招手了。

第二天早上，你和养母把父亲送到村头。回来时，太阳恰好从东边山峦上露出贫血的脸，散淡的光线把养母的影子拉得很长很长。秋风拂面，沁着暖暖的清爽，养母却抽肩缩背，那佝偻的身影隐隐暗示，她已经提前进入了冬季。

三天后，养父接到通知，去水利工地做了伙夫。他一走，养母更累了，家里家外所有的活计全靠她一个人操持。一天到晚，她像一只被生活的鞭梢抽打的陀螺，摇摇晃晃地旋转着。时间一长，被水肿拖累的身体出现严重透支。终于，几片发霉的地瓜干给了养母致命一击，她挣扎了半晌，末了，仄歪着身子，栽倒了。短短几天时间，她的腹部突兀隆起，形同夸张而恐怖的造山运动。你大惊失色，耳边"轰"的一声，脚下的地面倾斜了。有气无力的呻吟时断时续，小屋里的空气都透着荒凉。你看见，面目狰狞的死神静静地候在门外，一股咝咝作响的寒气在胸口打着旋儿，

渐渐凝成一团冰坨。你实在无法想象，没有母亲的家庭会变成什么样子！对你和侄子来说，失去了母亲就意味着失去了整个世界。是啊，在此之前你一直觉得，生离死别跟自己隔得老远老远，可一夜之间，那个可怕的场景已近在眼前。你惴惴不安，老天爷呀，求求你，行行好吧！

提心吊胆的生活实在是一种折磨。

一连数月，那辆名为焦虑的过山车一会儿上，一会儿下。尽管那个未知的结果对你和全家来说至关重要，你却无法干预，你唯一能做的，只有在祈祷中苦苦等待，等待最终的答案，等待命运的裁决。终于有一天，养母撑着炕头颤颤巍巍站起来。你额手称庆，看呐，苍天开眼啦！

不久，一个意外的通知又给全家送来惊喜：牵扯哥哥的那桩刑事案件真相大白，凶手已经落网，哥哥是无辜的。经历了两年多的牢狱生涯，他仿佛老了十几岁。先前笔直的腰杆现在向前弓着，走起路来，腿也有点儿瘸。干燥的脸颊上满是风霜，眼角尽是细细的皱纹。一见大哥，养母心疼地叹了口气，两行泪水忽地溢出眼角，她抹着泪，嘤嘤地哭了。

除了外在的改变，哥哥的性格也发生了很大变化。原先，他很开朗，能说会道。现在却少言寡语。不用说，沉默的背后肯定矗着一个沉重的感叹号，噩梦惊魂，不堪回首啊！

为了提前做好回城的安排，那年暑假，养母带你回到了远在济南的另一个家。出乎你的意料，衰卧病榻的生母瘦得走了形，以至于初次见面，竟莫名其妙地让你感到害怕。说起病根由来，母亲的回忆又重现昔日烽火。1942 年 11 月，日军第 12 军司令官土桥一次率领日伪军共 2 万余人对胶东抗日根据地进行拉网式的"大扫荡"。为了冲出敌人的包围圈，那天，母亲跟着部队拼命地跑啊，跑啊，直跑得嗓子冒烟儿，渴极了。就在这时，前面出现了一条冰封的小河，母亲和战友们不顾一切扑过去，七手八脚砸碎冰面。就在冰凌下咽的一瞬间，她听到了清晰的破裂声，坏了，出事了，病根从此落下了。

几天后，你和养母返回了乳山，从那时起，母女分别便进入倒计时。临走的头天晚上，你突然反悔了。养母蹙着眉头，嗓音颤颤地叨念着："听话，去吧，啊……到了那里，吃的穿的都比咱家好，将来……"你黑着脸一句话不说，养母轻轻叹了口气："这也是为你好，家里这个样子……"看到你眼圈泛红，噤住了。过了一会儿，又续上话头，"我知道，闺女大了，懂事了，不放心家里。你不用惦记我，自己的前程要紧。你要是有良心，就想着我，没良心，就忘了吧。"说着，脸上显出一个酸楚的笑容，你的心被这个笑容深深刺痛了。

1964 年 8 月 27 日，分别的时刻到了。

踏上汽车的那一刻，你的肩头多出了一个叫作感恩的行囊，而你唯一的盘缠就是永远的牵挂。

数月后，一年一度的寒假如期而至。

紧绷的神经一旦松弛，思念就开始折磨你了。"床前明月光，

第三章 寸草春晖

097

疑是地上霜。举头望明月，低头思故乡。"过去诵读这首唐诗，你只从字面去理解，没有体味到，弥漫在字里行间的乡愁浓得简直化不开。现在不同了，时空条件的转移，让你感受如此深刻。

李剑英（左）与戚永江（中）、戚永江儿子宫培爱（右）合影

　　农历腊月二十五，你返回乳山。一番亲热之后，你去洗脸。一抬头，发现养母仍像方才一样认真地盯着你。几年后，你做了母亲，方才明白，养母那固执的凝视意味着什么，那是用母爱抒写的一句潜台词——即使你已经白发苍苍，在母亲眼里也永远是个孩子。那一夜，你睡得非常踏实，就像重归襁褓的婴儿，安适地被妈妈揽在怀里。五天后，你在老家度过了返回新家之后

的第一个春节。和新家相比，老家虽然少了美味珍馐，但一家人有说有笑，其乐融融。是啊，亲情所产生的幸福感同物质的多寡没有必然联系，所以，穷人家的欢乐是富裕人家永远感受不到的。

若干年后，你还时常想起第一次发工资时的情景。二十元，虽说只有二十元，可你翻来覆去数了好几遍，然后，孩子似的一路笑着跑到邮电所，把十元大钞寄给养母。在此之前，你和父亲有过一次不愉快的谈话。你问他："爸爸，当初你把我放在乳山，为什么一直不给我妈钱啊？"父亲说："那些年，实行供给制，没有工资。"你追问："后来，不是有工资了？你凭什么不给我妈？"父亲辩解说："那时候，你年纪还小，怕给你造成不好的影响。"你欲言又止。很显然，面对这道情感的方程式，父亲的解析思路与你背道而驰。你呢，因为缺乏必要的物质条件，暂时还不具备破题的能力。现在好了，条件具备了。

男大当婚，女大当嫁。

二十六岁那年，一位身着戎装的青年军官走进了你的世界。结婚证是在济南领的，婚礼是在乳山办的。整整一个星期，小院里喜气盈盈，宾客络绎不绝。那些天，乳娘始终笑眯眯地瞅着你，像一个敬业的导演陶醉于呕心沥血之后的精彩演出。这一幕，她整整打磨了十几年。作为舞台上的女主角，你比谁都清楚，若不是导演的默默付出，怎能奢望激动人心的戏剧效果？为了今天的高光时刻，养母付出了多少心血啊！

第三章 寸草春晖

不久，你怀孕了。养母不放心，千里迢迢跑到济南来看你。借这个机会，你非要逼着父亲同养母当面约定：每月定时支付 5 元赡养费。父亲虽不情愿，但还是依了你。听说父女俩因为赡养费的事情闹得很不愉快，养母开导说："闺女，别因为这个和你爸过不去。过去没有钱，我不也把你养大了？"

但是，不管养母怎么劝，你内心笃定，执意坚持。

循惯例，你由妻子荣升母亲，是通过儿子的第一声啼哭宣布的。小家伙六斤四两，乳名小毅。抚育儿女的过程是既甜蜜又痛苦啊！你觉得，儿子的啼哭简直就是充满启示的天籁之音，听着听着，你渐渐领悟了母爱更加丰富的含义。

1984 年，养父不幸罹患血癌，病情危重，奄奄一息。闻讯后，你立刻赶回乳山。于是，病榻前出现了一个细心的护士：一会儿端水，一会儿端饭，一会儿又遵照医嘱，把数好的药片递过去。养父颤巍巍地接过茶杯，像溺水之人抓住了逃命的救生圈。那一刻，你从这只苏醒的手上读出了感动与歉意。是啊，养父压根儿也不会想到，你把养育之恩化为回报终生的执念，遵循它的指引，你的孝行超越了偶然，超越了因果，也超越了物质世界。依着你的想法，准备第二天就返程联系医院，接养父去济南治疗。没想到，拂晓时分，养父竟溘然离去。养母告诉你，上半夜，养父光喊你的名字。他说："走啊，咱赶紧走啊！"下半夜，突然清醒了，吃力地喘息着，嘱咐养母："金枝真是个好孩子，这些年，多亏了这个闺女，不光给咱俩寄钱，还接济两个侄子。

难得她这份孝心，我走了以后，你就跟着闺女过吧……"

你神色凄凄，慢慢地，两行咸咸的泪水爬过脸颊，流进嘴角，你哭了。

接连几天，你不惜劳累，亲自为养父处理后事。乡亲们赞叹之余，对逝者也由衷钦佩——走得这么利索，是不愿意拖累金枝，这老汉，真够仁义。

随着时间一天天流逝，养母的肢体功能也一点点弱化。在人世间转了一遭，她终于返老还"童"，变成一个处处都需要别人照料的婴儿。念及奶奶的养育之恩，两个孙子经过商定，以三个月的时限轮流照料老人。就这样，老人变成了一个不断转运的包裹。过去，她在哪儿，哪儿就是孙子的家，如今，哪个孙子把她接走，那里自然就是她的家了。她知道，自己拗不过命，她也知道，在这个世界上，最有耐心的东西就是时间，它会一点点地改变你，让你逐渐接受过去曾经拒绝的一切，其中，也包括死亡。当然，在这个过程中，会有多少不甘与无奈呀。不难想象，在老人晚年的时光中，折磨她的不仅仅是衰老，还有难以释怀的忧伤。因为，她痛苦地发现，活着已经失去了从前的意义。由于衰老的缘故，她退化成了家庭脏器上的一截阑尾。试想，对于毫无用途的累赘来说，其存在还有什么价值呢？操劳一生，儿女亲情是她积攒的唯一财产，然而，事实证明，养儿防老往往是安全系数最低的风险投资。

一天晚上，大侄子打来电话：奶奶跌了一跤，十多天了，

第三章 寸草春晖

101

现在还是昏迷不醒。

养母是在小侄子家里出事的。

刚进屋，一股刺鼻的气味扑面而来，就像突然呛了一口芥末，鼻子、眼睛辣得生疼。老人蜷缩在被子里，蓬头垢面，凌乱的白发粘成缕缕絮片。"妈——"刚一开口，你便泣不成声。"妈——"你大声呼唤，养母没有任何反应。一掀被子，猛地愣住了！只见大便秽迹四处斑驳，身下，洇着一片冰凉的尿渍。你痉挛似的抽搐了一下，无声的控诉从身体的某个角落骤然迸出：这样对待老人？天地良心呐！看到你悲愤的神情，站在旁边的侄媳妇脸上有点挂不住了。从一开始，她对赡养老人就很不情愿，她觉得，丈夫常年在外打工，家里原本就少了帮手，再弄个"包袱"回来，这不是没事找事吗？如此心思，悲剧自然无法避免了。

你赶紧让大侄子拿来干净的被褥和衣服，然后小心翼翼地为养母擦洗身子、梳理头发。忙完了，你悄悄同大侄子商量说："别让你奶奶在这遭罪了，提前把她接过去吧。"大侄子也可怜奶奶，他推来一架小车，当即完成了移交手续。

此后，你每天守在养母身边，洗脸，梳头，伺候饮食。你把情感的追光全都聚焦在养母身上，于是，那些每天都会重复上演的温馨画面终于变成一个经典，你的每一次举手投足也因此显示出爱的神圣与忠贞。常言道，久病床前无孝子。原因很简单，护理病人无疑是世界上最棘手的工作，它不仅需要足够的耐力，也需要足够的细心。而单调冗长的护理却需要不断绷紧意志的发条，这实在是非常困难的一件事。时间短了，还能咬牙坚持，时间久了，体力就难免出现透支。终于，累积一个多月的疲劳成为压垮骆驼的最后一根稻草。那天下午，你弯腰去拎一只水桶，眼前一黑，就什么都不知道了。

几天后的一个晚上，燃烧了九十四年的生命烛光摇曳了几下，悄然熄灭。

那一刻，你的灵魂发出一缕绝望的呻吟。是啊，最疼爱你的人一旦消失，整个世界就变得一片荒芜，从今往后，心中的牵挂再也无处安放了。

第三章 寸草春晖

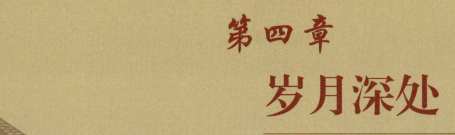

# 第四章
# 岁月深处

RU NIANG

1941年深秋，一位姓侯的八路军女战士因为伤病住进乳山小于家村的堡垒户。女主人曹文琳不由分说便把小儿子的铺盖从正屋挪出，那一年，小男孩刚满六岁，大名冯德英。经过两个多月的精心照料，女战士伤病痊愈，嘤嘤泣别。此时，冯家年仅三岁的小女儿却因体弱多病且疏于照料，不幸夭折。时隔数年，积劳成疾的母亲亦溘然长逝。锥心刺骨的童年记忆在少年冯德英的心底悄悄埋下文学的种子。

　　1952年，一个月明星稀的夜晚，沁着细汗的双手铺开稿纸，随即，颤巍巍的笔尖流淌出深深缅怀——孕育中的长篇小说《母亲》出现了第一次胎动。经过长达六年的艰辛创作，中国当代文学史上第一个丰满、生动的革命母亲的艺术形象终于诞生了。小说定稿时，时任解放军文艺出版社总编辑陈斐琴对作者说："已有高尔基的小说名叫《母亲》了，你这部小说能不能不叫《母亲》？当然，若没有更好的，叫《母亲》也行。苏联有他们的'母亲'，我们也有自己的'母亲'。"冯德英反复斟酌，沉吟中，摇曳于书稿中的"苦菜花"倏然跃入脑海，作者怦然心动。

　　1958年1月，解放军文艺出版社第一本长篇小说《苦菜花》正式出版。一时间，读者追捧，洛阳纸贵。随后，黄澄澄的生命之花又在银幕上灿然绽放，于是，观众们记住了那句经典台词：苦菜根苦，开出来的花是香的。

第
四
章
岁
月
深
处

扫码听书

107

# 好大一棵树

扫码听书

令人错愕的马蹄声是在那个炎热的午后突然出现的。

像往常一样，佟玉英絮叨了老半天，好歹把闹觉的小丫头哄睡了。宫家老宅终于安静下来，她松了口气，眼皮疲惫地耷拉着，像卸下犁杖的耕牛一样开始咀嚼小憩的甜蜜。朦胧中，远处传来"嗒嗒"的马蹄声，清晰的节奏由远而近，紧接着，一声嘶鸣撞入小院，佟玉英一个激灵，醒了。

"啥？把永胜接到青岛去？"望着突然而至的陌生人，她一脸惊诧，仿佛光天化日碰上了劫匪。小战士憨憨一笑："临来的时候，首长再三嘱咐，让我代他们夫妻俩好好谢谢你。"她莫名其妙地"啊"了一声，大张着嘴巴，呼吸零乱，缺氧似的。费了好大劲儿，才从沉默中挣脱出来，嗓音颤颤地说："先进屋吧，歇歇，喝口水。"一阵忙乱过后，小战士重新骑上马背。把小永胜递过去的一瞬间，佟玉英觉得全身的血"呼"地涌上胸口，把那颗蜷曲的心挤得更痛了。

那天晚上，她像烙饼似的在炕上翻来覆去。待到月亮熟透时，夜已经深了。万籁俱寂,静得如同密林深处的一潭死水。昏暗中,小屋里响起一声轻轻的叹息,她翻个身,又翻过去。窗外,树影婆娑,月色迷离。忽然间,冰凉的月光化作一团弥散的夜雾,心脏猛地一沉,她觉得,一只无形的大手开始在腔子里掏啊掏,三下两下,就把五脏六腑都掏空了。实在舍不得呀!近一千个日日夜夜,用乳汁和心血浇灌的花蕾已经成为她生命的重要组成部分。所以,当命运的铡刀倏然落下,骨肉分离,痛楚自然不言而喻。

天刚放亮的时候,一声惊悚的哭喊划破岑寂。丈夫一骨碌爬起来,只见她脸色苍白,一双惊恐的眸子直愣愣地盯着窗户,很显然,她被脑海里的情景魇住了。丈夫俯下身,唤了一声,她哆嗦了一下,清醒过来,令人心碎的目光表明她又同现实世界重新建立了联系。都说往事不堪回首,是啊,作为当事人,她可以回避往事,却躲不过梦的纠缠。在梦中,小女孩的哭喊突兀而起,惊悸、凄厉,那是一个被泪水浸透的噩梦啊!

记忆中的那个傍晚,残阳如血,暮霭沉沉,平日很少着家的父亲突然回来了。只见他头发蓬乱,胡子拉碴,瘦削的脸颊透着倦色。那会儿,她还小,才八岁出头,根本不懂生计,所以,也无从想象父亲到底在外面忙些什么。母亲赶紧张罗晚饭,很快,锅底响起柴草的喧闹,带着潮气的柴火发出"毕毕剥剥"的爆响,燃起的火苗从灶口曳出缕缕蓝烟,灶台上开始袅动蒙蒙雾气。哦,谁能说得清,那忽明忽暗的火光映照过多少人间冷暖,那燃烧后的灰烬埋藏了多少悲欢离合的故事。此时,全

第四章 岁月深处

109

家人谁也没有意识到，这是永别前的最后团圆，一俟更深人静，喋血悲剧将铿然开锣。

下半夜，她被一阵急促的敲门声惊醒了。没等回过神来，几条黑影已经破门而入。顿时，土炕上人影撕扯，父亲拼命挣扎。她怕极了，边哭边瑟瑟地缩进墙角。黑暗中，有人恶狠狠地吼了一嗓子："看看是小子还是闺女？是小子就弄死他！"话音刚落，一个黑影扑过来。旋即，拎着小辫子掼出一句："妈的，是个赔钱货！"当五花大绑的父亲被推搡出去，绝望如山洪般翻卷而来，顷刻间，把老宅吞没了。

惊悉噩耗，村民愕然。

"哎哟，这个佟彬，啥时候成了共产党？"一些村民表示不解，在他们看来，佟家虽然说不上大富大贵，但衣食无忧。为啥放着好日子不过，非要搭上性命去干那些得罪官府的事情呢？后来，做女儿的终于明白了父亲的执念与取舍。是啊，那束耀眼的精神之光突破了时空局限，属于永恒的岁月。

常言道，男人顶梁柱，家人一片天。

柱子一倒，天就塌了。家庭的突然变故，让母亲手足无措。试想，一个妇人，要独自拉扯两个闺女，既当娘又当爹，这日子可咋过？就在那个悲惨的夜晚，年轻的母亲一下子变得七老八十似的。从那以后，她会长时间地枯坐在深秋的暮色里，凌乱的头发被风吹成一架飘扬的经幡，看上去，整个人仿佛一具行将供奉的祭品。忽然，她肩膀微微颤抖，腔子里挣出一串呜咽，伴着一阵阵的啜泣，凄美的晚秋停止了呼吸，所有的绿色都殉情而去。眼瞅着，盈盈热泪结成冰花，生活的严冬悄然降临了。

那天，大雪封门，人踪泯灭。母亲无奈地挎起讨饭的篮子，吃力地拐着一双小脚，趔趔趄趄走出院落。在村口那棵老槐树下，她迟疑着停下脚步，雪野茫茫，路在哪儿呢？看到孤儿寡母的可怜处境，好心人劝她说："到哪座山头唱哪支歌，不为别的，为了孩子以后有个着落，再找个男人，改嫁吧。"她没吱声，但是，眼神却把心中的疑虑泄露了。不错，改嫁提供了一个改善现状的机会，但也很可能埋藏了一个陷阱呀！怀着矛盾的心情，她对那个充满风险的诱惑进行了窥视，静寂中，一个神秘的声音穿过她的灵魂——万一人家不待见两个闺女，孩子落他手里，不就更遭罪吗！既然心障挡道，只得望而却步。就这样，她被母爱绑架了，心甘情愿地成了自己的人质。

捱了六年煎熬，心神枯竭的母亲撒手而去，撇下两个孤女，一个二十出头，一个还不到十五岁。若干年后，佟玉英的儿子宫尚路谈起家族的悲惨遭遇依然难以释怀。谈及母亲，儿子颇为感慨。他说："老妈真是个苦命人。九岁没了爹，十几岁又成了孤儿。眼看着活不下去了，姥姥说，嫚啊，嫁人吧。咳，没办法，病急乱投医啊！你想，就她这种情况，这种家庭背景，能找个好夫婿吗？"

事情果真如此。

当神情忧郁的小毛驴把新娘子驮进西涝口村时，佟玉英仓

促的青春已经消失得无影无踪。

结婚不到一年，丈夫病倒了。三年后，男人油尽灯枯，佟玉英一身缟素，泣不成声。出于怜悯，有人悄悄点拨：趁年轻，赶紧再寻个男人吧。经过一番撺掇，她改嫁到马石店村，丈夫叫宫纾贞。婚后不久，她怀孕了。慢慢地，身体愈发臃肿，青灰色的大襟棉袄凸成一顶圆鼓鼓的帐篷，一排襟扣明显错位，被隆起的肚皮撑出一道宽缝。孩子生下来没几天，便因为严重腹泻，一命呜呼。转过年来，大襟棉袄再度隆起，没想到，尾随着男婴的嘹亮啼哭，那个聒噪死亡的女巫又汹汹而至，不容分说疯狂撕扯，到底把孩子抢走了。

就在这时，胶东军区司令员许世友率部进驻马石店村。一天傍晚，住在宫家对门的王儒林、宫本芹夫妇突然登门求助。王儒林是山东莱芜人，早年毕业于山东师范，其后，追随胶东特委书记理琪投身革命，时任司令部作战科科长，是胶东军区屈指可数的笔杆子；宫本芹是当地人，在战地医院担任护士长，曾经当过许世友的保健医生。考虑到乡情难却，开场白自然是宫本芹那地道的乳山话："老弟呀，我和儒林来，是想求你帮个忙。"王儒林随声附和："来的路上，本芹还说，求谁也不如求你老弟，一笔写不出两个宫字嘛。"求？宫纾贞眉毛一抬，眼睛"呼"地瞪圆了。没错，那是一种从未体验过的感觉。他万万没有想到，在对方眼里，自己竟然是"蚂蚁戴笼头——面子这么大"！他搔搔后脑勺，脸上显出受宠若惊的表情："哎呀，乡里乡亲的，又

不是外人，客气啥！说吧，么事？"宫本芹会心一笑，开口了："我
们有个闺女，叫永胜，五个来月，你知道，部队成天行军打仗，
孩子跟着遭罪，大人也担惊受怕。听邻居说，兄弟媳妇这会儿还
有奶水，我和她爸就想，能不能麻烦你们帮着带带孩子？"说着，
扭脸望着佟玉英，眼神热辣辣的。事情来得猝不及防，佟玉英兀
地愣在那儿，接着，嘴角撇动了一下，慌乱地掩饰着，把视线避
开了。此时，宫本芹哪里知道，目光交汇的那一刻，对方的内心
有多么纠结。

　　采访时，儿子宫尚路用感慨的语气复原了母亲当年的心境，
他说："老妈对八路军有感情，她虽然没念过书，大字不识一个，
但知道他们是老百姓自己的队伍。就像姥爷一样，他们不怕流血
牺牲，是为了老百姓打天下。现在，人家有了难处，当然应该帮
一把。可是，她又担心，自己两个孩子都没养活，如果是奶水有
问题，再把人家的孩子弄出个好歹，咋交代呀！"宫纾贞也没吱
声，脸上的表情捉摸不定，像一个耐人寻味的谜语。闷了一会儿，
抬手搓搓脸颊，喉咙里古怪地响了两声，如同山涧被落石堵了似
的。看到气氛有些尴尬，王儒林给妻子使个眼色，宫本芹心领神
会，语气诚恳地对宫纾贞说："我知道，这件事给你们添了大麻烦，
你看这样好不好，你和弟妹好好合计合计，赶明儿我再来听个回
话。"

　　客人刚走，妻子的诘问如同滑脱的山石"咕咚"一声落下
来："当家的，这事到底咋办呀？"丈夫的喉结困难地扭了几下，

第四章　岁月深处

像口吃患者一样好歹把句子从嗓子眼里挤出来："奶水好不好先不论计，你就不怕哪一天走漏了风声，像你爹一样遭人家祸害？叫我说，多一事不如少一事。"

说话间，太阳偷偷溜走了。天空变成一个巨大的产房，开始不声不响地分娩夜色。人一旦有了心事，睡眠就麻烦了。躺在冰凉的土炕上，佟玉英一个劲地胡思乱想。幽暗中，情感的犁铧深深划开夜的田垄，黑色的、泛着潮气的土块翻上来，把心头堵得满满的。

第二天，佟玉英正忙着张罗午饭，宫本芹笑吟吟地进了屋。正在吞云吐雾的宫纾贞赶紧搁下烟袋锅，讪笑着开口了："孩子的事情，我们俩都愿意帮这个忙，可是，玉英的奶水不行。你也知道，我那个小子，前些日子刚丢了，还有上边那个丫头，要是活到现在，早就满地跑了。咳，奶水不养人，你有啥法子？我和你弟妹寻思，自己的娃儿丢了就丢了，庄户人家，命贱，不值钱，你家永胜可不一样呢！"说话听声，锣鼓听音。听了对方这番说辞，宫本芹一时无言以对。很显然，拒绝的理由冠冕堂皇，没有丁点儿破绽。可是……她想说点什么，话在肚子里绕来绕去，欲言又止。随后，她主动岔开话题，焦点也随之转移了。宫纾贞擎起烟袋锅，使劲嘬了两口，一缕烟雾盘旋弥散，脸上的表情如释重负。

没想到，刚撂下饭碗，宫本芹又登门了。她朝佟玉英晃晃手上的玻璃瓶，认真地说："来，弟妹，挤点奶，我拿去化验一下，看看奶水到底行不行。"一句话点到死穴上，夫妇俩顿时没了章程。然而，此举看似一本正经，实际上却是虚晃一枪，说白了，就是用同样冠冕堂皇的理由制造说服对方的托词。检测营养成分？就当时的条件而言，无异于痴人说梦。尽管如此，宫本芹也必须见招拆招，而假戏真唱，则是急中生智。

听到化验结果，宫纾贞张口结舌，佟玉英大喜过望，因为，对于一个深陷自责的母亲来说，这次无中生有的甄别实在太重要了。看到男人仍在犹豫，宫本芹刻意贴身紧逼："老弟呀，咱一家人不说两家话，当着你俩的面儿，大姐把话挑明了。孩子能养活，是她的福分，养不活，命该如此。要是信不过我，咱就把村长叫来，当着他的面，立字为证。"话说到这份上，宫纾贞已然没了退路。他磕磕烟袋锅，情非得已地咕哝了一句："就这么着吧。"

此言既出，尘埃落定。

于是，1947年那个普通秋日骤然矗立成佟玉英人生的里程碑。瞧，解开衣襟的一刹那，母爱从脸颊上凸显出来，平凡的血肉之躯由里而外焕发出神圣的光辉。看得出，女人的身体里一个新的生命被唤醒了。

然而，也正是从这天起，家庭气氛开始悄悄发生变化。

那时候，宫纾贞兄弟三个尚未分家，平日里，带孩子的媳妇可以不干家务活。正由于此，小永胜的突然出现成了家庭矛盾的导火索。私下里，几个妯娌嘀嘀咕咕，嘴里涌出的牢骚就

第四章 岁月深处

像男人烟袋锅里散发的烟雾那样自然而又直接。"放着自己的事情不干，去顾拉人家，真不知道这两口子咋想的。""是啊，你养个别人的孩子还干不干家里的活？要是不干的话，算咋个说法？"闲话传到宫纾贞耳朵里，男人的面子挂不住了。随后几天，那只烟袋锅抽得更凶了。思虑中，良知像一把执拗的雕刀，一下下凿着男人裸露的神经，凿去混沌，凿落游移，伴着浑身痛楚，他的灵魂最终显露出圣洁的肌肤。到末了，他把心一横：亲兄弟明算账，既然害怕掺和在一起掰扯不清，干脆各起炉灶，分家！此言一出，兄弟、妯娌当场应和，一夜之间，传统意义上的大家庭分崩离析，彻底解体了。

为了让媳妇专心带孩子，宫纾贞放下大男人的架子，开始操持家务。佟玉英奶水少，小丫头吃不饱，满腹牢骚当然要通过哭声进行发泄。两口子急得团团转，四处打听催奶的办法。听说喝鱼汤效果不错，男人二话没说，扛起镢头直奔水塘。寒冬腊月，冰封三尺。铆足劲头抡一镢，"噗"的一声弹回来，震得肩膀乱颤、虎口发麻。费尽了吃奶的劲，好不容易凿出巴掌大的窟窿眼儿，他抹一把额头的汗水，掐着腰眼喘两口粗气，又狠狠地朝掌心里啐口唾沫，用自我解嘲的语气奚落自己："奶奶的，大冬天的喝鱼汤，这不是成心折腾老子吗！"一通忙活，效果立竿见影。连着喝了几天鱼汤，佟玉英的奶水明显增多了。男人稍稍松了口气，女人的心却依然悬着。她深知，哺育婴儿是一条没有航标的河流，河段里会潜伏着暗礁和漩涡。所以，在最初那段日子里，她甚至连睡觉都要睁着一只眼，性命攸关，容不得半点疏忽呀！

正常情况下，婴儿啼哭不必大惊小怪。她可好，一有动静，就像被马蜂蛰了似的。刚吃了奶，咋又哭了？她手忙脚乱，甚是困惑。哎哟，小祖宗，尿布湿答答的！

提心吊胆的生活既然开了头，日子就这么一惊一乍地过下来了。

妯娌提醒说，七八个月的孩子可以添点辅食了。佟玉英熬了点面糊糊，小心翼翼喂下去，糟了！一连两天不拉屎了。佟玉英吓得坐立不安，心里就像十五只吊桶打水——七上八下。婆婆见状，连忙支着："给孩子多喝点水，再轻轻地在肚子上摩挲摩挲。"这一招果然奏效，"噢，拉了，拉了！"她大声说着，嗓音劈了叉。望着黄澄澄的小屎橛儿，她笑逐颜开，简直比捡了金元宝还高兴呢。

如果说，抚养孩子的感受就像咀嚼荠菜一样苦中带甜，那么有烦恼自然也有欢乐。在母亲眼里，孩子的每一个细微变化都是爆炸性的新闻，而且，史无前例。记不清是哪一天，小丫头终于会坐了。过些日子，会爬了。一旦拥有了活动能力，小家伙最喜欢做的事情，就是连滚带爬偎到母亲身边，没头没脑地朝怀里拱啊，往腿上蹭啊，玩着玩着，突然坐起来，莫名其妙地冲人一乐，那表情，恰似小手挠了痒痒肉，好舒服，好快活！

小永胜过周岁生日的时候，宫纾贞不知从哪儿讨换来一把银质的长命锁。于是，那个关于福寿绵绵的祈望就像《红楼梦》

第四章　岁月深处

117

里那块光彩熠熠的"通灵宝玉"一样挂在了小丫头的胸前。别看物件小，它对人的心理影响作用蛮大呢。

转过年来，小家伙会走了，也更缠人了。佟玉英走到哪儿，她就像影子似的跟到哪儿。早春三月的一天，佟玉英去河边洗衣服，小永胜蹲在旁边，独自玩耍。突然，银锁滑脱，"嗵"地激起一朵细碎的水花。"妈呀！"佟玉英一声惊呼，扔掉衣服，哧溜一下入了水。冰凉的感觉忽地漫到腰际，她俯下身子，在河底摸来摸去，冷不防，脚底一滑，哗啦啦，水花凌乱，顿时成了落汤鸡。待到她擎着银锁挣扎上岸，除了上肢感到麻木，腰部以下知觉几乎完全丧失了。及至体温恢复过来，两条腿依然不得劲儿，脚趾麻酥酥的，小腿和大腿也出现飘忽不定的针刺感。捱了些日子，症状逐渐消失，但是，从此留下腰腿痛的病根。

时光如水，转眼间，小永胜两岁了。

哦，母爱具有多么神奇的魅力呀！哪怕烽火连天、狼烟四起，甘甜的乳汁始终从容而又悉心地浇灌稚嫩的花蕾。那嫩生生的啼哭，仿佛跃动的火苗，一下下地烘着生活的茶炉，日子久了，那撮叫作感情的茶叶便浸泡出越来越醇厚的情味。终于，佟玉英不无感慨地发现，小永胜的到来是上苍赐予她的一次修行机会——悄悄地，这个善良的女人在小院里种下一株爱的菩提，情感的滋养使它枝繁叶茂、四季常青。好大一棵树呀！小永胜的童年就被那片浓浓的绿荫包裹着，粗茶淡饭也堪称幸福，衣着简朴却不失美丽。作为家庭的新成员，小丫头的到来不仅仅是对生活缺憾的一个补充，而且，也是佟玉英生命的另一种表现形式。的确，孩子的存在，让母亲印证了自身的存在；孩子的成长，让母亲实现了自身的价值。所谓骨肉相依，就像熬中药一样，把日子里的苦辣酸甜熬在一起。经过九百多个日日夜夜的熏染，小家伙身上的淡淡奶香早已浸透了佟玉英的灵魂。不仅如此，这个摇摇晃晃走街串巷的小女孩，用奶声奶气的短语对养母的哺育能力进行了权威性的重新评价。

正是这个缘故，突然出现的马蹄声让佟玉英方寸大乱。那一瞬，就连空气都变得稀薄起来，她像一条被陡然甩出水面的鱼儿，呼吸窘迫，近乎窒息。分别时，佟玉英红着眼圈，依依不舍地送了几里地。起初，小丫头不明就里，笑嘻嘻地骑在马背上，东张西望，以为在做游戏。终于，小战士沉不住气了，用力勒住缰绳，再次恳求道："大嫂，回吧。再送，就耽误赶路了。"佟玉英这才停住脚步，抹一把眼角的泪水，嗓音颤颤地嘱咐道："走吧……永胜还小，路上千万要多加小心。"小战士抬起右臂，朝佟玉英恭恭敬敬行了一个军礼，两腿一夹马肚，顿时，山道上扬起一串烟尘。佟玉英踉踉跄跄着朝前方扑过去，随即又意识到什么，不情愿地收住脚步。战马跑出老远，佟玉英依旧站在原地，使劲朝那边挥手。挥着挥着，眼泪下来了。

永胜前脚刚走，思念后脚就找上门来。白天，那个执拗的家伙如影随形，她走到哪儿，它就跟到哪儿，到了夜里，纠缠得愈发放肆。好不容易睡着了，又倏地惊醒过来，有时候，她觉得

是半梦半醒，还有的时候，她甚至搞不清楚，自己究竟是睡着还是醒着。当她再一次从睡梦中哭醒之后，她知道，自己被思念彻底打败了。

小永胜的情况更糟糕。

陌生的面孔，陌生的环境让初次离家的小丫头惊诧莫名，她使劲眨下眼，吼出一声骇人的尖叫，随后，哭着喊着，非要回家去找妈妈。生母宫本芹轻声抚慰，哄了半天，没有任何效果。看到泪水把小脸蛋儿弄得一塌糊涂，母亲抬手欲擦，不料，小丫头胳膊一抢，手绢"啪"地掉在脚下。宫本芹无奈地叹口气，悄声对身边的丈夫说："一看就是你们老王家的人，脾气真倔。"王儒林的嘴角泛出一丝苦笑："孩子怕生，熟悉几天就好了。"谁知，一连几天，愤懑的哭闹绵绵不绝。听着女儿渐渐嘶哑的声音，宫本芹愁肠百结，王儒林的脸上也堆满忧郁。这个每次深陷泥淖总能挣脱困境的汉子，眼下竟产生了难以名状的挫败感。唉，真是束手无策呀！当然，他和妻子心里都很清楚，面前这道情感方程的答案其实很简单——养母佟玉英就是唯一正确的解。他把警卫员喊过来，用略带歉意的口吻说："你再跑趟乳山，把永胜的养母接过来，就说孩子、大人都想她。"

于是，佟玉英一路颠簸来到青岛。那熟悉的胶东口音如同一阵清风，在主人屋里打个旋儿，就把堆积多日的雾霾全部吹散了。

半个月后，佟玉英准备辞行。她对宫本芹说："大姐，我得走了。把当家的一个人撂在乳山，时间长了，不放心啊。"说着，无奈地叹口气，眸子里泛出隐隐泪花。或许，她已经意识到，待到下次相见，不知还要蹉跎多少岁月。宫本芹心有不舍，却不便挽留，姐妹俩只得洒泪而别。

回家没多久，佟玉英怀孕了。

经过一番妊娠的折磨，她顺利诞下一个男婴。嘹亮的哭声让小屋变得热闹起来了。

窘迫的空间里平添了喧闹与嘈杂，然而，在母亲听来，这些乱七八糟的声音不啻为世界上最美妙的音乐。处理哺育中的每个环节，她都动作娴熟、从容不迫。正所谓，前有车，后有辙。经验的隧道一旦贯通，新生儿的成长只是时间问题了。

儿子三岁那年，佟玉英如愿以偿，又生了一个女孩。同哥哥一样，妹妹也是福星高照，顺顺当当，无病无灾，一路平安地走过童年。多年后，当王永胜怀着感恩之心叩谢养母时，佟玉英感慨地说："要说感谢，我还真得谢谢你呢。因为，你给我带来了福气。这不，后来生的两个孩子都活了。"说着，舒心一笑："按照老中医的说法，你就是熬中药的那个药引子吧。"

拉扯孩子那几年，佟玉英简直就像一架抽水的风车，一天到晚不停地转啊，转啊。好歹忙活完了，她又坐在昏黄的灯影里缝缝补补，为儿女，为全家，每个补丁都要结结实实地堵住生活堤坝上的每处管涌。一针一线中，她的青春悄悄流逝了。凝眸之际，她的眼前会忽然闪现出永胜的身影。于是，那个重

第四章 岁月深处

121

复了无数遍的诘问再次浮现：嫚啊，你现在到底在哪里？咋不给妈个信呢？

其实，王儒林夫妇也一直系念着宫纾贞两口子。前几年，王儒林奉调进京，在军事科学院从事党史编撰工作。其间，他通过书信多次与宫家联络。但是，由于区划变更，地址不详，鸿雁每每无功而返，希望之舟被迫搁浅了。

1958年暮秋时节，宫纾贞突然收到一封来信。他好生纳闷，活了几十年，还从来没有人给自己写过信，不会是弄差了吧？乡邮递员瞄了信封一眼，问："你就是宫纾贞吧？"他点点头，似乎明白了，实际上，更糊涂了。夫妇俩没念过书，只好麻烦一个喝了几天墨水的村民破译密码似的文字。那人捧着皱巴巴的信纸翻来覆去看了半天，疑惑地冒出一句："这不是王儒林来的信吗？"刹那间，仿佛晴空划过一道闪电，佟玉英猛然愣住了。宫纾贞随口问道："他在哪儿？""北京。"村民晃晃信封，"这不有寄信的地址嘛。""这咋办？这咋办？"佟玉英忙不迭地问，急得像热锅上的蚂蚁。这，就是母爱，而人们所说的念子心切通常也总是母亲的专利。丈夫两手一摊："还能怎么办？咱又不会写。"接着，又直冲冲地反问道："你会写呀？"一句话，把妻子问住了。村民见状，唯恐麻烦缠身，敷衍两句，走了。此后几天，佟玉英显得无精打采，失神的眸子里浮动着隐约的燥气。

就这样，关山迢递，两情阻隔。一晃，十八年过去了。

一个偶然的机会，事情出现戏剧性转机。

2020 年初夏，我同远在北京的王永胜建立了联系。交谈中，她用回忆打捞出淹没在时间深处的相关细节。她说："1974 年夏天，家里的窗子坏了。军科院的后勤部门就派木工班一个姓王的战士前来修理。小伙子一开口，是地地道道的胶东口音。老母亲就问：小王，你是哪里人？他说，我老家是乳山的。母亲一听高兴坏了，哎呀，咱们是老乡啊！我跟你打听个人吧。接着，大致介绍了一下宫纾贞家的情况。小王说，我们那批兵不少都来了北京，抽空，我帮你打听打听。星期天，他就找到一起当兵的表弟。没想到，事情还真就那么凑巧，和他表弟一起入伍的一个战友就是马石店村的，而且，和佟玉英的女儿是同班同学。中断已久的线索一下子又接上了。"听到这个消息，王儒林夫妇感喟不已——二十载山重水复，转瞬间柳暗花明，机缘造化，不可思议。当时，恰逢女儿王永胜婚期将近，夫妇俩一合计，决定写封家书，请宫纾贞两口子来京参加女儿的婚礼。

收到来信，佟玉英喜出望外。她急切地凑到读信的村民跟前，视线着了魔似的定在信纸上，原本就圆鼓鼓的眼球越发凸出，仿佛眼眶容纳不了往外挤似的。什么？去北京参加婚礼？她像一条咬钩的鱼，被思念的鱼竿生生拽出水面："哎呀，闺女要嫁人了，太好了，太好了！"

丈夫瞥了妻子一眼，他发现，一个灿烂的笑影在妻子脸上迅速漾开，印象中，已经好久没有看到女人如此舒心的笑容了。信刚念完，佟玉英突然蹦出一句："他爸，你赶紧问问，从乳山

第四章 岁月深处

123

到北京咋走？坐哪趟车？"丈夫不屑地讥讽道："喊，走个亲戚都掉向，还去北京呢，自己吃几碗干饭没个数啊？"佟玉英当场怼回来："你就甭操那么多心了，闺女结婚是一辈子的大事，你不去，我自个儿去。"说罢，扭身抄起面盆忙活起来。看到她用那么多鸡蛋和面，丈夫以为人逢喜事，掌勺的要犒劳全家，以示庆贺。他笑嘻嘻地问了一句，没想到，妻子的回答出乎意料。她说："永胜小的时候，最喜欢吃小果子。我得多炸点儿，给她带去。"丈夫如梦方醒，没好气地甩出一句："凳子底下着火，是烧着屁股，还是燎着心呀？看把你急的！"拾掇完吃的，她就催着丈夫去公社邮政所给北京挂长途电话。那时候，乳山交通不便，去北京必须折腾两百多里地到莱阳去乘火车。考虑到母亲头一次出远门，儿子宫尚路一直把她送到莱阳火车站，并特别提醒说："那个信封可千万装好了，上边有地址和联系电话，丢了，就麻烦了。"

在站台上抻着脖子等了半天，终于，早在两百多年前从英伦三岛缓缓驶出的庞然大物带着神秘的蛊惑停到面前，嘈杂过后，令人期待的北京之旅开始了。车轮铿锵，单调、冗长，在没完没了的躁动中，无边的原野默默地向她走来，那么静谧，那么辽阔。地平线的尽头，一条无名的河流摇曳着波光，河水缓缓流淌，仿佛一支无声的歌。沉思中，她又听见那个奶声奶气的小家伙在耳边叽叽喳喳。咳，一眨眼的工夫，二十多年过去了。丫头大了，自己也老了，人这一辈子，就像早上的露水，风干得真快呀！

车到终点，旅客们像退潮的海水很快消失了。佟玉英拎着包裹孤零零地兀立在站台上，东张西望，颇为困惑。不是说好了来接吗？人呢？实际上，王儒林夫妇并未爽约。因为公务缠身，王儒林特意安排妹妹和侄子前去接站。由于素未谋面，且没有照片对应，结果，前后跑了两趟，始终不明下落。一个小时过去了，两个小时过去了……看到暮色渐浓，佟玉英心里发毛了。她拦住一个路过的工作人员，紧急求助。"有联系地址吗？""有，有。"她手忙脚乱掏出信封。那人瞭了一眼，挥下手，"跟我来吧。"在客运办公室，值守的女同志拨通了联系电话，佟玉英急切地提醒说："告诉他，就说我在电话旁边等着呢。"一个多小时后，王儒林气喘吁吁地推门而进。在分别了整整二十五年后，望穿秋水的亲人终于重逢了。

　　那天晚上，家中的气氛简直比过节还热闹。瞧，天各一方的两条小溪经过长途跋涉，跨越千山万水，在感情的故道欣然聚首，于是乎浪花飞溅，滔滔不绝。伴着欢声笑语，那抹温暖的灯火从傍晚一直燃到深夜。

　　和准新娘一样，准女婿潘晓延也是英姿飒爽的军人。望着浓眉大眼的后生，佟玉英用欣慰的笑容表达了赞许。几天后，她和全家人一同迎来吉日良辰。那是一个具有鲜明时代特点的简朴婚礼——没有彩电，没有冰箱，更没有手机，甚至没有宾朋前来贺喜。所谓婚庆，不过是一次热闹的家庭聚会。与以往唯一不同，只在于去食堂多买了几个炒菜而已。按照民间习俗，新人敬酒必

第四章　岁月深处

须一饮而尽。好家伙，一口下去，餐桌像小船一般飘飘悠悠荡起来。"哎哟，喝多了，喝多了……"佟玉英笑嘻嘻地自我解嘲，而后，醉眼蒙眬地望着一对新人，目光那么痴迷，神情那么陶醉。可以说，有史以来的所有夜晚，从未像今晚这样浓缩了一位慈母的全部情爱，一夕是百年啊！

婚后不久，王永胜挥别军营，光荣退伍。此时，一个新的生命正在母腹中频繁躁动。数月后，瓜熟蒂落，女儿明明出生了。抱起哭声尖厉的小丫头，年轻的妈妈愁眉苦脸，心事重重。丈夫远在内蒙古，根本指望不上，即便临时探亲，一个笨手笨脚的大老爷们也干不好那些婆婆妈妈的事情。此前，王儒林夫妇曾通过不同渠道，四处寻找保姆，几经波折，终未落实。情急之下，宫本芹又想起了佟玉英，她对丈夫说："你给乳山写封信，问问玉英能不能再来帮个忙？"王儒林面有难色，颇为踌躇："他们家里也有一大摊子事，时间长了，能离得开吗？""那你说怎么办？我倒想在家伺候月子，请这么长的事假，可能吗？"王儒林不情愿地摊开信纸，唉，写吧。

结果呢，佟玉英一接到信，马上风风火火赶来了。

抱起粉嘟嘟、嫩生生的小丫头，佟玉英高兴得笑眯了眼："你

佟玉英（中）与王永胜（左）、潘晓延（右）夫妇合影

瞧瞧，多俊的小棉袄啊！"接着，她用心满意足的口吻总结道："我说什么来着？善有善报，恶有恶报。谁好谁坏，老天爷在上边看得明明白白的。"

第二天一早，王永胜打着哈欠从被窝里坐起来，发现养母正在收拾餐桌。看上去，她没有丁点儿生疏感，好像这里就是自己的家。王永胜痴痴地望着忙碌的身影，心想，养母来了真好啊！的确，因为她的出现，那个乱糟糟的生活线团立马理出头绪，自己那颗悬着的心也总算有了着落。

谈及当年那段特殊经历，年逾七旬的王永胜感慨地对我说："在此之前，我从没带过孩子，一点经验也没有。养母来了以后，就和我住一个房间。她手把手地教我怎么喂奶，怎么换尿布。她是个急性子，嫌我笨手笨脚的，干脆不让我插手，自己弄。最初那段时间，孩子爱哭，她一哭，我就急了，也跟着哭。养母板着脸对我说，哪有你这样坐月子的？小孩哭很正常，一天要哭好多次。你这个弄法，早晚会哭出毛病。还有，大概是刚出生肠胃弱的缘故，孩子三天两头闹肚子。一看她拉稀，我又急了，赶紧去查书。那本《实用儿科学》让我从头到尾翻了好几遍。养母也急了，又说我，人家坐月子老老实实，你可好，又是哭，又是看书，你的眼睛还要不要了？我可告诉你，要是全照着书本去养孩子，指定是养不好的。因为动不动就拉稀，孩子的屁股淹了。养母就让我把台灯拿过来，先把小屁股洗干净，再用加热的灯泡仔仔细细地烤一会儿。她一边做一边对我说，现在应该尽量少洗，

不然的话，皮肤老是发潮，孩子总是觉得不舒服。这样烤了两次，淹的地方就完全恢复正常了。"

孩子满月那天，王永胜亦喜亦忧。喜的是，虽有小病袭扰，女儿始终平安无事；忧的是，养母一旦告退，自己又该如何打理？让她感到欣慰的是，那个熟悉的身影每天一如既往，按部就班。对此，王永胜自然求之不得。在她看来，养母不仅是自己的主心骨，也是女儿的护身符，只要养母在身边，一家老小心里都觉得踏踏实实。

休完产假，王永胜必须去新单位上班了。

由于宿舍与单位相距三十多里，按时喂奶就成了一个棘手的问题。怎么办？唯一的办法就是把孩子带在身边，这就意味着，必须住进单位的宿舍里。于是，王永胜自然而然地想到了组织。对她来说，相信组织、依靠组织是早已熟悉的口头禅。现在，面对个人无法解决的困难，不依靠组织又能依靠谁呢？看到新员工抱着吃奶的孩子前来报道，单位领导哭笑不得。"不瞒你说，现在一间空房也没有。"领导实言以告，"僧多粥少，也不是一天两天了，老大难呀。"或许是一脸无辜的小娃娃实在惹人怜爱吧，领导思忖之后，硬着头皮动员其他职工发扬风格。最终，在筒子楼里腾出一间十多平方米的宿舍。一张简易的木床，一个破旧的餐桌，加上带来的一把躺椅和一只煤油炉，小屋里总共不过四样家具。随着煤油炉燃起第一簇火苗，新生活的航船匆匆起锚了。

如果说，过去的情境是配合蹩脚的二重唱，那么，如今的一幕则是佟玉英一个人的演出。第二天，王永胜下班回家，一推门，愣住了——呀！饭菜上桌，香气扑鼻。一切都是从前的翻版，以至于让人觉得，像住在父母家里。下楼扔垃圾的时候，碰上一位邻居。对方感慨地对她说："你妈真行，炉子那么矮，她就蹲在那里，一只手抱着孩子，另一只手炒菜，哎呀，那个忙活劲儿，真是不容易。"王永胜胸口一热，眼睛里漫出一片朦胧的雾气。

孩子七个半月的时候，因为家事困扰，佟玉英潸然归去。

临行前，王永胜一家四口特地照了一张全家福。摄影师按下快门的一瞬间，倚在姥姥怀里的明明突然仰起脸，乐不可支。"咔嚓"一声，开心的笑容永远定格在底片上。捏着冲洗好的照片，佟玉英微笑着喃喃自语："这个小丫头，没有闲着的时候，照相都不老实。"

时隔三年，王永胜的母亲宫本芹因为长期罹患肝肾综合征，病情恶化，不幸去世。

1982 年，女儿明明上学了。此时，王永胜的心里萌生一个念头，什么时候方便，带着孩子回乳山老家看看养父母。然而，没等计划落实，死神竟捷足先登。1991 年 9 月的一天，正在上班的王永胜突然接到父亲王儒林打来的电话，养母猝发脑梗，病故了。"噗"的一响，一串痉挛匕首般刺中了她，难以名状的绝望占据了整个身心。是啊，养母自始至终都是一根精神脐带，如今，它被死亡的铡刀生生斩断，自己成了一个特殊意义上的孤儿。撂下电话，她伤心地捂住脸，一串滚烫的泪水滑过脸颊，"砰"地砸在桌面上，溅落声大得出奇，以至于恍惚之中，她觉得桌子都被震得轻轻晃动了。

# 殷红的情思

天刚破晓的时候，雪停了，吼了一夜的北风也终于变了调，吁吁地喘着，声音疲惫，含含糊糊。

这一宿，矫月志睡得很不踏实。也难怪，一想到儿子今日完婚，她便像打了鸡血似的，心底泛起隐隐躁动。毫无疑问，今天是个值得庆贺的日子。因为，捱过三年困难时期，新人的结合使田家老宅又重新萌发出春天的憧憬。

吃过早饭，大儿子田瑞荣推起借来的自行车，兴冲冲地出门了。双胞胎妹妹叽叽喳喳跟到胡同里，亢奋的眸子喜气洋洋，就像随时都会燃响的烟花爆竹。"安（儿子小名）啊，路上小心点。"母亲的声音从院里撵出来，"糙的地方，就下来，推着走，可千万不敢摔着新媳妇。"儿子认真地点点头，刚露脸的朝阳在他额上涂了光，油漆一般，亮汪汪的。望着儿子远去的背影，母亲的目光渐渐有些恍惚，神情痴痴地，就像望着一个真实的梦境。是的，透过记忆的景深，她看见二十五年前的旭日又开始故地重游。哦，那是一个阳光明媚的上午，她满脸羞涩地走进小院，成了村民田宝松的媳妇。转瞬间，二十多年过去了。如今，年轻的媳妇熬成了婆。回首前尘，时光潺潺倒流，往事历历在目。

矫月志的娘家是牟平县前垂柳村。她1916年8月出生，是矫家长女。及笄之年，母亲病逝。不久，父亲再婚。从生育的角度看，后妈的确是一块适合耕作的膏腴之地。丈夫刚一沾身，她就立马开怀，而且，一发而不可收，"噼里啪啦"，生生不息，短短几年工夫，就给矫月志添出了四个弟弟和一个妹妹。这一来，矫月志可就惨了。从早到晚，她像热锅上的蚂蚁忙得团团乱转，放下这样，拾起那样，直累得东倒西歪，筋疲力尽。咳，都说穷人的孩子早当家。为啥？生活所迫，只能硬着头皮，勉力为之。实际上，即便与后妈没有感情方面的弯弯绕，单就家中排行而言，身为老大，她要承担的重任从一开始就已经注定了。

日复一日，年复一年。直到二十四岁，矫月志才谈婚论嫁。夫婿并不是她自己选的。丈夫比她小一岁，属蛇。夫妻一照面，矫月志心头一震：妈呀，男人面黄肌瘦，病歪歪的。不知为什么，他怄气似的拧着眉头，好半天不吭气。新娘子惘然无措，只好绷着身子，很不自在地坐在炕沿上，神情显得颇为尴尬。过了一会儿，又偷偷朝男人瞥了一眼，心想，不会有啥毛病吧。怕什么偏偏来什么，没过多久，她就认定，丈夫的脾胃的确有问题。看上去，饭量算是马马虎虎，可一拎锄镰，便筋骨疲软，有气无力。那软塌塌的样子让人好生纳闷：一日三餐都吃到什么地方去了？事情明摆着，丈夫不给力，做媳妇的只好能者多劳，用今天的话

说，她必须做一个不折不扣的女汉子。对此，母亲的安慰只能是那句老话：嫁鸡随鸡，嫁狗随狗。可对女儿来说，看似简简单单一个"随"字，包藏了多少郁闷，多少委屈，然而，事已至此，有啥法子？

就这样，在没完没了的操劳中，日子没滋没味地过下来了。

现在，儿子像她当年一样，满怀期待地走进婚姻。她不知道儿子和媳妇将来日子过得怎么样。不过，凭着半生的经验，她认为，一个贤惠的儿媳就是对家族的最大成全，而这种成全无法祈求，只能听凭运气。

大约两个时辰后，翘首以盼的自行车终于出现了。会心的笑容发面似的膨胀开来，把两眼挤成一条缝。不一会儿，橘黄色的火苗便探头探脑溜出灶口，袅袅升起的炊烟也一改往日的寡淡，变得香气氤氲。不经意间，夕阳从烟囱上悄悄滑落，调皮的星星则好奇地倚住新人的窗户。月亮笑盈盈地嘘了口气，月光便蹑手蹑脚地溜到闺房中去了。这个夜晚无疑是属于新郎和新娘的，当然，也是属于矫月志的。说实话，有生以来，她从未像今晚这样心绪复杂，百味杂陈。昏暗中，丈夫鼾声阵阵，这个当了公爹的男人用响亮的鼻音酣畅地抒发着滞留在心中的欢喜。朦胧的月光雾一样在枕边流淌，她静静地瞅着屋顶，目不交睫，没有丁点儿睡意。"冬明到底在哪儿呢？"她在心里默默念叨，"这么多年了，也不给妈来个信，这孩子，不知道妈一直惦记着你吗？"过了一会儿，她把视线缓缓移向窗棂。窗外，夜幕低垂，月色迷离。忽然,她发现一个隐约的光点闪闪烁烁。她定住眼神儿,只见记忆的流萤从时间幽谷中悄无声息地飞出来,渐渐地,昨天的荧光越来越亮了。

于是,在自家逼仄的小院里,她与二十多年前的新媳妇不期而遇。

过门一年后,大儿子出生了。

人说女大十八变,实际上,女人的最后一变是做了母亲才得以完成的。就在鼓胀的肚皮骤然凹陷的一瞬间,她突然明白了什么叫牵肠挂肚。由于奶水不足,那稚嫩的哭声鞭子一样把她抽得遍体鳞伤,尽管如此,丈夫依然笃信多子多福。转过年来,土炕上又添出一个男婴。没承想,小家伙时乖运蹇,啼哭了数月之后,便再也没了动静。就在这时,胶东育儿所由东凤凰崖村转移至田家村。根据农会的安排,保育股股长孙亚东带着尚未断奶的儿子冬明住进田家老宅的东屋。这是一个改变故事走向的突发情节,矫月志看到,一缕新鲜的阳光从新房客的眼中溢出。接下来,他用满嘴新词对房东夫妇进行了第一次人生启蒙。矫月志忽然意识到,生活原来还存在着另一种可能。那一刻,成为她生命节气中的惊蛰;那一刻,沉睡在心底的希冀悄然苏醒。她目不转睛地盯着孙亚东,眸子亮亮的,那是景物的反光,真的,她看见孙股长描摹的愿景在春光里尽情铺展,草长莺飞,柳绿花红,这个梦太奇妙,也太迷人了。正由于此,当孙亚东把饥肠辘辘的小冬明递过来时,她不假思索地把小家伙抱在怀

里，会心地笑了，那意思是说：把孩子交给我，你就放心吧！

胶东育儿所所在地田家村

就在矫月志精心哺育冬明的三年中，胶东抗日根据地的版图不断扩大，与此同时，千里之外的延安窑洞里，毛泽东和他的战友们也开始酝酿共和国的蓝图。继冬明之后，育儿所又送来一个叫"生"的女娃。奶了九个多月，被父母领走。待到解放军的先头部队从北京城的西北方向踏过旧称"中官屯"的地方，向着十四公里外的天安门广场挺近时，矫月志的第三个孩子已经半岁了。

刚解放那会儿，心情好舒畅啊。瞧，天是那么蓝，就像刚刚洗过的蓝绸子，好滋润，好养眼。她觉得，心里亮堂极了，整个心房就像用玻璃做成的一样。日后回忆起来，那的确是她一生中最美好的一段时光，不仅仅因为年轻，更因为那是一个充满革命理想主义的年代，豪迈而且浪漫。所以，当村支书掰着指头历数共产主义的光明前景时，她觉得，那粗粝的嗓音如同草丛里惊飞一只野鸡，让人听得格外兴奋。

"耕地不用牛，点灯不用油，楼上楼下，电灯电话……"支书在台上眉飞色舞，她在台下如醉如痴。

"那……不用油用啥呢？"有人冷不丁冒出一句。

支书一愣，人们哄地笑了。

"用电。"

"电？电是啥玩意儿？"

支书搔搔后脑勺："电……就是电嘛。"他很谦虚地挥了挥手，显然，余下的问题要靠提问者自己去解决了。

电灯？这东西到底是啥模样呢？她想啊想，越琢磨，那不用油的电灯就显得越神秘，久而久之，那神秘就变成一种怂恿，一种每每使人心驰神往的蛊惑了。

然而，岁月之河一路奔放却又蜿蜒曲折。当阳光洒满山川的时候，风雨也会不期而至。随后的一段经历让当事人始终无法淡忘，时至今日，矫月志的子女依然对困难时期所感受到的母爱记忆犹新。

在老三田瑞夫的描述中，挨饿的滋味好难受啊！那段日子，身上的每个部位都张着饥饿的嘴巴，每颗牙齿都蓄满了撕咬任何

东西的冲动。一天到晚，近乎虚脱的烧灼感如影随形，没完没了地纠缠着他，也折磨着他。那是一个可怕的梦魇：发自身体内部的坍塌声让小男孩深切体验了关于人类生存最原始的恐惧。他说："那几年，每次吃饭，老妈都是先尽着我爸和几个孩子上桌，她自己饿肚子是常有的事。"

不知不觉中，孩子们的饭量越来越大，而母亲的饭量越来越小，奇怪的是，她的胳膊呀，腿呀，却一天天地粗起来，皮肤也变得隐约透明，好像蒙了一泓水，亮汪汪的。小女儿瑞玲傻乎乎地问："妈，你吃的比我还少，咋就胖了？"母亲的嘴角泛出一缕苦涩的微笑："傻闺女，这哪是胖了！"说着，提起裤脚，拇指在脚踝上方轻轻一按，顿时，皮下的肌肉融化了似的，显出一个深深的凹陷。呀，怎么会这样？母亲的解释轻描淡写："水肿了，没事。"女儿怯怯地望着母亲，眸子里现出一种与年龄并不相符的忧郁。从那天起，她突然变得懂事了。

盼望着，盼望着，终于盼来了春天的消息。

一觉醒来，湿润的春风开始呢喃，荒芜的田野悄悄漫开一种潮湿的发酵似的气息。伴着春风的梳理，摇曳的柳枝显得优雅而富有节奏；山坡上，田埂边，一簇簇野花从草丛中探出脑袋，鲜嫩的花瓣绽放出簇新的娇媚。挣出了大饥馑的泥淖，面黄肌瘦的共和国又脚步踉跄地加入了春天的家族。于是，在历经三年磨难后，全世界又重新听到了一个古老民族衰弱而又倔强的心音。

忙完三夏，矫月志开始给大儿子田瑞荣张罗婚事。很快，老两口卷起铺盖，把最东头的房间让给儿子。接下来，新房的布置让人大跌眼镜：除了一盘光溜溜的土炕，小屋里只有一个老辈人遗陈至今的旧式立橱。一人多高，双门对开，颜色黑乎乎的。定睛一看，面目沧桑，神情委顿，全然一个过气的古董。什么？新房里连个"喜"字也没有？难道买张红纸也成了一种奢侈？那时候，一分钱恨不能掰成两半花，手头着实紧巴。好在新媳妇通情达理，一进门就用云淡风轻的笑容剪出一幅窗花，给清贫的生活增添了一处温馨的装饰。

没过多久，儿媳妇怀孕了。

消息一经坐实，矫月志眉开眼笑，丈夫同样美滋滋的。十个月后，积蓄已久的喜悦终于诉诸于生动的表达方式：抱起老田家第一个孙子，她不由得心花怒放，同时，也如释重负，小家伙的嘹亮哭声无异于广而告之，作为母亲也作为奶奶，她已经圆满地完成了自己的历史使命。在她听来，时断时续的啼哭很有一点即兴表演的味道，于是，拥挤和嘈杂的空间里又增添了一种令人兴奋的骚动。她觉得，那响声简直就是天籁之音，真奇怪，当初拉扯几个儿女时，感觉为啥不像现在这样明显呢？

有道是，人无千日好，花无百日红。

刚当了奶奶没几天，小孙子就生病了。

一开始，小家伙的额头上冒出几颗疹子，针尖大小，红红的，像灶膛里偶然蹦出的火星。由于缺乏经验，年轻的妈妈并未在意。不料，没过两天，不起眼的火星就燃成燎原之势。矫月志兀自

一惊：糟糕，出疹子了。她赶紧吩咐儿媳："快，建威她妈（孙子乳名），用淘米水给孩子洗洗，再不行，找个土豆来，切成片，给他贴贴。"很快，洗也洗了，贴也贴了，火势非但没有收敛，反而轰轰烈烈掠过头顶，一路烧到脊梁上去了。无以言表的瘙痒把小家伙折磨得痛苦不堪，他拼命地闹啊，哭啊，把奶奶哭得颦眉蹙頞，愁肠百结，目光哀哀地望着孙子，嘴里反复絮道着："求求你了，老天爷，能不能行行好，让我替替他？唉，这么点儿大的孩子，不会说不会道的，让他遭这个罪，真是作孽呀！"旁边的儿媳受了感动，一双眸子泪汪汪的。她知道，婆婆的祈告发自肺腑，为了救护孙子，不惜以命换命。然而，她无论如何也想象不到，二十多年前，因为同样一番感慨，婆婆竟遭遇了死里逃生的可怕经历。原来，为了救治严重贫血的生儿，矫月志曾一次次地挽起袖子。而且，因为遵从保密的铁律，那一管管砖红色的血液始终悄无声息地锁在记忆的仓库里。直到有一天，情感密档终于解封，人们方才知晓，那是一个惊心动魄的亲情故事，一段感天动地的母爱传奇！

生儿刚来的时候出生不过四十多天，精神萎靡，面色枯黄。不知为什么，与同样大小的孩子相比，小丫头的感知能力存在明显落差。譬如：看到移动的物体，目光跟踪迟缓，总是慢上半拍；再譬如，抚摸她的小脸、小手，反应亦不明显。不仅如此，还老爱哭闹，动辄哼哼唧唧，憋得小脸通红；有时候，睡着睡着，忽然胳膊一抖，引发全身惊厥般的悸动。矫月志为此惴惴不安，精心喂养了一段时间，情况未见任何改善，她一脸愧疚地对丈夫说："孩子的爹娘在前线打鬼子，把命都豁出去了。咱连个孩子都看不好，咋对得起人家呀？"说罢，果断抱起生儿，气喘吁吁地找到医务组。经过诊断，生儿患有严重的贫血症。矫月志赶忙询问："咋个治法？"大夫两手一摊，无奈地说："这里的情况你也看到了，不瞒你说，我们根本就没有治疗的药物。"矫月志当场傻眼了，一迭声地呻唤道："妈呀，这可咋整？这可咋整？"大夫的嘴角泛出一丝苦涩："现在看，唯一的办法只能给孩子输血了。"矫月志顿时笑逐颜开："输血？这还不简单！"她撸起袖子把胳膊往大夫眼前一伸，"抽吧，咱有的是。"看到矫月志神情恳切，大夫连忙解释："先别急，你的血能不能用，得先化验一下，看看是啥血型。"不一会儿，答案揭晓了，大夫满意地点点头。慎重起见，大夫决定先输二十毫升，观察一下孩子身体有何反应。很快，鲜红的血液顺着胶管缓缓流入生儿的体内，矫月志目不转睛地盯着孩子，静谧中，她隐约听到了生命的潮汐在悄悄涌动。然而，一个时辰过后，她的眉头慢慢蹙起来，眼里的光渐渐暗下去。唉，生儿没有丁点儿变化，依然像往常一样哭闹不止。第二天一早，她就抱着孩子去医务组当面陈情："昨儿输了血没管用，我寻思着，是不是输得太少了？今儿就多输点吧！"念其救子心切，医生同意了她的请求。第三天，第四天，第五天……一直延续到第八天，殷切期盼的好消息终于姗姗来迟——黄表纸一样的小脸蛋儿泛出隐约的胭脂色，到了夜里，小家伙也比从前睡得踏

第四章　岁月深处

实。矫月志喜上眉梢，心里别提多高兴了。

不料，再去抽血时，大夫的脑袋摇得就像拨浪鼓："不行，不行，这么个弄法谁受得了？搞不好，会出事的。"说着，目光严肃地望着矫月志："你回去照照镜子，真的，脸色好难看哩！"矫月志认真辩解："哪有你说得那么邪乎，我能吃能喝，好着呢！"大夫依然不为所动："你先养养吧，等过些日子再合计。"矫月志一听，急了："那得等到啥时候？生儿现在刚见好，要是不接着治，前几天输的血可就白瞎了！"说话间，一个村民慌里慌张跑进来，"大夫，我老妈肚子坏了，疼得要命，麻烦你去瞅瞅吧。"大夫转身背起药箱，匆匆走了。待到出诊归来，发现矫月志依然默默地坐在那儿。大夫一声长叹："你这个人，真犟啊！"

于是，一切照旧。

也正是从那天起，她的脑瓜开始发木，后来发生的事情也记得稀里糊涂。说不准是第十天还是第十一天，果不其然，出事了。那天输完了血，矫月志的意识变得恍恍惚惚的。她闹不清楚，究竟是自己摇摇晃晃往前面走，还是胡同歪歪扭扭朝脚下爬。刚拐出巷口，突然两腿发软，身子踉跄，脚下的地面变得不真实，仿佛踩到棉堆上。她慌忙揽紧生儿，倚着墙根歇了好一会儿，才双脚闪跌着趔回老屋。爬上黑黢黢的土炕，眩晕反倒更严重了，身子悠悠晃晃，仿佛浸在水里，慢慢地，沉下去，沉下去……不知什么时候，意识的链条彻底断开了。

昏睡了一天一夜之后，她终于醒了。

"醒了，总算醒了！"声音很遥远，喑哑中透着惊喜。矫月志眼睛吃力地睁了一下，随即，她看到了一张模糊的脸，丈夫的感喟哆里哆嗦："哎哟，吓死我了。"

单凭这句话，这个早晨就绝无仅有。

没错，就在视线清晰的一瞬间，丈夫的满眼血丝让她重新认识了这个相伴已久的男人。有生以来，她头一次意识到，有时候，比女人心理更脆弱，其实是老爷们羞于公开的秘密。"生儿……"一缕游丝般的呻吟从嗓子眼里挣出来，若有若无，丈夫赶紧扶她坐起来，噢，小丫头正在美美地酣睡哩。已然滋润的小脸蛋儿像胀满了汁液的小甜瓜，粉嘟嘟，水灵灵的。那一刻，她惊奇地发现，看似平淡的生活原来那么美好，她感到了一种失而复得的欣喜。

第二天，生活便恢复了先前的模样——她又开始在灶台前忙碌，在井台上浆洗，在灯影下缝补。很快，粗糙的手背又皲裂了，深深浅浅的口子绽出嫩肉，如同嗷嗷待哺的婴儿张着小嘴。她像往常一样，抹上些许唾沫，再涂上一层草灰。一周后，她又抱着生儿去了医务室。

干啥？大夫疑惑地盯着她。

喊，明知故问，输血嘛！

母爱真是具有不可思议的功效啊！在它的疗愈下，生儿奇迹般地康复了。

谈及往事，儿子田瑞夫补充了这样一个细节，他说："那

一年，家里的生活实在太困难了。母亲输了那么多血，身体很虚弱，老爸的病情也加重了。家里光有开销，没有进项，这日子可咋过？那段时间，可把老妈愁坏了。为了给老爸治病，她狠狠心，先是卖了干活的小毛驴，又卖了家里的两亩地。现在想想，能对付着熬过来，真是不容易。"

在由乳山市党史办和乳山市档案局联合编著的《胶东育儿所》一书中，有一段口述记录于 1984 年 11 月 2 日。

> 我们是崖子镇田家村田宝松、矫月志夫妇，胶东育儿所保育股股长孙亚东曾在我们家住过，孙亚东的男孩叫"东明"，是我们给他看的。后来又奶了一个孩子叫"生"，是王桂芝奶养的小军的妹妹，她的母亲叫房玉真，奶到八九个月被领走了。
>
> ……

渐渐地，岁月荏苒，她觉察到自己的腿脚已经不像从前那样灵便，她不得不承认自己老了。

老了，真的老了。

岁月用深深的皱纹在她的额头刻出了沧桑，也刻出了坚忍。

她像一根汁液饱满的甘蔗，被生活的牙齿嚼呀嚼，嚼了几十年，结果，嚼成了一撮渣子。现在，她的面孔已经找不到年轻时的丁点儿痕迹——微蹙的眉峰下，清澈的眸子变得浑浊，秀美的腰肢已经佝偻，走起路来，步履也明显迟缓了。天气晴好的时候，她会慢腾腾地走进小院，默默坐在一个不碍事的角落里，呆呆地愣神儿。明晃晃的日光水一样漫过来，浸着她干枯的面容，也浸着她花白的头发。苍老的目光虚虚地瞄着某个地方，谁也不知道她在想些什么。时间长了，家人见怪不怪，以为是衰老的结果。其实，他们根本没有想到，老人此刻正在思念的围城里绕来绕去，为找不到出口而苦恼。

这是一个周而复始的动人场景。

瞧，四季轮回，又是一年春草绿，她倚在门前，凝眸眺望。孩啊，这么些年了，咋不给娘捎个信呢？

光阴荏苒，又是一年秋叶黄，她枯坐树下，喃喃絮叨，孩啊，你现在身体咋样？日子过得还好吧？

面对亲情的迷雾，她望眼欲穿，乳儿究竟在哪呢？忽然，她伤风似的拢紧衣袖，不一会儿，眸子里竟有雪花飘落了。

印象中，2000年的第一场雪下得真大。

洁白的雪花飘飘洒洒，一夜之间，就把田家村装扮成银装素裹的童话世界。刚吃过早饭，孩子们的欢笑声就在湛蓝的天幕下鸽哨般盘旋开了。大概是受了喧闹的怂恿，矫月志笑吟吟地走出小院。抬头一看，道边那棵光秃秃的老槐树枯木逢春，纷披的枝条上开满了耀眼的银花。再往远处瞧，整个村子像刚做完美容，厚厚的面膜遮蔽了所有丑陋，街道和房舍都变得那么干净、纯粹，真美呀。待了一会儿，转身回家。没走几步，脚底一滑，

两手挖挲着撑出去，屁股着地的刹那间，右臂发出断裂的脆响，她疼得龇牙咧嘴，哎哟，胳膊不敢动了。看到母亲痛苦的样子，孩子们关切地问："要不，去医院看看吧？""没事，过几天就好了。"她显得蛮有把握，好像那胳膊是自己安排的托儿。然而，事实偏偏唱了反调。捱了十几天后，她方才醒悟，这条胳膊和自己彻底闹掰了。

"怎么现在才来？"医生指着 X 光片责问道："你看看，骨折面都长出骨痂了。"大儿子惶恐地跟上一句："现在咋治？""耽误了，咳……"大夫无奈地摇摇头，"没别的办法，只能动手术，用钢板固定。"话音刚落，病人扭身就走。儿子连忙追上来："大夫招你了还是惹你了，有病治病嘛，为啥给人家甩脸子！"母亲的眉毛拧得走了形："八十岁的人了，还折腾啥？这把老骨头还值那个手术钱吗？"

就这样，在历经整整八十年的劳作之后，劳苦功高的右臂以如此悲凉的方式提前终结了自己的历史使命。

矫月志的想法很明确：但凡能够自己对付，就尽量不去拖累子女。谁知，屋漏偏逢连阴雨，船破再遇顶头风。转过年来，她又跌了一跤，大腿骨断成两截。至此，疲惫不堪的生命之舟完全失去动力，冰凉的土炕成了老人永久的泊位。渐渐地，床变大了，人变小了，以至于小成一个永远长不大的婴儿。

2002 年 4 月，一个月光皎洁的美丽夜晚，死神登门了。

不知为什么，我总觉得，在回光返照的那一刻，老人已经散乱的目光又恢复了焦点，干涸的眼窝里又隐约出现了湿润的水汽。我仿佛看到，她下意识地嗫着嘴唇，执拗的目光超越了现实空间，长时间地滞留在某处，脸上的表情痴迷而又纯真，活脱脱一个吃奶的婴儿。

这是一个常人永远无法理解的神秘凝视。

她到底在看什么呢？

我猜想，这时，她或许又听见了儿时那双露着脚趾的鞋子在雨地里拍打的声音，沿着一行潮湿的脚印，她又走回了童年，又见到了生她养她的母亲。哦，母亲慈爱的笑脸是女儿一生中仅有的一段温暖记忆。当然，母女重逢的这段路程，她走得很苦、很累。是啊，这个善良的女人被自己的爱累得精疲力竭，到头来，耗尽了一生的气力。

毫无疑问，在心脏停止跳动的瞬间，她的生命之舟也自此岸到达了彼岸。据说，那个叫作天堂的地方没有烦恼，因此，她终于可以放下心中的牵挂了。

诗人说，一滴水珠可以映出太阳的明澈光辉。我觉得，一位乳娘可以映衬中国农民的敦厚身影。

哦，默默奉献的中国农民，厚德载物的皇天后土！

从某种意义上说，矫月志们就是共和国的乳娘！战争年代，他们用乳汁哺育了革命，用鲜血甚至生命为胜利壮行；新中国成立后，又继续支援国家工业化和城市化建设。多少年来，无论再苦再难，他们都始终用一颗纯朴的爱心去理解政府、支持

第四章　岁月深处

政府，如果没有这种无怨无悔的精神支撑，中国的现代化建设就绝无可能取得令世人瞩目的辉煌成就。2021年2月20日，习近平总书记在党史学习教育动员大会上语重心长地说："历史充分证明，江山就是人民，人民就是江山，人心向背关系党的生死存亡。赢得人民信任，得到人民支持，党就能够克服任何困难，就能够无往而不胜。"

　　鉴于本节的写作，我先后采访了老人的女儿田瑞玲和儿子田瑞夫。在逐渐深入的交流中，母亲的故事让我看到了活着的历史，儿女的心性让我看到了活着的传统。采访结束时，我特意向女儿瑞玲提出这样一个问题："现在，如果你的女儿遇到姥姥当年的情况，你是否会支持她像姥姥一样去抚养共产党的孩子？"她不假思索地回答说："支持，我肯定支持。"

　　我的心陡然一热，多么善良的后人啊！

　　"丹心终不改，白发为谁新？"

　　这是国家的福分，也是民族的福分。

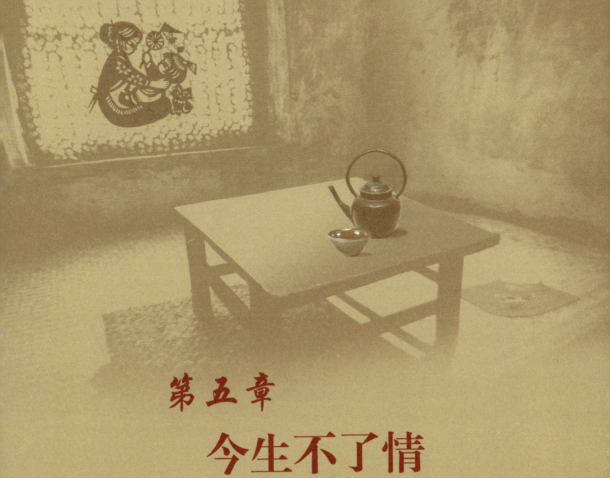

第五章

今生不了情

RU NIANG

1962年初春的一天，崖子镇申家村的于忠英突然接到烟台地委的来信，告知近期将组织一次乳娘与乳儿的亲情团聚，并邀请她到时前来认亲。惊喜之际，于忠英一头撞上回忆的蛛网，一条条在昨天的斜阳下泛着光亮的丝线乱七八糟地扑到脸上、脖子上，黏糊糊，凉丝丝的。

　　1942年夏天，于忠英出生不到一个月的女儿不幸夭折。在村支书的介绍下，她领养了刚出生不久的八路军的女儿。夫妇俩舐犊情深，把孩子视为己出。在他们无微不至的呵护下，这个名叫"光"的孩子一天天地长大了。

　　三岁那年，组织上派人来接小光。孩子又哭又闹，说什么也不肯离开养母。于忠英强忍泪水对孩子说："光啊，听妈的话，你到阿姨那里去玩一会儿，妈忙完地里的活就去接你。"其实，于忠英心里很清楚，今日一别，相见无期啊！

　　孩子一走，于忠英变了个人似的，目光在虚空里飘来飘去，像孤鸟找不到落脚的树枝。每当屋外传来孩子的声音，她总是忙不迭地跑出去，看看是不是小光回来了。就这样，她变成了一个特殊病人，只有从思念的围城中逃出来，她的精神疾患才能治愈。丈夫心疼妻子，千方百计打听小光的下落，但始终没有获得确切消息。正由于此，手捧来信那一刻，喜悦的泉水从于忠英心底呼啸而出，转瞬间，就把眼角干涸已久的沟壑涨满了。

　　开会那天，夫妇俩早早来到现场。

　　活动一开始，他俩就从众多的孩子中间一眼认出了依偎在

亲生父母身边的小光。分别十二载，昔日的小丫头已经长成一个
亭亭玉立的小姑娘。当主持人介绍小光的情况时，丈夫正欲起身
相认，没想到，衣袖却被妻子拽住了。丈夫不解其意，于忠英朝
旁边努努嘴，站起身，悄悄离开现场。丈夫跟过来，小声询问缘由，
于忠英幽幽地叹了口气："小光长得这么好，我看一眼就放心了，
咱们就别给人家添麻烦了。"

　　夫妇俩戚然离去，一路洒泪而归。

扫码听书

扫码听书

# 青丝一缕系相思

发源于马石山南麓垛鱼顶的乳山河，先自南向北再自北向南蜿蜒入海，全长六十五公里，流经乳山市大部分区域。古语云，上善若水。得其涵养，上游北岸的岑岭显出一种别样的温驯。透过车窗，我看见前方的山峦如同慈祥的母亲，张开双臂把东凤凰崖村深情地拥进怀里。据史料记载，上世纪初的东凤凰崖只有一百多户人家，别看村子不大，却具有令人钦敬的革命传统。早在 1932 年，地下党就开始在村里活动；1938 年 1 月，该村正式建立党支部；是年春天，胶东第一个村级妇女抗日救国会又光荣诞生；在硝烟弥漫的战争年代，几乎每家每户都有人参军或当民兵，为国捐躯的革命烈士多达二十五名。群众基础深厚如斯，难怪胶东育儿所当年择定新址时对这个籍籍无名的小山村情有独钟。

车至村东头的小广场，日头刚刚偏西。午后的阳光犹如画家笔下的泼墨，给错杂的房舍涂上一层亮汪汪的暖晖。村子很静，鸡不叫，狗不咬，安详的氛围中滞留着晕乎乎的睡意。和七十多

年前那些烽火弥天的日子相比，眼前的静谧实在显得太奢侈了。

东凤凰崖是一座历史悠久的自然村落。现有居民 297 户 786 人，日常劳作主要以农耕种植和林果业为主。历经岁月沧桑，村舍格局基本保持原貌，大部分老宅现在已经翻新。循着一条悠长的窄巷，我神情肃穆地走向一个故事。我在心里呢喃着她的名字：沙春梅，一遍又一遍。她的名字并不陌生，甚至可以说已经很熟悉。但是，先前的感受远不如现在这样深刻，真的，当我走进老宅，我才真正地走近她、理解她、敬仰她！

乳娘沙春梅家的宅院

沙春梅家的宅院伫立在清冷的阳光里，三十一年前，因为儿子结婚，老屋翻盖，青石起基，白灰抹墙，唯有黑苍苍的房瓦原封未动，看上去，颜色黯沉，一如晚年的乳娘，神情忧郁，心事重重。

沙春梅夫妇

二儿媳史永绍接待了我们，她说，丈夫去地里干活，她一个人在家留守。看上去，她六十岁左右，性格开朗，干净麻利。记忆的闸门一旦打开，稠密的话语便如汩汩流水奔涌而出，于是，往事浪花般涌过来，渐渐地，我脑海中那个模糊的形象变得清晰了。

沙春梅是崖子镇下沙家村人，家中兄妹九人，排行老六。由于三哥和四姐都是共产党员，平日里耳濡目染，点滴浸润，为其日后的人生抉择奠定了坚实的思想基础。二十四岁那年，明媒正娶的新媳妇拐着一双小脚走进了东凤凰崖村普通农民杨锡斌的院门。头胎是个男孩，没保住。转过年来，一个女娃又伴着嘤嘤啼哭降生了。可叹还未满月，病魔来袭，娇嫩的花骨朵儿眼睁睁地枯萎、凋零。沙春梅泣下沾襟，悲不自禁。然而，丧子之痛刚刚消弭，一个"咿咿呀呀"的婴儿突然闯进小院，把刚刚恢复的平静生活搅乱了。

原来，此前数日，村干部一直在为八路军某部杨政委的女儿寻找一位尚能哺乳的养母。据说，杨政委曾特意叮嘱村干部，

第五章　今生不了情

153

希望能找个心眼好、讲卫生的。支书的目光在村里绕来绕去，最后，在沙春梅的身上定住了。口风一露，夫妇俩十分爽快，即刻应承。当三个月大的小春莲贪婪地吮吸乳汁时，那个小小襁褓已然成为沙春梅生命纪年的特殊刻度。

接下来，小丫头是用哭声同这个陌生院落进行交流的。声音屠弱却很悲怆，仿佛初涉人世便遭遇了天大的委屈。是啊，母爱缺失，情感的天幕坍塌一角，可乳娘就是补天的女娲呀！没错，此时的沙春梅就像一只痴情的春蚕，竭尽全力吐出爱的情丝，仔细包裹怀里的宝贝疙瘩。眼瞅着，小丫头越来越招人疼爱了，苹果一样的小脸蛋，一笑就旋出一对小酒窝，亮晶晶的大眼睛星星似的眨呀眨，眨得沙春梅心头像抹了蜜，黏黏的，甜甜的。

春莲两岁那年，沙春梅生了一个女儿，乳名翠芝。老话说，手心手背都是肉。那么，叫作翠芝的小姑娘对此有何感受呢？待到采访时，昨天的故事早已白发苍苍，而白发苍苍的翠芝却清晰地记得故事里的相关细节。她说："那时候，家里生活很困难，但凡有点好吃的，小春莲都是头份儿。我记得，小春莲最喜欢吃饺子，我妈和我奶奶就到山上挖野菜，吃粗粮，尽可能地省下细粮给她包饺子。每次只包一小碗，下锅前，我妈总是让奶奶把我领出去玩，那时候我小呀，也不知道是咋回事，等回到家，饺子也吃完了。有时候，奶奶用铁勺炒个鸡蛋，或者烙张小饼，当着我的面塞给春莲，我就那么眼巴巴地瞅着，哎呀，真是馋坏了。"

1946年秋天，春莲生母随部队路过东凤凰崖。看到女儿马驹儿一般撒欢，顿生怜爱，打算顺便领走。沙春梅趁孩子睡着的时候把她抱到前街上，两人刚一倒手，春莲醒了，扯着嗓子哭起来："妈妈……妈妈……"生母无计可施又不甘放弃，一直磨叽到部队开拔，才恋恋不舍地走了。

　　半年后，上级号召参军支前，丈夫杨锡斌挥别妻儿，毅然加入解放大军的行列。谁知，军装还未上身，就在沙河之战中挂了花：一颗子弹径直贯通右腿膝下，生生掳走拳头大小一块筋肉。战斗结束没几天，这个不走运的新兵就拄着双拐，像个刚刚学步的孩童跟跟跄跄地回来了。哎呀，怎么变成这样了？右腿僵直得像一条木棍儿，而且，还短了一截！为了求得平衡，他的左腿不得不尽可能地向外撇，结果，两条腿叉成一只颠来倒去的圆规，右边的胳膊也舞蹈般扬上扬下。

　　在女儿翠芝的记忆中，春莲是六岁时被接走的。分别那天，沙春梅和婆婆泪如雨下，小春莲又撕又打，声嘶力竭地哭喊着："我不走，我不走呀！我不要外面的妈妈！"急了，一把揪住养母的头发不肯撒手，结果，愣是拽掉一缕头发。唉，人间最苦伤别离。当小春莲的身影在远方的地平线消失后，整个世界已然变得空空荡荡了。

　　思念是必然的。

　　久而久之，思念变成一座围城，沙春梅被结结实实困在城里。实际上，思念不仅是个名词，也是个动词。尽管思念的旅途关山

第五章　今生不了情

155

迢递，然而，她却觉得，那个离得最远的孩子离得最近，仿佛就在眼前，触手可及。于是，在无尽的思念中，那双颤巍巍的小脚走过数十年的漫长岁月，走过阴晴雨雪，走过千山万水。

思念之苦也让当婆婆的备受煎熬，老人时常以泪洗面，久而久之，竟然把耳朵哭聋了。

丈夫杨锡斌虽然没像妻子那样哭鼻子抹眼泪，但父女之情同样刻骨铭心。上了年纪后，他出现了明显的痴呆症状。平日里，总是一个人默默地坐在那儿。间或，会茫然地望着家人，目光空洞而又凝滞。家人知道，他有满肚子的话要说，这些话他生生攒了一辈子。到头来，想要倾诉时，那张内秀的嘴巴却无论如何也不听使唤了。让人感到惊讶的是，九十六岁那年，记者前来采访，他连老伴的名字都记不起来了。但一提小春莲，老人的反应却出乎意料。"咳，这个小丫头真招人稀罕……我打外头一回来，她就挓挲着小手朝我喊，让我抱抱，抱抱呢。"

我问儿媳史永绍："这么多年，春莲一点消息都没有吗？"她说："听别人讲，抗战胜利后，他们回了四川老家。春莲上学后还托人捎来几封信，再后来，什么联系也没有了。"

时光如水，从岁月的河床上潺潺流过。慢慢地，乳娘老了。

四十多年的思念之旅，她累得心力交瘁，待到挣扎着走进1989年的盛夏时，身体能量已近衰竭。"那天，她扬着手朝我嚷嚷，老二家的，我听见春莲在街上说话，你快出去看看，是不是她回来了。"史永绍说，"我出了门，左看右看，连个人影也没见着，回到屋里，我说，妈，你听错了。她愣怔了一会儿，对我说，厢房里有个小纸箱，里边有本书，你去拿给我。真没想到，那本书里夹了一缕头发，还夹了一根丝线，婆婆拿着头发就哭上了。我不明白是咋回事儿，就问她，妈，你哭什么？婆婆伤心地说，哎呀，这个小春莲，诓了我一辈子，到临死也不来看看我……第二天中午，她就走了。"

下葬前，儿媳史永绍小心翼翼地把那缕头发放进婆婆的骨灰盒。一朝别过，便为永诀，就让这个特殊的信物贴身陪伴老人家吧。

采访结束时，夕阳已经慵懒地卧在西边的山脊上，橘黄色的晚霞墨晕般四下洇开，慢慢地，颜色变红了，变重了，温婉的光线沐浴着整个村庄，爽爽一片都是暖色。史永绍真诚地挽留道："都这个点了，吃了晚饭再走吧。"我再三婉谢，而后，抽身就走。她愣了一下，慌忙送客。刚出院门，忽然想起什么，说："唐作家，你等一下。"我不解其意："还有别的事吗？""你稍等等，我回去拿点花生，你带着。""不用了，真的。你的心意我领了，谢谢！谢谢！"我连连摆手，一扭身，脚下的频率加快了。她带着遗憾的神情追上来，边走边用透着歉意的口吻说："大老远的来一趟，饭也不吃，就这么空着手走了，哎呀……"我忽然有些感动，多么淳朴、真挚的情感表露啊！从儿媳妇的身上，我看到了活脱脱的沙春梅当年的影子。我想，面对真情永驻的父老乡亲，作为后来人，我们应当如何报答呢？

扫码听书

# 照片背后的故事

　　寻访乳娘王月芝的念头是由一张老照片催生的。

　　根据乳山党史办提供的线索，我找到了乳娘的儿子——现年七十二岁的郑新留。寒暄之际，我仔细端详他的面容，这是一张典型的中国农民的脸，肤色黝黑，皱纹错杂，让人想起沟壑纵横的黄土地。他笑嘻嘻地望着我，这是一双老人的眼睛，但眼神却是婴儿般的。不知为什么，我觉得那目光既陌生又熟悉，里面包含着母亲、父亲以及一辈辈先人的遗传信息。他的笑容也是一种婴儿般的笑，单纯、洁净，没有半点功利。询问王月芝老人近况，他告之，母亲十天之前刚刚去世。我扼腕长叹，若不是疫情耽搁了采访，断不会与最后的机会失之交臂。咳，可惜，可惜了！

　　循着老郑的讲述，我踏上了一唱三叹的情感之旅。我发现，叠印在历史阡陌上的脚印如同隽永的象形文字，细腻、委婉，向后来者袒露了一位母亲平凡而伟大的心灵秘密。

　　王月芝是牟平县王格庄人，父母是老实巴交的农民。年方十九，媒人来提亲了。"这后生叫郑永桂，是东边由古村的，离咱这块儿估摸着也就二十多里。他当了六年八路，为人很实诚，长得也挺精神，就是岁数稍大了点儿……""今年多大了？"母亲急切地问。"虚岁二十七，比月芝大八岁。"母亲瞥了父亲一眼，目光透着询问。父亲不紧不慢地回应道："只要心眼好，老实本分，大几岁就大几岁。"媒人窃喜，暗暗松了口气。可是，接下来的质疑却兜头给媒人浇了一盆凉水。"什么？他肩膀负过伤？"父亲的脸颊泛出淡淡青灰，额头的皱纹也变深了。母亲的忧虑脱口而出："胳膊残了，怎么干活？男人不能下地出力，家里的日子可咋过呢？"听了这话，媒人颇为扫兴，表情也有些不自在了。沉默了一会儿，怏怏而退。

作者采访乳娘王月芝的儿子郑新留

王月芝的反应有些复杂，除了担心，还有点儿好奇。她想，二十岁就偷偷跑出去当了八路，这到底是个什么样的男人呢？和日本鬼子拼命，他不害怕吗？胆子恁大哩！

哦，姑娘的心，天上的云。至于飘向何方，当然要看风向了。

必须承认，媒人是非常敬业的。那隔三岔五的叨叨如同徐徐阵风，最终吹散了笼罩在双亲脸上的阴霾，也把姑娘的心吹到由古村去了。王月芝认为，在人生的旅途上，婚姻就像搭乘一辆车，必须找一个让人信赖的男人结伴而行。因此，在感喟对方的传奇经历时，她第一次体会到隐约的踏实感。她觉得，那个陌生男人不惧生死的勇气就是幸福的唯一保证，是漫长旅途中可以永远依靠的东西。

过门之后，妻子发现，丈夫的伤残其实比想象的还要严重——右侧肩关节被弹片炸碎，功能尽失，一条胳膊悠来荡去，完全报废。很显然，从走进小院那一刻起，剧情就已经设定好了：从现在直到将来，她都要在家庭生活的舞台上扮演一个负重致远的角色。丈夫怜惜地望着妻子，目光里流露出隐隐疚痛：月芝，辛苦你了！

转过年来，一个男婴呱呱坠地。因为脐带风感染，没几天，咽了气。这时，村妇救会主任抱来一个刚满月的婴儿。孩子叫小胜，父亲在抗日前线，母亲在兵工厂工作。王月芝和丈夫交换了一个眼色，接着，痛痛快快地答应了。

因为丈夫丧失了劳动能力，生活的重荷几乎全都落在妻子柔弱的肩膀上——下地劳作，上山拾草，洗衣做饭，哺育婴儿……起初，还勉强凑合，只要给孩子喂饱了奶，搁在床上，不耽误干活。慢慢地，小家伙会坐了，会爬了，会走了，此时的小胜，简直就是一只四处乱撞的小鸡崽儿，一旦跑出大人的视线，就不知道下一秒钟会遭遇什么。一天，她趁小胜睡熟了，出去挑了一担水，返回时，没进家门就听见"哇哇"的哭声，她撂下扁担，疾步冲进屋里。啊呀，孩子已经滚到炕边，好险呐！她一把抱住小胜，眼泪唰地下来了。

打那起，不管出门做什么，她都把小胜带在身边，确保孩子每时每刻都不脱离自己的视线。秋后，她上山去挑玉米。下到一个陡坡时，冷不丁被杂草绊倒了。在失去平衡的一刹那，她不顾一切护住怀里的小胜。"哗啦啦"，碎石迸落，人影凌乱，丛生的荆棘把她的脸颊、手臂划得鲜血淋漓。然而，看到孩子安然无恙，她却欣慰地笑了。哦，笑靥如花，无与伦比！看上去，那么动人，那么美丽。凝视着当年的动人场景，我忽然想起两句古诗："南风吹其心，摇摇为谁吐？"这，就是母亲，她不仅用乳汁而且用殷红的血水诠释了母爱的真切含义。

老郑说，小胜两岁多的时候，爷爷来接孙子，同时，也带来了儿子光荣牺牲的消息。他说，为了接续家族的香火，自己必须把孙子抚养成人。离情凄凄，王月芝心中自然万般不舍。看到她伤心的样子，爷爷拍着胸脯说："你是小胜的大恩人，以后，我会经常带着孙子来看看，你就放心吧。"

第五章 今生不了情

小胜走了，王月芝思念过度，病倒了。躺在冰凉的土炕上，她神情委顿，丢了魂似的。她多想再抱抱孩子，再亲亲他呀。可盼来盼去，小家伙始终音信全无，泥牛入海一般销声匿迹。

老郑告诉我："小胜被接走后，母亲又生了一个男孩，也是患了脐带风，没几天，就丢了。因为有奶水，村里又送来一个小男孩让她抚养。想到以后迟早还要母子分离，她专门请人拍了一张全家福留作纪念。那年姐姐出嫁时，老妈特意冲洗了一张照片交给她，并嘱咐说，你放好，以后说不定还能找到你这个哥哥。"说着，从上衣的口袋里掏出保存已久的老照片。因为时间的磨洗，

王月芝、郑永桂夫妇和乳儿的合影

相纸已经微微泛黄。只见王月芝右手揽着小家伙和丈夫端坐在条凳上，摄影师因陋就简，找来一条旧床单处理背景，或许因为宽度有限，构图时，竟把画面右侧斑驳的土墙露出来了。小男孩戴着过膝的小肚兜，表情呆萌，光着脚丫。夫妇俩表情平静，目光定定地看着镜头。他们是在凝视自己难以言说的复杂心境吗？

时光荏苒，岁月像落

叶似的一片片从生命的躯干上掉下来，当年轻的乳娘颤颤巍巍走向桑榆暮景时，用来丈量生命旅程的已经不是时间而是回忆了。

老郑说，母亲去世前几天，还捏着照片絮絮叨叨，听不清她到底在说些什么。我想，除了倾诉思念之情，一定还有最后的叮嘱吧。因为，对于慈母来说，情感，永远是她的软肋；孩子，永远是她的牵挂！

扫码听书

## 小军和连军

　　根据零零碎碎的线索，我在尘封的岁月里四处寻觅乳娘的踪迹。

　　2020 年 5 月初的一天上午，我来到崖子镇田家村，采访九十二岁高龄的村民沙树坤。此前，我了解到，当年乳娘姜翠芝到育儿所驻地田家村哺育孩子那段时间，就住在他家里。上了年纪的人表情就像他们的动作缓慢而缺少变化，即使在笑的时候也是如此，当笑的意念把表情肌扯动起来，深深的皱纹就像蜿蜒的丘陵叠到一块儿，显得沧桑而又板滞。老人耳背，我扯着嗓子说明意图，他抻着脖子，拉风箱似的喘了一会儿，皱着眉头，晃晃脑袋，试图重新召回已经走失了的记忆。结果，费了好大劲，徒劳无功，只得苦着脸，无可奈何地喘了口粗气。看得出，大脑里的硬盘已经损毁，时间把贮藏的重要信息全部格式化了。

　　从老人家出来，没走多远，陪同采访的钟晓主任抬手一指："前边那个人叫杨宗民，是乳娘王桂芝的儿子。"我略一思忖，想起来了。乳山党史办编纂的《胶东育儿所》一书中，收录了介绍乳娘王桂芝的文章。作者这样描述：1942 年，王桂芝从育儿所领回一个出生仅十二天的男婴小军哺乳。小军三岁时，被组织接回到胶东育儿所。一年多后，王桂芝的儿子出生了，她给儿子起名叫连军，意为永远连接着他们曾抚育过的革命后人。唔，什么是一往情深？眼前这位老人的乳名由来就是最生动的诠释。

　　老杨大名杨宗民，今年七十四岁，个头不高，身体蛮硬实。得知我的来意，他像老友重逢似的打开了话匣子。随即，我看到，一位通体焕发着人性光辉的母亲形象在历史的底片上渐次显影，正是这洞烛幽微的人性之光，把隐匿于时间深处的亲情故事照亮了。

作者采访乳娘王桂芝的儿子杨宗民

第五章　今生不了情

165

1942 年 9 月，因为战争形势恶化，育儿所由东凤凰崖村转移至东北面七八里外的田家村。该村依山傍路，交通相对便利，群众基础也比较好。得知育儿所搬迁的消息，村民们立即忙活开了。当时，民兵自卫队指导员沙书尊家两栋在建的新房即将收尾，等待分家的四兄弟全都挤在一幢房子里。听说育儿所急需住宅，他们二话不说，马上把新房让给孩子。沙书尊还特意在新房里盘了南北两个大通炕，便于冬季取暖，确保孩子们住得舒舒服服。在村支书田树军的协调下，其他村民也迅速归并房间，哪怕自家拥挤不堪，也要尽最大可能给孩子们腾出食堂，给工作人员腾出办公室。村民沙民、徐田珍夫妇是军属，家有南北两栋老宅。看到女所长刘志刚带着一个正在吃奶的孩子，担心冬季严寒，娘俩吃不消，就主动让出能烧火炕的北屋，自己搬到没有火炕的南屋去住。为了防止家畜闹出动静暴露目标，村民甚至把看家护院的狗都打死了。

　　王桂芝的丈夫杨文禄时任民兵自卫团团长，他带领民兵昼夜巡逻，无暇顾及家事。由于生活条件十分艰苦，小女儿出生仅仅三天就因病离世。王桂芝强忍悲痛和丈夫商量："你忙活的事情我帮不上啥忙，不过，我奶水足，可以帮着育儿所养个孩子，你看行不？"没过几天，丈夫就抱回一个乳名叫小军的男婴。王桂芝急切地敞开衣襟，把饱含乳汁的奶头塞进孩子嘴里。从那一刻起，母爱就化作贴身的衣服，一年四季知冷知热地包裹着乳儿。

　　那年冬天，孩子感冒发烧，王桂芝把他裹在怀里外出求医，服药后,烧退了。可是,王桂芝却染上风寒,一连十几天高烧不止。丈夫不落忍,对妻子说:"别硬撑了,吃点孩子的药退退烧吧。"王桂芝死活不肯,她说:"小军还没好利索,他的命比我金贵。"因为兵荒马乱,原本清贫的生活变得越发艰苦。但凡有点好吃的,王桂芝总是想方设法把大女儿支开,偷偷地让小军吃独食。女儿长大后抱怨母亲偏心,王桂芝流着泪说:"那时候实在没有别的办法,小军的爹娘在前线,随时有可能流血牺牲,我要是不能保全他们的孩子,一辈子良心都不得安生。"

　　小军长到三岁,被接回了育儿所。王桂芝心里别提有多难受了。没多久,那双波光粼粼的眼睛便失了神采,无尽的思念像折断了桅杆的小船在迷茫的海面漂浮。然而,在乳娘心中,永远镌刻着关于小军的滚烫记忆,情感的底片上,也永远映着那个在小院里嬉闹的孩子。

　　谈及母亲晚年的状况,老杨说:"去世前几年,她患了老年痴呆症。不管五冬六夏,身上都揣着小军的相片,想起来就掏出来看看,对着相片不停地念叨。再后来,连自己的儿孙都不认识了,可唯独对小

王桂芝

军念念不忘。有一回，她把儿媳妇抱的孩子当成小军，埋怨说，这是八路军的孩子，咋还不还给人家呢？"言罢，嘴角浮出一缕隐约的微笑。望着淡淡的笑影，我别有一番滋味在心头，如同掬一捧清冽之水细细品味，口感涩涩的，有点咸，甚至还有点儿苦。

返回招待所的路上，我思忖良久——我们一行难道仅仅是在寻找乳娘吗？是，又不完全是，准确地说，我们是通过亲情的追溯，回首前尘，所谓不忘初心，一个重要前提就是永远铭记我们曾经走过一条多么艰难、曲折的道路。

# 特殊的乳名

扫码听书

　　姜家村位于崖子镇政府大院身后，直线距离不过一公里。按照村民的指引，我拐过几条窄巷，去追寻那个曾经呵护乳儿的年轻乳娘，那个而今垂垂老矣的年迈母亲。

　　王奎敏的丈夫已去世二十多年，眼下，她和儿子一个住前院一个住后院，守望亲情，比邻而居。我进屋的时候，老人正盘腿坐在炕上，同邻居聊天。听说我要采访，两位串门的大嫂笑嘻嘻地躲开了。老人慌慌地从炕上挪下来，一把拉住我的手，脸上浮现出慈祥的笑容。老人居住的小屋很逼仄，一盘土炕，一个破旧的橱柜，就把空间挤得满满当当。或许是疏于洗漱的缘故，她的身上隐约透出一股霉味，仿佛一件被时间腐蚀的锈迹斑斑的老物件。和七十多年前那个鲜亮亮的年轻媳妇相比，她唯一保持不变的就是充满爱怜的眼神了。然而，也正是通过她的眼神，我明显感觉到，在其衰老的躯体内，炽热的感情岩浆仍在默默涌动。

　　1946 年谷雨前后，十九岁的王奎敏嫁给青年农民姜秀竹。待到来年春暖花开，大女儿出生了。可叹的是，孩子刚满百天就

第五章　今生不了情

不幸夭亡。没过几天，村妇女主任王庆玉抱来一个两个月大的男婴。主任介绍说，孩子乳名政文，是流水头村人，还在娘胎里的时候父亲就随大军南下了；母亲刘素兰是区妇女主任，因为奶水不够，加上工作繁忙，疏于照料，小政文出生后没几天就病了。迫于无奈，刘素兰先后托付两户人家代为抚养，但孩子的病情非但没有好转，反而更加严重。抱着最后一线希望，她向王庆玉紧急求助。第一时间，王庆玉就想到了王奎敏。因为同村，她对王奎敏家的情况知根知底：公爹是一村之长，在家里也是一言九鼎。她找到村长，当面央求说："老哥，奎敏有奶水，让她帮着养个孩子，行吗？"看到村长有些犹豫，她跟上一句："孩子他妈说了，能养活，就是沾了你家的福分，实在养不活，也是命该如此。"村长这才点点头："我回家和奎敏说说。"接下来，就是那个性命攸关的时间节点——当王奎敏毫不迟疑地敞开怀抱时，滚烫的母爱便如惊涛骇浪中闪出的挪亚方舟，不仅挽狂澜于既倒，也把小政文濒临颠覆的命运轨迹彻底扭转了。

打眼一瞅，躺在臂弯里的小家伙骨瘦如柴，脸色苍白，鼻息微弱，偶尔一两声啼哭也显得了无生气。王奎敏把胀鼓鼓的乳房贴上去，孩子有反应了。小手扬了一下，又扬了一下，然后，踏踏实实地贴在乳房上，接着，嘴巴开始轻轻翕动。吮了几口，停下来，歇会儿，又吮了两口，眼睛慢慢睁开，乌溜溜的眼珠盯着乳娘，表情纯真而又痴迷。"喔——喔——"王奎敏逗了两声，自己开心地笑了。

为了给孩子治病，她把家里仅有的二十多斤小米拿去换药；白天孩子闹觉，她就抱在怀里，从早到晚四处溜达，哄着入睡。半个月后，原本苍白的小脸蛋儿明显红润；一个月后，小家伙明显长胖了，小腿、小胳膊肉嘟嘟的。

政文过一岁生日那天，姥姥来接外孙。抱起白白胖胖的娃儿，姥姥声泪俱下，她对王奎敏说："闺女，谢谢，谢谢啦。没有你，政文就活不到今天，你就是孩子的再生父母啊！"

分别时，王奎敏噙着泪水，抱着政文，穿过长长的窄巷，蹚过道道田垄，把一老一小送至数里之外的土路上，直到那个模糊的身影彻底隐没，她仍然孤零零地站在那儿引颈眺望。打眼一瞅，她就像秋收过后庄户人特意留在田野里的一棵老玉米，那是祈祷来年丰收的老玉米啊！唔，痴情的乳娘，能够如愿以偿吗？

从那天起，她变成了一个忠实的守望者，她期待有一天，政文的笑脸能像星光一样在眼前突然闪烁。思念像长了牙似的，咬啊，咬啊，把她的心底咬出一个黑洞洞的窟窿。痛定思痛，有什么办法能够纾解困扰呢？有一天，她对丈夫说："秀竹，别人的孩子咱留不住，

九十三岁高龄的乳娘王奎敏

还是自个养个娃吧。"结果，一盼就是七八年，她的肚子终于有了动静。胎儿尚在腹中躁动，她就早早把乳名想好了——不管男孩女孩，都叫政文。她的目的很明确，就是通过复制的方法抚慰心中的伤痛，填补情感的空缺。

1956 年 4 月，儿子出生了。

于是，熟悉的嗓音又喊出熟悉的乳名，终于有一天，充满爱意的声音溜出小院，跑进胡同。村民闻之，纷纷感叹：奶了一年孩子，她得惦记一辈子，这个王奎敏哟！

现在，儿子政文就坐在炕边的椅子上，他的年龄告诉我，昨天和今天之间，是六十四个声声呼唤的年头。他说："老妈上了年纪，喜欢悄悄念叨过去的事儿。有时候，没说几句，就开始抹眼泪。我问她，妈，你咋了？她说，也不知道政文现在日子过得咋样？成没成家？"我问道："这些年，政文一直没有消息吗？"他回答说："听人讲，政文现在常住北京。""他们怎么知道的？""前一阵子，上面不是派人下来了解乳娘和乳儿的情况吗？打听到他有个女儿在美国，找他的时候，他

乳娘王奎敏和儿子政文

正好跑到美国给女儿看孩子去了。"听儿子说到政文的子女，老人插话道："也不知道他的闺女长得啥样？像爹的话，管保挺俊。"老人蜷缩在破藤椅里，弯曲的脊骨向后凸成一个明显的钝角。随着每一次呼吸，胸廓像帐篷一样沉重地颤动着。我问她："你还记得政文的模样吗？"老人点下头，眼角浮现一抹微笑："长得挺好，大眼睛，是个好孩子。"那一瞬间，她干枯的眼窝泛出幽幽光影，满脸紧缩的皱纹也似乎变得松弛了。

采访结束，老人执意相送，走到胡同口，回头一看，老人还在频频招手

采访结束，我向老人辞行。考虑到她已经九十三岁高龄，我一再恳请老人留步，但无济于事。她吃力地站起身，弓着腰，

第五章 今生不了情

173

颤巍巍地走出小院，拐进胡同，送出老远，才一脸不舍地收住脚步。走到胡同口时，我回头一看，老人还站在那里频频招手。我心头陡然一热，凝眸之际，恍惚看到了当年那个沿着同一条窄巷离去的孩子。我在心里默默地说：政文大哥，乳娘已经老了，她盼了你这么多年，你能抽空回来看看她吗？

扫码听书

# 镜鉴初心

　　风尘仆仆的越野车驶出乳山市崖子镇人民政府的大院，沿着乡间公路向南而行。车窗外，山峦逶迤似波涛奔涌，汽车如同一叶扁舟，在浪谷间载沉载浮。不远处，有零星的农人在劳作，节奏慢悠悠的，那情形，让人仿佛看见无形的时间钟摆在天地间不紧不慢、从容不迫地来回摆动。此时的马石山，神态安详而又恬静。如果不了解当年那段历史，你恐怕很难想象发生在马石山上的殊死搏斗究竟有多么残酷。

　　1942 年 11 月 21 日，八路军胶东军区指挥机关从海阳县泊村转移到马石店村。司令员许世友在一座祠堂的东厢房里展开地图，仔细研判态势，随后，指示部队以营、连为单位伺机突围，插入敌后。两天后，日伪军发现八路军主力部队金蝉脱壳，不禁恼羞成怒，悍然制造了骇人听闻的马石山惨案——群峰喋血，五百多名无辜百姓惨遭杀戮。此时，怀抱乳儿的二十多位乳娘和保育员连同逃难群众三千余人被围困在马石山上，道尽途穷，陷入绝境。危急关头，数支八路军小分队挺身而出，在相互没有

联系的情况下，各自为战，拼却血肉之躯，为百姓突围撕开缺口。硝烟散尽，几千名群众化险为夷，四百多名八路军战士壮烈牺牲。

丹心映日月，浩气贯长虹。

那巍巍峰峦化作历史的书笺，血染沙场的伟岸身躯则化作马石山主峰上一片巍峨的建筑。

马石山距离崖子镇政府十几公里，主峰海拔高度467.4米。这里峰峦参差，丘壑俯仰，绿意流淌，于是，原始风貌便有了鲜活的诗意。近年来，乳山市加大革命遗址保护力度，对原有的马石山烈士陵园进行修缮改造，建成集爱国主义教育、国防教育、党史党性教育于一体的红色教育基地。

马石山十勇士纪念馆位于基地广场最前方，分为上下两层，建筑面积1585平方米。步入展馆大厅，首先映入眼帘的是一组

马石山十勇士纪念馆

主题雕塑——山峦环绕之中，一座孤峰傲然耸立，十位勇士从嶙峋的岩石中幻化而出。透过浸着血腥的暮霭，深陷绝境的父老乡亲惊喜地发现了子弟兵的身影。事后查证，十勇士隶属八路军五旅十三团三营七连，奉命将全团的旧棉被护送至附近被服厂，返回途中，意外发现被困群众。如果为了保全自己，十勇士大可凭借丰富的战斗经验，只需闪转腾挪，即可轻松突围。有道是，沧海横流，唯英雄能显本色。直面生死抉择，十勇士浩气凛然，舍生取义。班长王殿元和战士们首先安抚群众，消除惊恐，而后，与熟悉地形地貌的村民分析、确定突围路线，并把群众分成两个批次。及至更深人静，在一位老羊倌的引领下，队伍沿着一千五百米长的山沟衔枚疾走，很快便转移至预定突围的谷

口。此时，值守的日伪军已经人困马乏，王殿元带领三名战士悄悄干掉哨兵，迅速扑灭篝火，说时迟，那时快，首批两百多人从撕开的缺口一拥而出。王殿元则率领战士迅速折返，途中，意外遇到了来自海阳县的另一支逃难队伍。望着黑压压的人群，王殿元当机立断，把九名战士分为三组，自己亲率一组就近侦察，并伺机干掉日军岗哨，为百姓突围打开一条新的通道，其余两组则按原计划护送翘首以待的剩余群众。

天蒙蒙亮时，王殿元与战友会合，组织实施第三批突围，就在队伍抵近谷口之际，远处的鬼子发现了哨兵的尸体。顿时，报警的枪声悸动山野，睡意昏沉的日军惊厥而起，疯狗一样狂吠着追过来，王殿元命令机枪火力压制，自己率领战士朝敌人迎面扑过去。霎时间，枪林弹雨，血雨腥风。突围的群众趁机冲出包围圈，眨眼的工夫便如水银泻地，消失得无影无踪。战斗中，一名战士壮烈牺牲，王殿元、王文礼也相继挂彩，最终，敌人丢盔弃甲地退却了。

正当王殿元和战友们准备撤离的时候，山林里又闪出逃难者的身影。一个小姑娘指着西南边的峰峦哆哆嗦嗦地说："那边……还……还有满满一沟……"王殿元牙关猛地一碰，咬肌一条条地鼓起来。"走！"他一扭身，毅然奔向笼罩着死亡阴影的山谷。大约四十分钟后，队伍与搜山的鬼子迎头相撞，为了帮助群众突围，王殿元和战友们朝相反的方向且战且退，最终，登上马石山西侧的峰顶。整整一个上午，他们依托山石屏障，先后击退敌人数次进攻。子弹打光了，石头砸光了，主峰平顶松下，只剩下王殿元和另外两名负伤的战士。日军蜂拥而上，三人摔断枪支，王殿元抄起仅剩的一颗手榴弹，两名战友默默围过来，眼睛喷着最后的怒火，傲然挺立如同郁郁苍松。轰隆隆，浓烟翻滚，血肉横飞，三位勇士同迫近的敌人同归于尽。

为了生动再现战场氛围，纪念馆专门设置了面积近两百平方米的半景油画艺术景观，采用声、光、电等综合技术，栩栩如生地再现了军民合力突围的真实场景。半景油画对面，模拟呈现的十勇士遗照赫然在目。那一张张血渍斑驳的年轻面孔质感粗砺，神情果决，酷似一爿爿坚毅的岩石。让我们永远记住他们的名字吧——王殿元、赵亭茂、王文礼、李贵、杨德培、李武斋、宫子藩……我发现，有三张照片姓名处是空白的，很显然，他们是默默离去的无名英雄。

就在十勇士于马石山西侧浴血奋战的当口，另一支八路军小分队正在马石山南面的山坡上同日军进行殊死缠斗。这个舍生忘死的英雄群体由胶东行政主任公署警卫连三排十八名勇士组成。资料显示，十八勇士都是土生土长的胶东子弟兵，对当地父老乡亲怀有深厚感情。非常巧合的是，率领十八勇士的警卫连指导员也叫王殿元，与十勇士班长同名同姓。此前，为了应对日军扫荡，胶东军区决定组建"战时戒严指挥部"，下设三个小分队，命令王殿元带领一班人马留守山区，牵制、袭扰日伪军，维持当地秩序，防奸反特，保护群众。11月23日当天，十八勇士在马

石山南麓组织群众向下石鹏村转移。考虑到人数众多，王殿元把突围队伍分成若干批次，十八勇士则一分为二，一队在前开路，一队殿后掩护。针对敌人布防的薄弱环节，王殿元率队沿着一条隐蔽山沟悄然潜行，神不知鬼不觉地越过封锁线。此后，经过数次往返，十八勇士先后掩护一千多名群众脱离险境。次日拂晓，当最后一批突围群众从沟口潜出时，不幸暴露行踪。为了掩护群众突围，十八勇士刻意吸引敌方火力，他们边打边撤，向马石山主峰南坡转移。日军久攻不下，遂从北侧包抄。勇士们腹背受敌，陷入重围。白刃相向的肉搏战场面极其惨烈，处理善后时，现场的景况令人泪目，只见白骨露野，肝脑涂地，十八勇士全部战死沙场。其中，数位烈士已然僵硬的肢体仍同鬼子的尸首紧紧扭在一起。

同样舍生忘死、慷慨赴难的英雄群体，还有胶东军区十六团、十七团七连，东海独立团二连一排等多支队伍。23日晚，十七团三营营长孙涛和政治处敌工股股长赛自来率十七团七连行至马石山东，忽然，夜色中隐约传来孩子的叫喊声和妇女的哭泣声。很快，抵近侦察的战士查清缘由，原来，数百名逃难的群众被困在附近的山沟里，进退维谷，走投无路。得知这一情况，营长孙涛面色凝重，蹙起的眉峰间显出一个扭曲的川字。"同志们，我们是人民子弟兵，今天晚上，如果我们只顾自己突围，置群众生死于不顾，那么，即便我们有幸活着出去，将来七连有何面目再见胶东父老！"孙涛的嗓音像一块滚落的山石，低沉而又厚重，呼啦啦，人群似一片山林抖擞躯干，那一束束刚毅的目光就是铮铮誓言的无声诠释。随即，全连迅速组织群众向东分散突围，第一批数百人成功突围后，天色放亮，七连护送的后续队伍与搜山的日军狭路相逢。双方激烈交火，子弟兵拼却血肉之躯，为父老乡亲辟出脱困之途。经过反复冲杀，官兵们弹尽援绝，全连退至马石山东坡，与扑上来的日军展开了惨不忍睹的白刃格斗。血战过后，全连仅有十五人幸存，营长孙涛、股长赛自来和绝大多数战士献出了宝贵的生命。清理战场时，人们细心地保存了部分烈士遗物，于是，在纪念馆陈列柜内，我看到了散落在战斗遗址上的手枪、子弹、手榴弹、手雷，以及染血的八路军棉帽、

　　2015 年 9 月 3 日，纪念中国人民抗日战争暨世界反法西斯战争胜利 70 周年纪念大会在北京隆重举行，紧随三军仪仗队之后，旗手高擎"马石山十勇士"等七支英模团队的旗帜，正步走过天安门广场

第五章 今生不了情

绑腿、子弹袋等。我俯下身，仿佛俯向一面历史之镜，凝眸之际，清晰地看到了共产党人初心的模样。我用感佩的目光一一触摸那些物品，是的，我看到了它的表情，感受到它的体温，我从陈列柜巨大的胸腔中听到了它血脉偾张的激昂脉动。哦，岁月荏苒，情思悠悠。多年后，那不泯的忠魂化作天安门广场的铿锵步履。

2015 年 9 月 3 日，北京。首都各界干部群众在天安门广场隆重举行纪念中国人民抗日战争暨世界反法西斯战争胜利 70 周年纪念大会。十时四十八分，以三军仪仗队为先导，十个徒步方队迈着雄壮的步伐，昂首走进受阅区。人们注意到，紧随三军仪仗队身后，7 面火红的军旗猎猎飘扬，那一个个醒目的番号清晰显示，第一方阵包括：长城中队、郯城战斗模范连、青口十八勇士、

纪念馆馆门东侧，两棵雪松并肩而立、枝叶交融

182

马石山十勇士、回民支队、晋察冀军区等多支英模团队。这是从苍苍莽原上走来的民族魂魄。

这是历史的谛听。

这是时代的凝视。

踱出展馆,我径直穿过广场,走到尽头的围栏处回转身,选取角度,拍照留影。初夏的阳光暖洋洋地扑到脸上,我昂起头,碧空朗朗,辽阔如斯。呵,那是一种思接千载、神与物游的深邃感受。少顷,我收回视线,默默地望着对面的展馆,沉思良久。可以说,设计者在处理正面结构时颇具匠心:台阶上,宏伟的馆门顶天立地,馆名上方,安放着一颗同样宏伟的五角红星。左右两侧有水泥拱檐由地面直抵红星边缘,如同一个大写的"人"字,一撇一捺,相互支撑。馆门东侧,一泓绿色引起我的注意,近前端详,原来是两棵并立的雪松。我饶有兴味地环视周遭,嚯,枝叶交汇,紧密勾连,于是,两片绿荫欣然联袂,融汇成一个深刻的寓言,一个生动的象征。悄悄地,我的心底又响起在凤凰崖村北的山沟里浮现的无声诘问:到底是什么原因,让一个个乳娘在生死关头,宁肯舍弃自己和孩子的生命,也要保证乳儿的安康?到底是什么原因,让她们毁家纾难,义无反顾,始终无怨无悔地追随中国共产党?我凝视着从树枝缝隙间筛下的缕缕光束,那一瞬间,一个明确的答案跃然而出。我仿佛看见人民子弟兵用生命和鲜血写就的八个大字:骨肉相依,生死与共。

第五章 今生不了情

# 深情的呼唤

扫码听书

2006 年正月，八十九岁的姜玉英一病不起。经过漫长的人生跋涉，善良的乳娘已经耗尽了全部气力，再往前走，实在挣扎不动了。

儿媳马玉玲回忆说："那天，我把她扶起来，从背后顶着，让她坐一会儿。她望望窗外，又开始念叨孩子。她说，这辈子，我怕是再也见不到那两个闺女了。我就安慰她说，妈，你不要紧，政府现在不也帮着咱们找吗？说不定哪一天，人家就能给你找着。老妈叹了口气，哎呀，不行了，我等不了啦！第二天早上，我给她送饭，她说，晚上做了个梦，滚到草棵子里面，怎么爬也爬不出来。听了这话，我心里一惊，没过两天，她就走了。"

带着深深的眷恋，宅心仁厚的乳娘告别了至爱亲朋，走向天国。谁能说得清，在即将上路的那一刻，她的心中到底有多少遗憾，那遗憾中又包含了多少失望呢？

那么，究竟什么原因导致众多乳儿杳无音信？带着心中的疑问，我走向一个又一个采访对象，希望找到合乎情理的解释把那个弯曲的问号拉直。在乳山采访的日子里，我的思绪一直在那片滚烫的热土上执拗跋涉，耳边也始终有一个清晰而又神秘的声音环绕，我知道，这是乳娘们心灵的倾诉。或有缘相识，或无缘邂逅，但无论如何，我们都注定要在精神上相逢。正由于此，我仿佛看见了一个发人深思的长镜头：300多个风华正茂的女人从历史的景深中相继走来，沐浴着夕阳的霞光，映成一列暗红色的剪影。隔着七十多年的时空，她们默默地望着我，眉宇间透着忧伤，也透着诘问。我知道，从人性出发，即便出于本能，爱一个人多多少少总是期望得到回应。况且，中国人向来喜欢大团圆的结局，可待到生命大幕渐次落下，诸多乳娘并没有看到期待的喜剧。当一段段感人肺腑的人间大爱和绵绵思念无果而终时，她们的悲哀，难道仅仅是个人的伤痛吗？对此，有人这样解释，当初育儿所寻找乳娘是一种组织行为，乳娘抚养乳儿就像男人当兵，既然扛枪打仗，就应当完成任务；也有人说，一些乳儿的亲生父母害怕影响同子女的感情，对当初的事情有意回避；还有人说，许多乳儿因为年幼，对早期经历缺乏记忆……听起来，这些说法不无道理，仔细一想，又觉得似是而非。因为，那些竭力寻亲的乳儿用切身感悟告诉我，疑问背后，是一个欲说还休的情感之谜。我想，问题其实并不复杂，因为，真实答案就像心灵的矿藏，深埋在人性的土壤里。

2016年6月29日下午，乳山市委、市政府举行了弘扬传承乳娘精神座谈会。全国红色文化研究领域权威学者、军事专家、

乳儿、乳娘及乳娘亲属、胶东育儿所亲历者近五十人应邀参加。与会者深情缅怀胶东育儿所的发展历史，重温乳娘感天动地的大爱故事，讲述乳儿千里寻亲的曲折历程，阐述乳娘精神的时代意义。

座谈结束后，参加会议的十八名乳儿共同发起了"寻找胶东育儿所小伙伴"倡议活动。面对与会嘉宾，他们排成一列横队，身后的背景板上，"小伙伴，你在哪里？"的主题词格外醒目。寂静中，一个浑厚的男中音出现了——"亲爱的小伙伴，你是否还记得？七十多年前，我们的母亲——胶东育儿所乳娘们，用甘甜的乳汁，甚至舍弃自己和孩子的生命，保护和抚育我们的这份大爱情谊；你是否还记得？七十多年前，在这片曾经养育过我们

八路军胶东军区遗孤寻亲团乳山育儿所寻亲行

的土地上，我们共同生活成长，一起学唱儿歌，一起游戏、学习的情景？"北京航空航天大学高级工程师徐永斌深情地捧读寻亲倡议——"感恩乳娘，勿忘母恩。七十多年过去了，你现在在哪里？让我们携起手来，共同寻找儿时的小伙伴和历史的亲历者，让更多人来讲述乳娘故事，传承乳娘精神！"随后，十八位乳儿在背景板上依次签下自己的名字，接下来，他们展开"八路军胶东军区遗孤寻亲团"的横幅，簇拥在三位乳娘身边，连连呼唤："小伙伴们，你在哪里？小伙伴们，你在哪里？小伙伴们，你在哪里……"

瞧，在众人瞩目的大厅里，一个新的悬念产生了。

与会者全神贯注，仿佛被一种无形的力量所牵引——远方的乳儿能听到动情的呼唤吗？

很显然，这是一个意味深长的情感之谜。

让我们殷殷以待吧。

因为，时间是一切悬念的终结者。这是时间的魅力，也是时间的逻辑。

第五章　今生不了情

第六章
# 心灵的归宿

RU NIANG

1948年农历二月的一天，一个刚满月的女婴（乳名振勇）被送到牟平县前垂柳村一户韩姓人家。乳娘王水花虚岁十九，两年前，丈夫韩道荣辞别双亲和怀孕的妻子光荣入伍，翌年正月，年仅半岁的女儿不幸夭折。待到联络员李存久登门求助，王水花已经回奶多时。为了哺育小振勇，她想方设法竭力催乳，爷爷奶奶也把小丫头视作珍宝，呵护备至。

　　1949年秋，小振勇断奶了，按照育儿所规定，需接回去集体抚养。

　　听说孩子要走，王水花万般不舍，爷爷则梗着脖子冲人家呛开了："你们给的粮食，我一斤不少全都还给你们，要领走孩子？想都别想！"没办法，工作人员只好搬来救兵，村长和妇女主任好说歹说，总算说通了。等到孩子睡熟，工作人员轻手轻脚放进驮篓，爷爷跟在骡子后面，一直送出二里多地，末了，蹲在路边呜呜地哭了。一连两天，他夜不能寐，第三天，实在忍不住了，跑到育儿所驻地田家村看望孩子。工作人员得知来意，极力劝阻："大爷，我们好不容易把她哄得不哭了。要是见了你，她又得闹几天，那样的话，孩子遭罪，大人也跟着上火呀！"爷爷哀求半天，工作人员终于答应："别出声，偷偷地趴到窗上瞅一眼吧。"回家后，爷爷嗓音哽咽地讲述道："小勇眼都哭肿了，像灯笼一样。"话音刚落，老伴和儿媳哭成一团，因为伤心过度，王水花大病一场。

　　1955年5月5日至7日，《大众日报》连续三天刊登乳山

第六章　心灵的归宿

191

县育儿所（前名胶东育儿所）九名乳儿寻亲的启事。时年七岁的小姑娘振勇名列其中，而父母的相关信息则完全空缺。

是年8月，胶东育儿所解散。小振勇被乳山县夏村中心完小校长于新斋夫妇领养，改名"于致荣"。

十一年后，养父病故，养母改嫁。

在迷惘中，于致荣时常苦思冥想——爸爸妈妈到底是谁？现在在哪里？怎样才能找到他们呢？终于，在思念的催促下，她怀着希望上路了。

1969年春天，于致荣找到前垂柳村。热心的村民跑去报信，不一会儿，乳娘王水花抹着眼泪迎过来，一照面，紧紧拉住女儿的手，呜咽着说："小勇，咱们回家。"于致荣满眼泪花，无语凝噎。听说乳儿回来寻亲，村民一窝蜂地拥进韩家，屋里挤满了，院里挤满了，就连墙头上、街道上也是人影绰绰。

在泪雨纷飞的倾诉中，于致荣知道了自己命运迁转的来龙去脉。原来，母亲姓毕，是江苏人，身高大约一米六，人长得精神好看。她在韩家住了多日，直到第六天夜里，才奉命归队，饮泣而去。

听了乳娘的讲述，于致荣百感交集。三天后，她依依惜别，在离开的那一刻，她像母亲当年一样，把心永远地留在情丝缠绕的老宅里。

此后，她和丈夫于新国每年农历八月十五都要专程回去看望乳娘。

随着寻亲之路不断延伸，于致荣发现，四十多年前的离别之夜俨然是一个致命的漩涡，当母亲的身影被夜色吞噬，她就变成了一个永远的传说。惆怅之余，于致荣又感到庆幸，因为，在日后数十位寻亲的乳儿中，她是第一个找到乳娘并尽孝的。

2014年4月22日上午，于致荣惊悉噩耗：乳娘王水花夜间突发心梗，不幸去世。大儿子在电话中哭诉说，老妈咽气后一直不闭眼，她的心里有牵挂呀！于致荣和丈夫驱车两百多公里回乡奔丧，一进屋，她扑到老人身上，泪如雨下。或许是对女儿的哭声有了感应，老人睁着的双眼竟然慢慢合上了……

扫码听书

第六章 心灵的归宿

# 漫漫寻亲路

扫码听书

初次见面时，你已经年过古稀。

那是一个冬日的下午，我陷在你家摇摇欲坠的沙发里，老态龙钟的茶几上，一杯清茶，淡香氤氲。交谈中，你的思绪循着记忆的曲径蹒跚而行，所经之处，沉睡的往事纷纷醒来。我发现，说着说着，你混浊的眸子里有了潮气。

你说，自己这辈子最幸福的时光是在乳山度过的。我知道，那儿并非你的原籍。但是，对你而言，它是一片辽阔的心灵牧场，一条永远的精神脐带，正是它最初的血脉供养，根植了日后的感情基因。如果说，情感是人生的宿命，那么，母爱就是情感的胎记。

记忆中，那爿用山石垒成的小屋是一个充满温情的乐园，虽然原始、简陋，却很养人。乳娘个头不高，瘦巴巴的，干活利索，快人快语。肥大的棉裤腰部臃肿着，一截粗糙的绳子系出生活的窘困。相形之下，她似乎更在意自己的一头秀发，每天都认真在脑后盘起来，然后，用簪子仔仔细细插过去。那时候，她还年轻，当然爱美呀。就是这个看上去土里土气的女人，一天到晚抱着你，哄着你，把你当作心肝宝贝。忽然有一天，温馨的场景戛然而止。

瞧，家里来了一个陌生的阿姨！她和乳娘咕哝说，要把你接到育儿所里去。你像受了惊的小马驹儿，一个劲地尥蹶子，踢呀，打呀，死活不肯走。阿姨讪讪地笑着，刚抱住你，你"嗷"地一声嚎叫，挣脱出来，趔趄几步冲到墙根，死死抱住那棵枝叶稀疏的小树。尖锐而充满恐惧的哭声翻墙而过，很快，低矮的墙头上便长满了关切的眼睛。乳娘拧着眉头走过来，像往常那样把你拥进怀里，一边抹着你脸上的泪水一边说："去吧，别害怕，那里有好多你没见过的好东西，过两天，我把家里拾掇一下，也要过去看看呢。"你的脑袋摇得像个拨浪鼓，乳娘无奈地叹口气，"好了，别哭了，再哭，小脸儿就皱了，不俊了。"说着，抱起你，"走吧，我和你一起过去。"

一觉醒来，你愀然变色。这是哪儿啊？陌生的环境，陌生的面孔，乳娘呢？天哪！乳娘不见了！刹那间，巨大的焦虑感形成一个恐怖的黑洞，那颗小小的心脏当即被吞噬了。你一骨碌爬起来，急三火四去趿鞋子，保育员一把拽住你的胳膊，你拼命挣扎，但无济于事，"哇"的一声，愤怒的泪水夺眶而出，事情闹到这般地步，你诉求的手段只剩下用号啕表达抗议。就在你大放悲声的时候，恐怕无从想象，乳娘的思念正像一根长长的丝线缠绕着这个秋日的清晨。她呆呆地坐在门前的青石上，头没梳，脸也没洗，甚至连早饭也懒得做。平日里，她像一个陀螺，被生活的鞭子抽打着，一刻不停地转呀转，从晨曦初露转到夜幕

第六章 心灵的归宿

四合。可现在，她就像变了个人似的。很显然，和思念女儿相比，一切都显得无足轻重，黯然失色。母女连心啊！长这么大，你第一次离开这个家，作为母亲，怎能不牵肠挂肚呢？她默默地在心里念叨，闺女啊，你昨晚睡得咋样？吃没吃早饭？小朋友们欺生吗？阿姨待你好不好？阵风袭来，她害冷似的缩拢肩膀，身后，摇曳的树影悠悠颤颤压下来，看上去，她的身形更瘦小了。

那天，你哭得很执拗，也很放肆。一来二去，就把哄你的几个保育员哭得灰头土脸，没了脾气。直到傍中午的时候，哭声才一点点地弱下去。终于，你的即兴演出宣告结束。原来，你把嗓子哭哑了。谢天谢地，保育员们总算松了一口气。然而，刚刚绽出的微笑又猛地僵在脸上，好嘛，早上就没吃饭，中午又要绝食？这个小丫头，真是犟得很呢！怎么办？保育员们面面相觑，咳，别愣着了，赶紧去搬救兵吧。

很快，乳娘挎着家里的小篮子气喘吁吁地跑来了。你一头扎到乳娘怀里，委屈的泪水如同断了线的珠子噼里啪啦砸下来，嗓音"嘶嘶拉拉"，像是扯出了毛刺。乳娘悄悄擦去溢出眼角的泪花："好了，别哭了，我这不来了？"你抬起头，又看见了那熟悉的笑容。她一边抹去你脸上的泪痕，一边解释："我刚才去赶了个集，给你买了鸡蛋和花生。"说着，拿起一个鸡蛋递给你，"我听阿姨说，你早晨就没吃饭。来，吃个蛋蛋吧。"你哭着摇了摇头。乳娘又拿起一颗花生。"叭"地掰开，把花生壳夹在眼皮上，故意弄出一个滑稽的表情。"星儿，你看妈妈俊不俊？""扑哧"一声，你破涕为笑。乳娘又掰开一颗花生，把花生壳夹在你的耳垂上，声音夸张地对旁边的保育员说："快看看，我们福星多俊呀！"几位阿姨随声附和："俊，太俊了！"你笑逐颜开，好开心呐。

从那时起，这只用花生壳做成的耳坠就一直挂在你灵魂的耳垂上。七十多年后，你认真地对我说，它是这辈子佩戴过的最有价值的饰品。

接下来的几天，乳娘都在育儿所里陪着你。待到你对那里的生活作息逐渐适应，她才咬紧牙根，忍痛离去。发现乳娘再次失踪，你又急了。于是，哭声复起。所长闻风而至，她那一双严厉的眼睛和黑沉沉的脸色让人觉得不怒自威。她不容分说，劈头盖脸把你教育了一顿。不知为什么，向来天不怕地不怕的你竟然感到了莫名的畏惧。到末了，她真就把你唬住了。

很快，细心的保育员就发现，你不仅性格倔强，而且还是个心事很重的孩子。白天，小朋友们做游戏的时候，你不定什么时候就会走神儿；晚上，熄灯很长时间，你依旧睁着大眼，没有丝毫睡意。保育员轻轻俯下身子，你的耳边响起了温馨的摇篮曲：弟弟疲倦了，眼睛笑，眼睛笑，要睡觉；妈妈坐在摇篮旁，把摇篮摇；我的小宝宝，安安稳稳来睡觉；今天睡得好，明天起得早，花园里栽棵大葡萄……不知什么时候，你睡着了。

一天，你要好的小朋友被妈妈接走了，你一脸羡慕地去问保育员："阿姨，什么时候妈妈来接我呀？"阿姨笑眯眯地说："放

心吧,好好吃饭,好好睡觉,说不定明天一早儿,妈妈就来了。""真的?"你的眼里"扑"地蹿出一束兴奋的火苗,"噢,太好了,我让妈妈做新的耳坠子!"阿姨轻轻摇了摇头:"她不是你妈,你亲爸、亲妈都在前线打日本鬼子呢。""嘡"的一声,你仿佛看见一块青虚虚的天外飞石砸在地面上,你抬起头,呆呆地望着阿姨,好像被幻象吓蒙了似的。是啊,对于一个四岁的孩子来说,这句话的真实重量已经远远超出心理负荷。然而,无论你是否理解,你都必须接受这个现实,不管你愿意不愿意,都无法更改,因为,那是命运之神安排的。用大人的话说,这就是命,你再拗,能拗得过命吗?

几年后,硝烟散尽,锣鼓喧天,新中国成立了。此时,你已经七岁出头,出落成一个俊俏的小姑娘。三年后,你离开育儿所,背起书包走进学堂。一天晚上,你做了个梦。嚯,太阳真大,亮晃晃的,好刺眼啊。你看见从太阳里跑来一匹高头大马,马背上,一个男人弓着身子,扬起胳膊,一个劲地朝你挥呀,挥呀。因为逆光,你只能看见一个晃动的剪影,看不清模样,不过,他的嗓音却如雷贯耳:"小星——""爸爸!"你一声欢呼,挓挲着小手迎上去,冷不防,脚下一个趔趄,惊醒了。

早上刚起床,你就迫不及待地发布做梦的消息。说者绘声绘色,听者将信将疑。从个别同学的眼神里,你甚至看到了暗含讥讽的潜台词:骑着大洋马?那得多大的官啊?嘁!吹吧!

有道是,无巧不成书。

傍中午的时候，你意外地收到了爸爸寄来的包裹：一包饼干，一双白色球鞋。你兀地兴奋起来，如同打了鸡血。你举着手里的东西喋喋不休："看，我爸爸寄来的……我爸爸寄来的……"唔，众人瞩目的感觉好棒啊。在广而告之的炫耀中，先前存疑的梦境描述顺利地完成了现场甄别。巡展完毕，球鞋被小心翼翼包起来，你要留着欢度春节。饼干嘛，当然要大快朵颐了。长这么大，你还是第一次品尝机器做的点心。方方的饼干，周边凸起细小的花纹。真好吃啊！那混合着香精味儿和橡胶味儿的粗糙口感，犹如锋利的雕刀，在记忆中枢凿下清晰的痕迹。以至于时隔多年，那难忘的一幕依然活灵活现，恍若昨日。"我这个人不迷信，可是，夜里做了梦，白天就收到包裹，我到现在也弄不明白，事情咋就这么巧？"你笑吟吟地望着我，又缀上一句，"橡胶味那么大，我咋就闻着那么香呢？"

　　随着采访的不断深入，我发现，当初离开乳娘不过是故事的第一个噱头，随之出现的层层悬念，则为跌宕起伏的叙述预设了诸多章回。在其中的秘密被时间终结之前，无论是观众还是当事人都无法预知，自己收获的究竟是欢笑还是泪水。

　　十二岁那年，是你人生之旅的重要节点，也是你心路历程的一次转折。

　　就在那个阳光明媚的中午，你终于见到了梦中的父亲。哦，伴随着娓娓讲述，卡车疲惫的喘息声从1954年的春天辗转而来。依稀中，我看见你蜷缩在颠簸的车斗里，斜对面，偎着一个瘦

巴巴的小男孩，他，就是你刚刚认识的亲弟弟。真是匪夷所思，前两年，你俩在育儿所里抬头不见低头见，竟然始终不知道连接彼此的血缘关系。一路上，你不搭理他，他也不搭理你，如此气氛，当然显得有些古怪。按理说，手足情深，实际上却形同陌路。由此看来，战争烽火虽然熄灭，滞留的影响却令人郁闷。

一路风尘，抵达莱阳。

刚进门，一个陌生的嗓音扑面而来——"小星！"一愣神的工夫，那个陌生的男人抡起大手，在你背上结结实实拍了一巴掌。你一个激灵，他打我？为什么？疑问的同时，你感到委屈、害怕，除了这些，甚至还掺杂着一丝愤怒。平心而论，你的感受见怪不怪，那时候，你还无法理解父亲的情感表达方式。我好奇地问："听说他是个老红军，样子一定很威武吧？"你自嘲地咧嘴一笑，"除了打我的一巴掌，其他的，一片空白。噢，唯一记住的，就是他镶了一颗金牙。笑起来，金光灿灿的。"你告诉我，那天中午的聚餐同样气氛沉闷。你和弟弟奋拉着眼皮，埋头吃喝，自始至终，三人没有任何交集。结果，乘兴而来的父亲十分落寞，只能自斟自饮，草草结束。

第二天，车至徐州。你跟着那个叫作父亲的陌生男人走进了一户宅院。一进客厅，你踌躇着停下脚步，下意识地屏住呼吸。"小星来啦——"卧室传出一个女人的声音，虽然近在咫尺，你却感觉那么遥远，仿佛隔着千山万水。你抻头向里面瞭了一眼，那个陌生的女人撩开被子坐起来，笑着朝你点了点头。你似笑非笑地咧咧嘴，神情居然有些恍惚。因为，你觉得，眼前的母亲不是想象中的样子，而究竟应该是什么样子，又说不清楚。你忽然有些慌乱，视线躲闪着又开了。

　　或许是换了环境的缘故，那一晚，你睡得很不踏实。天不亮，就醒了。窗外，夜色尚未消退，不知从哪儿传来一声鸟叫，声音不大，很孤独。一抹月光涂在窗户上，光影缓缓移动，如同渐行渐远的童年记忆。你扭过脸，静静地望着天花板。昏暗中，耳边"嗤啦"一声，有只看不见的手划亮火柴，灯花爆了一下，随即，十几年前那盏小油灯被重新点亮了。灯很小，脏兮兮的瓶口上，一节黑乎乎的棉花捻儿怯怯地探着脑袋，昏黄的光晕浸着你亮亮的眸子。映着温暖的灯火，乳娘正飞针走线。她的手真巧啊！不一会儿的工夫，那块小红布头就变成你衣服前襟上的一朵小花。由于情绪受到怂恿，你像鸡崽见了小虫一样兴高采烈。乳娘笑眯眯地望着你："等天亮了，穿给小朋友看看，准保馋掉她们的下巴壳。""真的？"你瞪大眼睛盯着乳娘。"喊——"乳娘的鼻音俨然就是一个感叹号，"不信，赶明儿你问问她们，这么俊的花谁见过？"你小嘴一咧，"嘻嘻"地笑了。紧接着，笑声牵着你的手，跑到门前的大树下。乳娘也赶忙凑过来，她就像你的影子，你跑到哪儿，她就跟到哪儿，形影相随。瞧，她使劲紧了紧系腰的草绳，一腚蹾到大青石上，于是，每天重复的保留节目又开始了。她抻手卡住你的腋窝，你那并拢的双腿弹簧一般忽上忽下，颠呀，颠呀，颠得你乐不可支。笑声更响了，

鸟儿一样盘旋而上，天空瓦蓝瓦蓝的，朵朵白云羊群一般铺排着，你挥舞着想象中的鞭子，好快活呀！"咩——咩——"小山羊带着青草的味道、花的芬芳欢蹦乱跳地从外面回来了。养母奶水不足，小山羊肩负的使命显而易见。一见小羊进院，你就蹒蹒跚跚迎上去，小羊一闪身，机警地躲到一边。你急切地晃着小手，哦，原来攥着一块玉米饼子。小羊试探着凑过来，伸出粉红色的小舌头，轻轻把玉米饼子顺到嘴里，嚼完了，"咩咩"地朝你叫了两声，你拍着小手，"嘻嘻"地笑了……

晨起洗漱时，保姆关切地问，昨晚睡得怎么样？你点点头又摇摇头，她哪里知道，在你的情感世界里，崭新的一天是从思念开始的。

就像当初离开乳娘去育儿所一样，新的生活让你感到很不适应，诸多细节中，尤其别扭的，是面对父母时那种来历不明的拘束感，就像到陌生人家里做客似的。你很敏感，而且心思缜密。匆匆朝他们瞥去一眼，那缺乏表情的面孔就会让你心生困惑，如同小学生懵懵懂懂地翻看一本新书，映入眼帘的，是一个无法参透又必须知晓的人生之谜，那，究竟是什么呢？

学校的情况也好不到哪去。初来乍到，你根本听不懂徐州话。课堂上，老师滔滔不绝，你却一头雾水；下了课，同学们也懒得搭理你，徒费口舌，何必呢！如此一来，你的处境可想而知。课本里不是有"形影相吊"这个成语吗，用在你身上真是再合适不过了。

你变得郁郁寡欢，原本活泼的目光显露出隐隐寂寞。望着操场上沸反盈天的热闹景象，你忽然想起以前就读的文登革命烈士子弟小学。一个念头电光石火般划过脑海，对，活人不能让尿憋死，与其在这儿遭罪，还不如从哪里来，回哪里去！思路一旦明确，随即付诸实施。你偷着给学校领导写了一封信，先是诉说苦恼，然后又着重强调返回文登是你的唯一出路。你觉得，这句话太关键，太重要了。为此，你很庆幸昨天刚刚学会"唯一"这个新词，此时此刻，它的含义特别符合你的心境。信写好了，邮费怎么办呢？趁保姆不注意，你拎起院里的一根铁棍撒腿就跑，结果，收废品的小贩用皱巴巴的五毛钱帮你解了燃眉之急。

　　然而，当你怀着期待的心情把信件投进墨绿色的邮筒时，根本没有意识到，收件人和寄件人的地址居然相互颠倒，也就是说，你犯了一个致命的错误。结果，那只鸿雁刚飞出邮筒，便铩羽而归，一头栽到父亲的手中。他勃然大怒，一只手晃动着信纸，另一只手戳着你的鼻子。这一仗，老红军赢得酣畅淋漓，战斗结束时，烟尘弥漫的废墟把你的希望之路彻底堵死了。

　　从此，家庭气氛越发沉闷。

　　父女照面时，你使劲抿着嘴唇，不吭一声，但心里却在大声宣泄。沉默，像一堵墙挡在你和父亲之间。哦，此时的沉默多像一只感情的画笔呀，在声音留白的地方，反而隐藏了更多的东西。

　　将心比心，你当时的处境的确让人同情。少儿时期，每个

孩子都渴望得到父母的爱抚，因此，当你感受到爱的缺失，便从情感上产生了叛逆。当然，成年之后你或许会换位思考，但当时你还做不到。其实，那个年龄段的孩子大多与你相仿，两只眼睛都长在脸上的同一侧，宛如一条比目鱼。试想，如果视线只盯着事物的一个方面，怎么可能把握整体。

就在这时，你又突遭重创。闲聊时，保姆不小心说漏了嘴。什么？她不是我的亲妈？你浑身一颤，好像被骤降的急雨浇了一身。你万万没有想到，这看似熟悉的环境里，竟然埋藏了一个骇人的秘密。看到你惊愕的样子，保姆登时慌了神儿，"啊呀，都怨我这张臭嘴！"她忏悔似的喃喃着，"你可千万不要去问你爸，不然，他会怪罪我的。"那天晚上，你躲在被窝里，暗自饮泣。老天爷为之感伤，寝室的房檐一宿到亮都淅淅沥沥地滴着泪水。

一连两天，你没有任何动静。饭照吃，学照上，一如既往，仿佛什么事情都没发生过。不料，第三天傍晚，"战斗"突然打响了。作为一个贸然跃出掩体的新兵，你唯一的武器就是眼泪。你哭着，嚷着，说什么也要离开徐州，回到聊城茌平老家去。一时间，父亲显得束手无策。你惊讶地发现，父亲竟然是这个世界上最不堪的斗士，真的，最不堪的。瞧，你的每一滴眼泪都像子弹一样呼啸而来，他被击中了。此时，这位身经百战的老红军已经完全丧失了反击的能力，只能无奈地搓着两手，哀哀地看着一串串晶莹的泪珠像冲锋的士兵，源源不断，前赴后继。他知道，自己现在说什么都不管用，因为，你的抉择已经是无法更改了。

两天后，你决绝而去。

随着闷声闷气的一声吼叫，火车慢吞吞地出发了。

"哐当、哐当"，车轮同铁轨摩擦，频率逐渐加快，就像一对怄气的父女开始没完没了的吵架。颠簸了两天一夜，又换乘长途客车，唉，到了，总算到了。莘平，人生大迁徙的目的地，你的老家。

那时候，你的爷爷奶奶已经过世，仅有的长辈是三爷的媳妇。当陌生的三奶奶接过行李时，你非转农的手续就算正式完成了。虽说事先有了一定的思想准备，但老家的贫穷和落后还是超出了你的想象。城乡之间的巨大差距通过一个个细节展露无遗。一夜之间，你长大了。

必须承认，尽管你已经远离父亲，但他的光环一直照拂着你。得益于此，两年后，你把铺盖搬进县城，在新华书店当了一名售货员。转过年来，又顺利调进县医院，于是，新任护士司晓星的名字就登录在护理部的花名册中。不知不觉的，年关越来越近了。鉴于单身的因素，值班人员的表格上出现了你的名字。除夕夜，你坐在空荡荡的值班室里。窗外，万家灯火，爆竹阵阵，喧闹的声浪不断刺激你的耳膜，弥漫周遭的孤独感又平添了凄凉的意味。你站起身，蹙着眉头踱了几步，心不在焉地朝窗外瞄了一眼，恰好，一束烟花腾空而起，在黑沉沉的天幕上绽放出绚丽的花朵。忽然，夜色中传来一个小女孩清脆的嗓音，刹那间，曳动的光芒

幻化成袅袅热气。哦，同样的春节，天差地别的大年三十！在你兴奋地叫嚷中，乳娘端来一盘香气扑鼻的饺子。白面擀的皮，大白菜剁的馅，里面，掺了少许肉丁儿。你狼吞虎咽，好过瘾啊！吃着吃着，一抬头，看见乳娘正笑眯眯地盯着你，你忽然想起什么，赶忙问："妈，你咋不吃呢？"乳娘一本正经地回答说："下饺子那会儿，我已经吃饱了。"然而，晚饭过后，你意外地发现，乳娘居然蹲在锅台边，偷偷地嚼一块玉米饼子。冷不丁撞上你疑惑的目光，赶紧背过身去。接着，又扭转脸，咧咧嘴，笑了……悄悄地，一滴晶莹的泪珠从你的眼角滑落，溅到描摹记忆的宣纸上。瞧，它多像情感的墨水呀，缓缓地，缓缓地洇开一片墨晕。就像黑夜可以填满身体的每一个毛孔，思念开始折磨你了。

大约午夜时分，纷乱的脑海灵光一现，如同霹雳炸响，把混沌的夜幕撕出参差的口子。对，找乳娘去。你的眼睛像烧红的木炭亮得灼人——现在有了工资，也有了探亲假，还愁什么？过了春节，马上动身。然而，不一会儿，炭火便渐渐暗了下去。脚下的路千万条，你却搞不清楚究竟哪一条通向乳娘那里。你只记得那个地方大概叫凤凰崖，知道一个叫杨心田的人把你送到乳娘家，但是，并不知道乳娘姓甚名谁。盲人瞎马，去哪儿找呢？

迷惘归迷惘，春节一过，你毅然拎起挎包，急匆匆地上路了。两天后，你抵达济南。"去哪儿？"长途汽车站的售票员开门见山。你却含糊其辞："烟台那边……""具体哪一站？""我记得……那个地方叫凤凰崖……"售票员兜头浇下一瓢凉水：

"没这个站点。"你一时语塞。想想也是，烟台地盘那么大，犄角旮旯车也到不了啊。"要不这样……"售票员提出建议，"你找个熟悉的地方就近下车，然后再打听一下。"熟悉的地方？噢，想起来了。那年五一劳动节，你和育儿所的小朋友去夏村演节目。对，就从那儿下车吧。

大约九点，慢吞吞的大客车驶上郊外的阡陌。途中，你在小镇上的澡堂里住了一宿。第二天下午，你一脸倦色走下客车，在那条坑坑洼洼的街巷中，你与昨天的自己不期而遇。唔，时过境迁，物是人非，就连当年表演节目的大礼堂也在时间的流逝中缩小了尺寸。你四处打听凤凰崖的下落，但始终没有得到期待中的信息反馈。薄暮时分，你依然心事重重地在街上徘徊，耳边人声熙攘，你的眼里却写满寂寞。四顾茫然，你迷路了。

无奈之下，悻悻归去。临行前，你用手绢裹了一抔泥土搁到包里。两天后，你把带着体温的泥土倒进花盆。于是，寝室里多了一株不知名的草花，朴素、淡雅，柔嫩的叶片泛着新绿。春天到了，鹅黄色的花蕊悄悄绽放，直到今天，你依然能够清晰地闻到那沁人心脾的气息。

如果依着时间的坐标进行记述，那么，1971 年 9 月 5 日无疑是个大日子。伴随着婴儿的第一声啼哭，你跨越了人生的分水岭，眉开眼笑地做了母亲。

常言道，养儿方知父母恩。

被婴儿啼哭撕碎的一个个夜晚让你变得神经兮兮。那天夜

第六章 心灵的归宿

里，好歹把小家伙哄睡了，你却无论如何也睡不着了。你一撩被子，心烦意乱地坐起来。此时，女儿正酣卧在梦乡里，小嘴半开半合，像一朵含苞欲放的花蕾。望着苹果般的小脸蛋儿，你又想起乳娘，想到当年拉扯自己多不容易。想着想着，忽然想起父亲。这么多年过去了，关于他的画面第一次出现闪回。无论如何，你都无法回避这个事实：尽管对父亲感情淡漠，但是，你的血管里毕竟流淌着他的血液，在这个世界上，除了你想象中的亲生母亲，他和你有着唯一的血缘关系。窗外，清凉的月色同昨夜没有什么不同，然而，那一声在黑暗中徘徊的叹息表明，你的心境已经悄悄改变了。

孩子一岁的时候，你们一家三口回了徐州。

时间真是一位不动声色的魔术师，不知不觉中，篡改了父亲原先的样子。

曾经，在你眼里，父亲就像一座山，高大威严，结结实实的压迫感让你觉得走投无路。现在，你忽然发现，父亲其实个头不高，也不像从前那样严肃，不知为什么，你突然想哭。你轻轻地、声音含糊地叫了一声"爸爸"。父亲大吃一惊，他听见耳边"咣"的一声巨响，窗外筛进的光影被声浪掀出一圈圈波纹，甚至沙发也被震得晃了几晃。他诧异地盯着你，你却把视线转到一边去了。

三十八岁时，你碰上了生命中的一道坎儿，你得了乳腺恶性肿瘤，不得已动了大手术。从那时起，你有了生命的紧迫感。你不知道老天爷给你留下多少时间，你想抓住有限的机会，尽最大可能，实现孝敬乳娘这一未了的心愿。你认为，鸦有反哺之义，羊知跪乳之恩，动物尚且如此，何况人呢！

知道了你的心思，丈夫和女儿赶忙宽慰：你现在这个样子，哪还顾得了其他事？先养好身子再说吧。有了本钱，再去折腾也来得及嘛！由于元气大伤，此后多年你始终缠绵病榻，因为有心无力，寻亲的小船被迫搁浅了。

说话间，时间来到 1999 年，五一节过后，你退休了。没过几天，你便心急火燎地收拾行囊，你对老伴说："这次去，如果找到老妈，就把她接回来，床前尽孝，养老送终。"老伴担心地问："身体能行吗？要不要我陪你一起去？""不用。"你的回答干脆利落，"我想好了，到了那儿，沉住气，慢慢找，慢慢打听。"

第一站，你去了牟平，参观了雷神庙战斗纪念馆。该庙建于明崇祯七年（1634），此处"地形豁爽，气象郁葱，左控庐山，右瞰武宁，前列岢峰，后依古郡，缭长河之沃流，荫乔木之萧森"，自古以来被称为"真仙宅窟"。1938 年 2 月 13 日，父亲和一干战友在中共胶东特委书记、山东人民抗日救国军第三军司令员理琪率领下，一举解放了牟平城。而后，理琪等领导同志在庙里开会。中午时分，两百多名日军汹汹而至。战斗打得极为惨烈，从午后一点一直持续到晚上八九点钟。趁着夜色掩护，勇士们成功突围。大家围在身负重伤的理琪身边，大声呼唤。终于，理琪苏醒了，右手颤抖着从胸前掏出了沾满鲜血的黑羊皮钱夹，郑重地交给父亲，用尽最后的气力断断续续嘱咐道："里面有……

有……二十五元交通票……回到驻地，如数……交给组织！"
言毕，右手颓然垂落，年仅三十岁的青春芳华永远定格在民族
解放的史册之中。站在仅存的战场遗物前，你感慨系之：实在无
法想象，不到一平方米的铁皮雨褡子上，竟然密密麻麻，洞穿了
138个弹孔！那一刻，历史还原了父亲的英雄形象，熠熠生辉，
让你肃然起敬。只可惜，耽于步履滞涩，这敬意姗姗来迟。事实上，
当你置身于雷神庙战斗遗址时，老父亲已经去世两年了。

　　随后，你来到乳山。先后去了民政局和档案局。工作人员
告之，由于当时的保密规定，现存档案中，只有解放初期育儿所
的一本花名册和一张合影，除此之外，没有任何关于乳娘的文字
记录。你像泄了气的皮球一样瘫在凳子上，失神的眸子里有碎玻
璃一样的东西轻轻滚动。"别难过了，大姐……"工作人员善
解人意，"大老远的，来一趟也的确不容易，你看这样好不好，
我复制一张照片给你留个纪念吧。"

　　按照他们的指引，你又去了育儿所当年所在地——腾甲庄。
说来也巧，你碰到了弟弟小学时的同班同学，据他讲，当年育儿
所就是征用了他们家的老宅子。至于你要打听的杨心田，他根本
说不出子丑寅卯，遍访村民，也都一无所知。就这样，你在乳山
盘桓了半个多月，最后，只能揣着一张照片踏上归程。

　　从健康的角度讲，2011年的夏天是黑色的。

　　牙周炎引发肝脓肿，寒战、高热交替发作，伴以持续性右
上腹剧痛。短短一周时间，你的生命体征明显衰竭，清晰与混沌

的界限变得越来越模糊了。那天，从昏睡中醒来，你的嘴唇翕动了一下，似乎说了什么。守在一旁的大女儿田彤赶紧俯下身。一抹惨淡的笑影，浮上你苍白的面颊。"刚才……我又梦见凤凰崖了，好像刚下过雨……崖头清清亮亮的……"你顿住话头，吃力地喘息着，然后，断断续续地说："这一回，我怕是扛不过去了……我走了以后，你和田宇就把我的骨灰带回乳山，一半撒到大海边，另一半先保存着，等找到乳娘，就把它埋在老妈的坟旁。活着的时候，我没能孝敬她，死后我一定要守着她老人家。"女儿黯然神伤。她先是不住地点头，渐渐的，肩头开始轻轻颤抖，终于忍不住了，忽地把脸埋在臂弯里，孩子一样呜呜地哭了。午后的斜阳缓缓移过来，仿佛一束舞台的追光映着你的额角，暖暖的，亮亮的。随后，你和女儿陷入沉寂，屋里很静，静得令人窒息，静得惊心动魄。

经过一番殊死搏斗，生命的天平一点点地向希望倾斜。终于有一天，你摇摇晃晃地走出病房。叹哉！挣脱魔爪，逃出生天。谢天，谢地，谢人呐！

有句老话说，女儿是父母的小棉袄。这话一点儿不假。

哀怜你的思念之苦，知冷知热的女儿就变成搜索信息的全波段雷达。2015年3月的一天晚上，中央电视台晚间新闻栏目在纪念世界反法西斯战争胜利70周年专题报道中，再现了烽火硝烟中的胶东育儿所。当画面切出已经泛黄的老照片时，紧盯屏幕的田宇听见耳边"嘶"的一声，一簇火星从眼前划过。第二天

第六章 心灵的归宿

上午，经过查询，她拨通了乳山党史办的电话。接听电话的是一位姓于的女同志。田宇介绍了母亲的情况和寻亲的想法，并特别强调："如果能找到那个叫杨心田的人，答案就水落石出了。"对方听完陈述，略一沉吟，接着说："我很理解你母亲的心情，也很愿意为你们尽点力。我有个同学在公安局，我请他帮个忙，通过特殊渠道排查一下杨心田的情况。"田宇颇为感动，素不相识，如此热心，好人啊！几天后，电话来了。一开口，对方的声音有些沮丧。她说，查遍全市的户籍系统，也没有找到杨心田这个人。至此，唯一的寻亲线索被现实的利刃生生斩断了。

虽然未能捕获目标，但忠于职守的雷达依然坚持搜索。田宇说，那段时间，每期必看央视大型访谈节目《等着我》。一天，胶东育儿所的乳儿梁恒力突然走进她的视野。在寻亲现场，已经白发苍苍的梁阿姨得知乳娘已经去世的消息，并且见到了乳娘的大儿子——年长她十几岁的哥哥。田宇眼睛一亮，对呀，应当求助当地媒体，请他们帮忙想想办法。

次日，田宇把长途电话打到乳山电视台，接电话的是一位姓杜的记者。听完陈述，他爽快地说："我给你《乳山晚报》孔俊娟记者的电话，她和济南那边比较熟，人也热情，可以请她帮忙联系一下。"孔记者同样古道热肠。几天后，你的手机响了。电话是山东电视台记者杨升打来的。他说，摄制组正在筹拍一个乳儿回乳山祭奠乳娘的专题节目，方便的话，想邀请你参加。好，太好了！你啧啧称道，追思往事，缅怀亲人，无论对逝者还是生者都是一种告慰啊！

就这样，素昧平生的人们通过电话接力完成了一个又一个关于寻亲之谜的填空题，解析的链条一旦生成，必然合乎逻辑地向前延伸，不知不觉中，转机出现了。

2015年10月6日，你由女儿田宇陪同再回乳山。按照事先安排，你和其他乳儿一同去给乳娘姜明真扫墓。低矮的土堆默默伫立在深秋的阳光里，山风在墓边低吟，空气中弥漫着草木腥甜的气味儿。你泪眼婆娑，轻声啜泣。你为乳娘悲恸，也为自己伤心。因为，同行的乳儿中有人已经找到乳娘，而你依然前路迷茫，不知归期。此时，你万万没有想到，当年那个百般呵护你的女人正隔着一抔黄土静静沉睡。亡魂悠悠，近在咫尺，你却眼睁睁地失之交臂。哭着哭着，啜泣变成呜咽，而且，那呜咽不是来自喉咙，而是从心中流淌出来的。到后来，你已经不是在哭乳娘，而是在哭自己了。

回到宾馆，女儿随手翻阅桌头书报，无意中，一则故事引发她的兴趣。"妈，你看这个老太太。"说着，把书递给你，"她就是咱们今天上坟的乳娘姜明真。她先后抚养了四个八路军的孩子，1942年反'扫荡'，她和婆婆抱着乳儿躲进山洞，怕暴露目标，她把自己只有两岁的儿子撂到另一个山洞里。因为连惊带吓，孩子没过几天就病死了。"你身子一颤，仿佛遭了钝击。以命换命？哎呀，咋舍得，你一声轻叹，唉，这老太太真是不容易！

乳山归来，田宇又像往常一样打开电脑，揿下搜索引擎，开始匆匆浏览，突然，《威海晚报》一条报道吸引了她的眼球——是年三八妇女节前夕，乳山市妇联去乳娘姜明真的后人家中走访慰问，文章引用了老人的一段原话："我收养的第一个孩子是个女孩儿，叫福星，她的爸爸叫史晓机。"田宇的脑袋"嗡"地一下胀大了，她直愣愣地盯着屏幕，俨如盯着一个神秘的谶语。姥爷叫司绍基，会不会是因为口音差别，当地人把司绍基念成史晓机呢？思忖片刻，她把疑问敲进键盘，通过网络向孔记者求助。晚上八点多，反馈来了。孔俊娟证实了此前的判断，并提供了姜明真大儿子杨德亭的联系方式。田宇迫不及待地拨通了他的电话，因为彼此都缺乏重要依据，对方一时也无法判定。

　　亦真亦幻，如何甄别呢？

　　田宇思忖片刻，摸起电话，向省台杨记者求助。杨升闻讯，灵机一动："咱们专程去凤凰崖村做一期寻亲的节目，只要找到杨心田这个人，来龙去脉就全搞清楚了。"

　　数日后，你和摄制组置身于东凤凰崖村的街头。你像祥林嫂絮叨阿毛一样，逢人便提杨心田的名字。尾随身旁的那只话筒颇似饥肠辘辘的猎枪，寻寻觅觅，望穿秋水，却始终不见猎物的踪影。直到下午三点多，你和摄制组还没顾得上吃午饭。终于，你问累了，摄影师也拍乏了，杨升无奈地挥下手，撤吧。

　　法国著名导演让·雷诺阿说："每部成功的影片都有一场使影片成功的戏，但事先不可能确定是哪一场戏，这就像一把钥匙才能打开一把锈得牢牢的锁，只要能打开那扇门，这把钥匙长了锈或做得很粗糙都没关系。"就在大伙忙着收摊的时候，一个极富戏剧性的场面出现了——只见一个推着小车的中年汉子停下脚步，好奇地问："你们干啥呢？""找人。"杨升闷着头应了一句。"找谁？""杨心田。"没想到，那汉子竟搁下车把，凑了过来："你找杨心田？""是啊！"杨升认真打量对方，"你认识？"汉子嘿嘿一笑："他是我养父。"真的？你眉毛一抬，眼睛忽地瞪大了。你看见，时间的河水瞬间褪去，历史的河床清晰坦露。谁能想到，踏破铁鞋无觅处，得来全不费工夫。机缘造化，太奇妙了。

通过交谈，你得知，杨心田是他养父的化名，真名叫杨奎思。母亲矫凤珍是村里的老妇女主任，他听母亲说，当初是养父亲手把孩子抱回家里。问及养父近况，他答道："前几年就去世了。"说着，又跟上一句："那个孩子到底送给了谁，我也说不清楚。"你的心脏忽悠一下，跌宕的瞬间，一个新的悬念出现了：自己是不是杨心田抱去的那个孩子？如果是，是留在矫凤珍那里，还是又抱给其他人家呢？

查证工作是由杨升完成的。

"找到了，乳娘找到了！"在报喜的电话中，他故意卖个关子，"你猜，乳娘是谁？"你迟疑片刻，问道："就是矫凤珍吧？""不是。""那是谁呀？""姜——明——真——"杨升一字一顿，接着，嗓音高了一个八度，"姜明真就是你的乳娘！

第六章　心灵的归宿

215

当年是杨心田、矫凤珍和育儿所的所长三个人一块把你送过去的。"兴奋的情绪轰然绽成灿烂烟花，你的心中一阵狂喜，仿佛聋哑人突然恢复了听力，仿佛盲人突然看见了光明，仿佛濒危的绝症突然痊愈。然而，烟花转瞬即逝，令人窒息的昏暗严严实实蒙住你的眼睛。是啊，乳娘长辞人世，阴阳两隔，母女情缘何以再叙！映着迷蒙的夜色，你的眼前矗起一个醒目的问号——答案揭晓了，这是乐章的间奏，还是乐曲的结尾？

得知你心事缠绵，单位领导和亲朋好友纷纷关切，并晓以利害，提醒你不要感情用事。有的说，乳娘已经不在了，事情也就到此为止。你最好不要去认这门亲，不然的话，以后花多少钱恐怕也填不完这个坑，这件事你一定要想清楚。朋友说，乳儿不光你一个，那么多人后来都没去认亲，你认了，显得他们不够意思，人家会在背后骂你的。对此，老伴的态度截然相反。他说："既然找到了，就必须认。咱们之前还不知道欠人家这么多，这可是一笔良心债，不还，还有良心吗？"

2015 年 12 月 1 日，一大早，塞满物品的面包车载着你们一家四口冒着风雪上路了。途中，雪越下越大。车近乳山，已是傍晚时分。呼啸的北风扯着夜幕从四面八方围拢过来，循着车灯的光柱，你看见随风鼓荡的雪花拧成一条条白色的斜线，蛇一样在光影里扭动着。哦，漫天飞雪，是讴歌人间挚爱的深情絮语吗？

毫无疑问，你和大哥杨德亭双手紧握的那个瞬间注定是永恒的。这是迟到了七十多年的握手呀！这一握，山高水长；这一握，倾尽心曲。在堂屋的正墙上，你看到了一个只有巴掌大小的相框。照片上，那个守望了一生的女人默默地望着你，儿时非常熟悉的那种特殊气味悄悄飘出相框，让小屋里的每一处空间都弥漫着伤感的气息。德亭说："咱妈先后抚养过四个乳儿，最心疼的就是你。她一看到你就想起我哥，因为，你的命是哥的命换来的。前两年，这边新房盖好了，孩子们怎么劝她也不肯搬过来，她说，我怕搬走了，福星哪天回来就找不到家了。"突然间，你脸色苍白，一阵强烈的震颤电流般贯通全身，伴着一声低沉的呜咽，你掩面而泣。

人们常说，日有所思，夜有所梦。果然，月影西斜的时候，

在胶东育儿所纪念馆，司晓星流泪抚摸乳娘姜明真的照片（孔俊娟摄）

你和乳娘团聚了。隔了几步远，那束热辣辣的目光就灼得你脸颊发烫。你猛地睁开眼，原来，你被自己的两行热泪烫醒了。

第二天上午，你去上坟。

村北二里许的山坡上，参差的荒草簇拥着一个不起眼的小土堆。凛冽的寒风在坟前吟唱，空气中隐隐透着草木腥甜的气味儿。唔，这是一座永远压在乳儿心上的坟墓，一抔黄土，阴阳两隔。生与死，成了乳儿与乳娘永远无法逾越的距离。你"扑通"一声跪倒在地，嗓音凄楚，断断续续："妈，我是福星……闺女对不起你呀……我来晚了，来晚了……"北风呜咽，你的满头白发瑟瑟颤抖。你长跪不起，到后来，先前的啜泣变成了绵绵诉说，隐隐约约模糊成一片絮语。女儿说了多少掏心窝子的话呀，明真乳娘，你听到了吗？

吃午饭的时候，你把一个信封递给大哥德亭："哥，抽空给咱妈修修坟吧。"

乳山归来，你的心里一直隐隐作痛。你觉得，愧对乳娘和死去的哥哥。因此，你固执地认为，乳娘的去世和你有着某种关联，这种感觉不依不饶地纠缠着你，就像一个总也醒不来的梦魇。渐渐地，你变得沉默寡言，精神也有些恍惚了。于是，原本安逸的住宅变成一个暧昧的陷阱，记忆中的生活碎片全都堆积在井的深处，不定什么时候，你会突然失足，自由落体一样向井底坠落，等你挣扎着爬上来时，已然神色戚戚，泪眼蒙眬。于是，屋里又会清晰闪现乳娘的身影，你看见，她孤零零地偎着炕沿儿，那么凄凉，那么无助。你知道，那是一种幻觉。让你更为不安的是，待到夜深人静，黑暗中会猛地迸出洞窟坍塌的震响，接着，你听见哥哥声嘶力竭的哭喊声。反复出现的困扰让你的睡眠越来越差，好不容易睡着了，不一会儿，又哭醒了。

对此，女儿田宇感到懊恼。采访时，她坦陈："原先以为，我妈找了一辈子，乳娘等了一辈子，如果母女能够团聚，就了却了她俩一桩心事。没想到，找来找去，结果竟是现在这个样子。"老伴也同样为你揪心，他知道你得了抑郁症。根据医学解释，这是一种十分棘手的心理疾患。他们想方设法进行疏导，希望你早日挣出泥淖，问题是，你怎样才能找到脱困之路？

2019 年 4 月 3 日，司晓星（右二）和其他乳儿回乳山看望乳娘（左一）王奎敏（孔俊娟摄）

第六章 心灵的归宿

2018 年 6 月，你们一家三口又回乳山探亲。临别前，你背着女儿田宇悄悄把三万元钱塞给德亭的媳妇。田宇得知后会心一笑："不理解？怎么会呢！"

　　采访结束时，你嗓音酸楚地说："老妈这辈子抚养了四个乳儿，临死的时候一个都没见着。我这辈子没法报答她老人家，下辈子我还要做她的女儿，那样的话，我就有报答的机会了……"你长长地吁了一口气，一双眸子又变得雾蒙蒙的，不清亮了。

# 梁恒力返乡记

扫码听书

　　当重症监护室那扇橘黄色的门板被轻轻推开，你心尖一颤，眸子像被炭火烫了似的。昏睡中的母亲唇色青紫，鼻翼困难地翕动着。各种器械环伺床前，如此压迫下，蜷缩在被单里的母亲显得更瘦小了。窗外，午后的斜阳透过摇曳的枝条筛进屋里，波动的光影在母亲苍白的面颊上映出一片失血的眩晕。说真的，尽管做了充分的心理准备，你还是被眼前的一幕深深刺痛了。原来，生命竟如此脆弱。

　　你俯下身，轻轻地喊着："妈……妈……"母亲的眼皮睁了一下，又睁了一下，很吃力，你甚至听到了眼皮开合时的撕扯声，终于，从缓缓开启的缝隙中透出一团朦胧的光亮，母亲醒了。看到你，她的脸上露出一个苍老的笑容，温暖的目光轻轻地抚摸着你的脸颊。"穿得少不少？不冷吗？"母亲干瘪的嘴角轻轻嚅动，"家里……怎么样？都好吧？"你的眼窝忽然有点儿发潮，唔，当生命的植被尽数枯萎，你才第一次看清母亲的心思就是崖畔厚厚的黄土呀！悄悄地，眼里有雾气漫上来，你背转身，窗外

第六章　心灵的归宿

的树影不清亮了。

大概是因为子女的抚慰，第二天，母亲精神不错。她又一次说起你小时候的事情，说着说着，忽然噎住，一只手吃力地抬起来，颤巍巍地向前探着，仿佛在摸索一个看不见的物件。接着，你又听到了那个熟悉而陌生的名字。"这么多年了，没有一点儿消息，不知道王殿英还在不在？"母亲的视线怔怔地盯在某处，自语般地喃喃着，"要是还活着，她的日子到底是咋过的……"说着，眼里闪动的微光慢慢沉下去。就在这时，你听见一声轻轻的叹息树叶般从你面前滑落了。

那天晚上，你耿耿难眠。

黑暗中，一个模糊的身影在你眼前晃来晃去。王殿英，母亲记忆藤蔓上最凄美的一朵娉婷，你生命躯干上最神秘的一段根须！哦，乳娘，你在哪儿？日子过得怎么样啊？翻来覆去折腾了好半天，直到午夜时分，才渐渐有了睡意。蒙眬中，耳边泛起嗡嗡轰响。这是在哪儿？奇怪，什么时候上了大巴？正纳闷，大客车兀地打个喷嚏，"咣当"一下停住了。

你站起身，晃晃悠悠地跳下去。后面的乘客也跌跌闪闪地逃出来，还没等最后那个人站稳脚跟，大客车便恶狠狠地喷出一股黑烟，嘟嘟嚷嚷开走了。说来也怪，刚刚还东倒西歪的乘客突然一哄而散，仿佛《封神榜》中擅长土遁的土行孙，眨眼的工夫便没了踪影。你来不及多想，快到家了，管它呢。可没走多远，就觉得有点不大对劲儿。路边的景物让你产生了一种捉摸不定的陌生感，仿佛置身郊外。怎么会呢？你心生疑惑，脚步也不由得踌躇起来。前方的暮色中，隐约显出几栋房舍的暗影，似城非城，走近了又觉得似街非街。只见几处零乱的老宅全都歪歪扭扭，好像随时都会散架。还是问问路吧，你想。然而，周遭大门紧闭，没有丁点儿动静。你左顾右盼，发现斜对面一户门板虚掩着。这是一个用沉默凸显神秘的院落，碎石参差的院墙老妇一样伛偻着腰身，两扇被岁月锈蚀的门板污渍斑驳。"请问，屋里有人吗？"询问像石子丢进深潭，没有半点回声。你犹豫了一下，轻推门板。"吱扭"一声，近乎夸张的涩响仿佛一柄利刃，把厚重的暮色划破了。借着微弱的天光，你看见院子里孤零零地坐着一位老妪。"请问，这里是什么地方？"老人低着头，一动不动，老僧入定似的。你走上前去，声音透着晚辈的恭敬："大妈，请问……"话刚出口，老人竟中了流弹一般，一头栽倒了。

你蓦然惊醒。

额头、脖颈湿漉漉的，不用说，全是冷汗。你翻个身，目光懵里懵懂，真是莫名其妙！已经迈过了知天命的门槛，竟然找不到回家的路了。按照弗洛伊德的说法，梦，是潜意识的投影。那么，在令人困惑的梦境背后，究竟隐藏着怎样的谜底呢？

你百思不得其解。

三年后，一个偶然的机会，你走进中央电视台大型公益寻人栏目《等着我》。在惊喜的泪花中，你与久违的亲人意外相逢，于是，循着昔日的阡陌，你又走回童年，又看到了曾经的阴晴圆

缺。你终于领悟，爱有爱的宿命，情有情的因果。是啊，如果没有乳娘的哺育，你就不会成为现在的你。而且，你惊讶地发现，除了王殿英，你还有另外一个乳娘，也就是说，你是吃两个乳娘的奶水长大的。

在亲人的描述中，1943年的高家台村静静地隐匿于岁月的褶皱里。冬至刚过，你呱呱坠地。莫非是有了不祥的预感？你用羸弱的哭声表达抗议。后来你才知道，这个当时隶属于山东省牟海县的小山村并非自己的原籍，作为八路军的骨血，你和大姐恒心一样，都是在老百姓的炕头上接受了生命的最初洗礼。鉴于情况危急，第二天一早，母亲要随部队转移。怎么安置你呢？村干部眉头紧锁，唉，真愁人呐！此时的高家台村唯有姐姐恒心的乳娘尚有奶水。情急之下，妇女主任只得抱着襁褓再次走进那个寒碜的小院。就这样，你和一岁的姐姐在乳娘李青芝的家中戏剧性地相会了。

那一年，小山村真是命途多舛。小鬼子前脚刚走，天花病毒又张牙舞爪地扑过来。错愕瞬间，姐姐恒心和乳娘四岁的女儿被生生掳获。乳娘急了，不顾一切地冲上去，旋即，一场母爱与死亡的角力开始了。那是一个令人揪心的长镜头：只见阴阳两界，颤巍巍的生命纤绳来回摆动，双方撕呀，扯呀，最终，姐姐逃出生天，乳娘的女儿却命丧黄泉。望着姐姐摇摇晃晃站起来，乳娘笑了，可笑着笑着，却哭了。

一波未平，一波再起。

疫情刚刚消退，乳娘的奶水告急了。也难怪，生活那么窘迫，喂养一个乳儿已经勉为其难，现在又凭空加码，要同时喂饱两张嘴巴，真是有心无力啊！你想，那不堪重负的双乳又不是自来水，龙头一拧，要多少有多少啊！

问题迅即上报，不久，第二个乳娘出现了。

她是怎样一个人呢？很长一段时间，在你残缺的记忆中，王殿英始终是一个抽象的概念，一个不解之谜。那时候，你太小，记忆的档案还没有开启存储。直到六十七年后，你才看到了她的照片，了解了她的身世。原来，她与母亲同乡，也是土生土长的蓬莱人。结亲时遇人不淑，嫁给了一个抽大烟的败家男人。眼瞅着，刚出生的女儿嗷嗷待哺，家里的生活却难以为继，年轻的母亲哀告无果、万念俱灰。最终，她用趔趄的双脚做出了人生的一次重大抉择——离家不离婚。这段维持了十几年的婚姻，留给她的唯一东西，就是对男人的失望。她的心，已经被男人伤透了。

抚着乳娘的照片，你曾经猜想，她是一个被苦难封冻的人，那厚厚的冰块始终没有融化过。实际上，当乳娘把你轻轻揽进怀中时，脸上泛出温暖的笑容，同样温暖的眼神像蜂蜜一样涂在你的脸上，甜兮兮的。哦，那一瞬间，乳娘身上显现了神圣的光彩，真的！

两年后，战场形势好转。组织上决定把散养在各处的乳儿集中起来，随即，你和姐姐恒心一起去了育儿所。七十多年后，

你怀着殷殷期盼和感恩之情同小姨王玉欣一同来到央视节目现场。说起当年的经历，小姨讲述了这样一个感人的细节。她说，母女分别后，乳娘李青芝太想孩子了。有一天，她挎着一个装满鸡蛋和巧果的小篮子突然出现在育儿所。真是不可思议啊！她怎么知道两个女儿在田家村？还有，从高家台村到田家村少说也有二百多里，她拐着小脚走了几天？晚上住在哪儿？唔，念子心切，何惧关山迢递。这，就是母亲呀！隔了几步远，她就把一个风尘仆仆的笑容捧过来，眼瞅着，欣喜的神色一片片地飞到脸上，如同敷了一层淡红的脂粉，你瞧，此时的乳娘无疑是天底下最漂亮的妈妈。姐姐恒心挓挲着小手跑过来，乳娘忙不迭放下篮子，抱起女儿，此时，她已经满眼泪花。恒心把小脸蛋儿紧紧贴在乳娘脸上，过了一会儿，抬起头，"嗞"地亲了乳娘一下。乳娘喜出望外，抹把眼泪，"咯咯"地笑了。第二天一早，乳娘匆匆而别。她走的时候你和姐姐还在睡觉。她恋恋不舍，真是一步一回头啊！终于忍不住了，又踅回来，在姐姐和你的脸上轻轻亲了亲，这才低着头，抹着眼泪走了。没想到，这竟是乳娘李青芝同你和姐姐的最后一次团聚，凄然一别，竟是永诀！

2019 年腊月，我同你有了一次倾心长谈。我问你，什么时候又见到亲生母亲？你想了想，回答说，是 1947 年吧。我又问，当时什么印象？你顿了一下，怅惘道："哎呀，真奇怪，一点儿印象都没有了。"少顷，又补充说："这件事还是小姨后来告诉我的。"于是，在你的转述中，我看见古旧的窗棂透出一缕昨日的光影，透过虚掩的门缝，一个急切的声音传到院里来了。"阿姨什么时候跟你说过谎？你真是她生的！"你呢，严严实实躲在保育员身后，怯怯地探着脑袋，眼睛里尽是警惕的神色。那个陌生的女人和蔼地望着你，嘴角泛出一抹甜丝丝的笑容。保育员拽拽你的胳膊，督促道："喊妈妈，恒力，喊呀！"陌生女人向前跨了一步，试探着向你伸出手。你倏地缩回去，如同受惊的鸡雏拱到母鸡身下。保育员弯下腰，抚着你的脸蛋儿解释说："阿姨不骗你，她真是你的亲妈妈！"话音刚落，你一头扎到保育员怀里，梗着脖子嚷起来："不是！她不是屋里的妈妈，是外面的妈妈！"保育员无奈地摇摇头，没办法，事情闹到这般地步，生母想抱抱你的愿望落空了。也就是从那天起，不谙世事的你用一个明确的定义对乳娘和生母作了区隔：家里、家外，看似一步之遥，实则海角天涯。果然，后来的事实证明，为了跨越这段情感距离，你经历了长达数十年的艰苦跋涉。

1948年，你被接到济南，进入保育小学。寄宿生，以校为家。之后，又跟随父母辗转

梁恒力的乳娘王殿英（前排左一）、梁恒心（前排左二）、抱着梁恒华的姥姥（前排中）、小姨王玉欣（前排右一）与梁恒华的乳娘于连英（后排左一）、抱着梁恒力的母亲王梅欣的合影

227

南京、上海，在黄浦江畔，一家人的漂泊之旅才暂时告一段落。终于回家了。可不知为什么，和亲生父母住在一起，你竟然觉得束手束脚，很不自在，像住在外人家里似的。在你的印象中，母亲从来不和孩子们唠家常，一天到晚，不苟言笑，像极了课堂上那位严肃的数学老师。一种难以言说的苦闷悄悄弥漫在你的心底，你却始终不知道它是怎么产生的。

心理学家说，从人类演化角度，女性的情绪能量远远超过男性，母亲是家庭的灵魂。进而言之，母亲的影响对于子女的性格影响往往潜移默化。一天，四妹恒青不知从哪里翻出一本影集，你和三妹恒华好奇地凑过去。影集里，散缀着颜色泛黄的老照片，你们一脸懵懂，搞不清那些陌生的面孔姓甚名谁。突然，妹妹恒华指着一张合影嚷起来："啊哟，还有小孩子呢！"说着，扭过头去问母亲："妈妈，你认识他们吗？"母亲走过来，瞄了一眼，破天荒地笑了。当然，那一刻你并未觉察，母亲的笑容里隐藏着些许苦涩："傻孩子，我怎么会不认识呢？这是你外婆。"她指着照片上怀抱孩子的老人说，"她抱的就是你。"接着，又指指外婆右侧的孩子和年轻女人，"这是恒力，我抱着她。"随后，手指移向另外两张陌生的面孔，"这是恒华的奶妈，姓韩，这个叫王殿英，是恒力的奶妈。"说着，目光转向你和妹妹恒华，"小时候，你们俩没有吃过我一口奶，你们都是老百姓养大的，不管到什么时候，他们的养育之恩都不能忘啊！"什么？奶妈？你的心里突然涌起一阵模糊的忧伤。寂静中，你听见耳边有个声音悄悄嘀咕，当初为什么要扔下我们，难道我们不是亲生的？妹妹恒华呆呆地望着母亲，冷不丁冒出一句："妈妈，你为什么要把我们送给奶妈？你是不是不喜欢我们呀？"母亲怔了一下："不喜欢你们？瞎说，怎么会呢！那时候成天打仗，太危险了。但凡有点办法，我能把你们交给人家吗？"母亲的情绪有些激动，你看见，一条扭曲的纹路从她的眼角穿过眉心，径直爬到额头去了。你模模糊糊地感到了母亲的痛苦，但是，对于母亲的解释，当时还无法理解。直到你也做了妈妈，才意外地从小姨那儿听到关于母亲的一个细节。和你一样，大姐出生伊始就被抱给乳娘。那天晚上，母亲耿耿不寐，她太想孩子了。实在忍不住了，硬是

王梅欣、梁辑卿夫妇与小儿子梁南宁（前排中）和女儿梁恒心（后排左一）、梁恒华（后排中）、梁恒力（后排右一）的合影

拖着虚弱的身子，黑灯瞎火跑到乳娘家。一进门，就急火火地把女儿揽进怀里，亲呀，说呀，笑呀，不知怎的，又哭了。就这样，她抱着孩子，在凉哇哇的土炕上整整坐了一夜。坦率地讲，这个定格在岁月深处的经典画面对你的心理产生了微妙影响，于是，改变悄悄发生了。当然，这是后话。

谈到父亲，你说，和母亲比起来，他的压迫感有过之而无不及，那严肃的神情，如同他披在身上那件颜色沉闷的呢子大衣。你的感慨引发了我的感慨，因为感同身受，我也坦诚了自己的体会。我说，作为一家之主，老父亲同样用严肃规定了家庭的生活基调，因此，温情就变成了一件很奢侈的东西。正由于此，我很羡慕一位同学。其父是胼手胝足的工人，一家六口的生活开销全指望他每月不到四十元的工资。拮据是必然的，不过，做父亲的非常达观，终日慈眉善目，乐乐呵呵。受其影响，老婆孩子欢声笑语，贫瘠的空间里溢满了富裕的亲情。一有空，我就往他家跑。我喜欢那种氛围，很享受，很

父亲梁辑卿、母亲王梅欣与女儿梁恒心（前排左一）、梁恒力（前排右一）的合影

开心。有时候，会暗自嗟叹，觉得自己虽然生活在相对富庶的干部之家，但在情感世界里，依然是个可怜巴巴的穷人！感慨之余，不由纳闷：同为人父，亲情冷暖为何反差巨大？若干年后，终于意识到，我和你的困惑并非特例。事实上，战争给革命者的子女造成了不同程度的心理创伤，因为，孩子在成长过程中，不仅需要吃饱肚子，更需要父母爱的滋养呀！

交谈中，你告诉我，那时候还不懂父爱，因此，在很长一段时间里，始终无法走进父亲的内心世界。直到后来，自己也开始抚育子女，才逐渐从精神层面体悟到母爱与父爱的区别。一般来说，母爱是无条件的，父爱却是有条件的，换言之，父爱其实就是意志的物化。养不教，父之过。责任使然，父亲肯定要用意志的扳手一遍遍地为你拧紧规矩的螺丝。对此，诗人的注解不乏浪漫，或曰：父爱是一本厚重的大书。然而，因其厚重，你的阅读才每每有了压迫感。平日里，父亲没有工夫跟你们啰唆，一旦发火，那粗暴的呵斥便将家教变得简洁而且深刻。一次，弟弟南征淘气，父亲火了，当场体罚，以儆效尤。打完了，他指了指你母亲，又对你们姐妹现身说法："今天我把话撂在这儿，我们是我们，你们是你们。做人必须明白做人的道理。你们的路，你们自己走！"一天，你刚撂下饭碗，就听耳边一声断喝："把饭吃干净！"你抬头一看，父亲正黑着脸，目光死死地盯着粘在碗里的几颗饭粒。你不高兴了，心想，芝麻大点事儿，至于吗？你没吱声，但小嘴一噘，糟糕，就是这个表情把你内心的想法暴

露了。父亲"呼"地抡起胳膊，没等你反应过来，脸上便挨了重重一击。你身子一抖，木然定在那儿，一双惊恐的大眼睛顿时溢满委屈的泪水。也正是从那时起，你的心离父亲更远了。

1967年，你考入扬州工业学院，攻读机械制造专业。

五年后，你嫁为人妇，转过年来，女儿出生了。那串奶声奶气的啼哭开启了深刻的生命体验，小家伙用百般依赖为你补上了曾经空缺的童年记忆。两三个小时喂一次奶；三四十分钟把一泡尿；拍嗝、洗澡、刷奶瓶、洗尿布……每天的生活都被小东西的吃喝拉撒牵扯得七零八落，她的每一个表情、每一声啼哭都牵动着你的心，甚至睡着了，你还固执地驱赶着听觉，竭力捕捉哪怕一丁点儿的声音。日子久了，你的耳朵仿佛有了特异功能，孩子一个极细微的响动都会被耳膜放大若干倍。尤其是喂奶的时候，听着孩子"咕咚、咕咚"的吮吸声，会突然想起那个谜一样的女人。你开始想象自己在王殿英怀里吃奶的样子。然而，你无法想象的是，当时条件那么艰苦，乳娘养育你有多不容易。正是这没日没夜的紧张与忙碌，让你深刻地理解了什么叫作含辛茹苦。是啊，如果没有亲身经历，你或许就不会对乳娘怀有那么深的感念与敬意。

让你感到惊讶的是，女儿的出现还具有改变家庭气氛的神奇力量，变化最明显的是父亲。每天回家后，他做的第一件事就是逗逗外孙女。你瞧，小的兴奋，老的开心。望着爷孙俩其乐融融，你忽然顿悟，父亲原来是一只暖水瓶，外面冰凉，里面却是热的。

一个星期天，风轻云淡，阳光明媚。父亲踱到阳台上，背着双手，凝眸远眺。那个喜欢淘气的小家伙蹑手蹑脚地走过去，学着姥爷的样子，倒背小手，腆起肚子，仰着脖颈，看着姥爷。你忍俊不禁，多有情趣的画面啊！不知为什么，从那以后，偶尔回想当年挨打的情景，居然有了一种温暖的感觉，你终于明白，父爱往往是用严厉表达的。

遗憾的是，幸福就像昙花一样，灿然绽放，又迅速凋零。外孙女六岁那年，姥爷不幸病逝，享年六十四岁。

让你同样没有想到的是，2013 年老母亲会遭遇无法逃脱的一场劫难。

最初是感冒，继而引发肺炎，迁延数日，病情急转直下，多脏器功能相继衰竭。即使呼吸已经非常困难，老母亲还要断断续续地叮嘱你："岁数也不小了……一定要注意身体……健康比什么都重要……"你神情凄然，喉咙哽咽。这一刻，母爱迸发出最后的光华。生离死别，老人家的心里有多少放不下的牵挂呀！

有人说："这世上几乎所有的爱都是为了相聚，唯独父母之爱，最终指向别离。"多么残酷的生命真相啊，父母用深深的爱意帮助儿女走向幸福，儿女只能眼睁睁地看着父母走向死寂。

入院第十天，摇曳了九十四年的生命烛光悄然熄灭。

母亲走了，你的心一下子变得空落落的。眼见亲情的潮水远远退去，你孑然而立，如同一块孤零零的礁石。于是，诸多思绪纷至沓来，你脚步蹒跚，在灵魂的岸边踯躅。有生以来，你

第一次对自己的生命初始生出那么多疑问：我出生在哪儿？那是一个什么样的地方？我是在怎样的环境里长大的？想着想着，你忽然心生懊悔，父母已经不在了，他们活着的时候，怎么就没想到要把这些事情问清楚呢？正在自责，那张泛黄的老照片滑入脑海。你看见，那个叫王殿英的乳娘站在那儿，目光沉郁地望着你，似乎有什么话要说。你觉得，心底有个地方动了一下，哦，沉睡的情感如惊蛰后的虫儿一样苏醒了。你兀地亢奋起来，对呀，只要找到乳娘，所有疑问肯定迎刃而解，更重要的是，还有机会报答养育之恩。你喃喃自语，她还活着吗？如果活着，在什么地方？沉吟中，一个新的悬念产生了。

对此，我直言不讳地问："为什么过了这么多年才有了寻亲的想法？"

你语气诚恳地回答说："过去想法很单纯，认为自己的经历都是因为革命需要，是组织安排的。"

"另一个原因是有的父母后来看到孩子与自己感情疏远，就刻意回避过去的事情。妹妹恒青有个同学，小时候也是乳娘带大的。回到父母身边后，很不适应，成天哭着、闹着要回去找乳娘。弄得亲生父母愁眉苦脸，没有一点办法。"

你说："母亲去世，对我触动很大。我开始对人生和亲情进行新的思考。之所以要去寻找乳娘，一是为了明白自己的身世，二是为了报答她老人家。我已经七十好几了，有一种紧迫感，再不去做这件事情恐怕就来不及了。"

你说，那些日子，你的整个身心都被这个念头占据着，折磨着。可是，除了那张照片可以佐证，其他的，你一无所知，没有线索，如何寻找呢？

无巧不成书。

2013年5月，乳山市民政局一位副局长带领市电视台记者专程赴上海采访你小姨，发掘、搜集有关胶东育儿所的史料和线索。交谈之际，那扇神秘的机遇之门发出"吱吱嘎嘎"的涩响，慢慢地，闪出一道缝隙，从那一刻起，黑洞洞的寻亲之路被透过来的一束光芒照亮了。

时隔不久，乳山方面传来消息，你的第一个乳娘找到了。李青芝？"我还有一个乳娘？"你讶然而又欣然，太好了！

2015年初夏，弟弟南征突然打来电话，他说，中央电视台《等着你》栏目组邀请你和小姨去做一期节目，因为没有你的联系方式，就把电话打到他那儿。你将信将疑，去中央电视台做节目？真的假的？不会是骗子吧？为了辨别真伪，你把对方的手机号码传给在北京工作的外甥，很快，事情证实了。你拨通北京的电话，直截了当拒绝了。你的理由很简单，寻亲纯属个人隐私，怎么可以公布在大庭广众之下呢？第二天，导演助理打来电话，她说，今年是纪念世界反法西斯战争胜利70周年，《等着你》栏目准备在9月18日那天播出一期特别节目。她还特意提到，在邀请的几位嘉宾中，有位年近九旬的老者也要亲自赴京。得，简简单单几句话，让你有了不容推辞的责任感，也把你的退路严

第六章　心灵的归宿

严实实堵死了。

随即，你和小姨匆匆赶往北京。

当面沟通、熟悉流程、现场彩排……准备工作环环相扣，十分忙碌。

好紧张哟！再过一会儿，节目录制就要开始了。

你牵着小姨的手，心情忐忑地走过那条长长的廊道。在分别了整整六十九年后，充满神秘色彩的演播大厅将用特殊的视听手段，悉心营造亲人团聚的庄严仪式。

在与主持人的交谈中，你深情地讲述了乳娘的养育之恩。你说："她不仅仅用乳汁养育了我，同时也给了我生命。所以，我今天想找我的乳娘，就是要再叫她一声妈妈，我一直没有忘记，一直想着你……"说到这里，你已经泪眼婆娑，嗓音也哽咽了。触景生情，寻亲助力团成员、资深媒体人春蔚有感而发："一口乳汁，一声乳娘，其实是一段感情。而这段感情如果是放在一个家国情怀的历史大背景当中，你会看到的是，她的亲生父母在为国家而奔忙。大历史当中，我们会记录的是那些在战场上驰骋的人，会记录的是那些大人物，但是，我们在每一个小人物背后看到的，才是真实的一个民间的记录。它记录的是一份沉甸甸、热辣辣的家国记忆。"

接下来，伴随着现场观众的殷切期待，你和小姨满怀希望走向开启希望之门的触摸屏。手掌按上屏幕的一瞬间，你的胸廓变成了一个捣米的石臼，心跳的每次撞击都显得那么夸张，那么凝重。

哦，音乐响起来了，两扇巨大的门板缓缓打开。出乎你的意料，一位年轻的男主持人走出来。他向你们颔首致意："二位好，我们前不久在威海帮您找到了那位姓李的乳娘。"话音刚落，你笑逐颜开。然而，主持人语气一转："老人家在很久之前就已经过世了，不过，我们发现老人家的儿子高京堂老先生还在世。高老先生应该比你们姐妹俩大十岁左右，今天高老先生也来了。虽然乳娘我们见不到了，见见当年这位大哥哥，行吗？"你迫不及待地点点头。希望之门再次开启，八十六岁的高京堂老人在儿子的搀扶下，脚步踉跄着走出来。你和小姨赶紧迎上去，"大哥，你好！"说着，紧紧攥住大哥的手，"我是恒力。"大哥耳背，没听明白。你再次大声说："我是恒力呀！"大哥恍然大悟："哎呀！"一声惊喜从胸廓里迸出来。他迫不及待地问："大姐呢？"小姨回答："大姐生病，没来。"突然，大哥一声号啕："七十多年了……"由于激动，他的口齿有些含混，"咱娘一直念叨你们啊……"心灵的闸门一旦打开，蓄积已久的情感困兽般夺路而出，你和小姨泪流满面，大哥亦老泪纵横。

采访结束前，主持人望着你们动情地说了一句话："以后，你们就是亲戚了。"全场掌声四起，你向观众们连连鞠躬致意："谢谢，谢谢大家！"

一个月后，你和弟弟南征驱车上路了。

车窗外，沃野田畴逶迤掠过。或远或近，房舍错落的小村

第六章 心灵的归宿

237

庄映入视野，袅袅炊烟此呼彼应，仿佛邻里之间絮语绵绵，它们是在讲述人世间一个个悲欢离合的故事吗？车轮滚滚，风驰电掣。你在心底发出一声轻轻的呼唤，乳山，我回来了。

征尘未洗，你们直接去探望大哥。一进小院，你的眉心就慢慢蹙起来，额头浅浅的皱纹变深了。虽说是前几年才盖的新房，可是，除了睡觉的铺盖和吃饭的锅碗瓢盆，几间小屋空空如也，没有彩电，没有冰箱，没有洗衣机，甚至，连台半导体收音机也没有……唉，真没想到，这么多年了，大哥的日子还过得这样清苦。你一声轻叹，心里喃喃忏悔：我来晚了，我来晚了！

梁恒力（前排左二）、梁南征（前排右三）与高京堂（前排左三）、于莲芝（前排左四）夫妇等人的合影

238

你问大哥："母亲是否留下照片？"大哥摇摇头："咳，那些年，光顾着拉扯这个家，哪有条件照相啊！"你黯然神伤，是啊，乳娘牢记了你的模样，你却不知道她的面容，而且，今生今世，慈母的音容笑貌永远都是心中的一处空白，这是怎样的缺憾与悲哀呀！

稍事休整，你就迫不及待去看老屋。大哥领你们走上坡地，山路弯弯，岁月的阡陌上铺满了思念的脚印。半坡处的老屋缄默在无边的静寂中，低矮的山墙老妪一样弓着身子，岁月的颜色把每一块砌墙的山石都染得斑驳古旧，墙根处，一片片苔藓散发着历经无数风雨后的沉郁气息。你的神情悄然转换，朝圣似的庄严肃穆。哦，魂牵梦绕的故居，渡过生命之河的挪亚方舟！大哥告诉你，除了房顶的海草被换成红瓦，窗子装上玻璃，老屋还是当年的老样子。因为无人居住，屋里堆放着柴草和其他杂物。你瞪大眼睛，仔仔细细地打量每一处空间；你嗅嗅，果然闻到了一种熟悉的气息。没错，这是乳娘灵魂的芬芳，当然，只有你才能嗅出它无处不在。因为，这种气息已经完全浸透了你的灵魂。轻轻地，耳边响起大哥的声音："咱娘临走前还念叨你和恒心……"你鼻子发酸，泫然欲泣。你像个梦游人一样在小屋里徘徊，最终，迷失在这熟悉而又陌生的房子里。

采访时，我问及乳娘王殿英的下落，你告之："听母亲讲，1947年蒋介石进攻山东解放区，那年冬天，她去了东海医院。后来，父母南下，双方从此失去联系。"

第六章 心灵的归宿

239

谈到寻亲的感悟，你对我说："通过寻亲，许多从前想不通的事情都想通了。"

我认为，从某种意义说，你的寻亲之旅其实早就开始了。这是两条并行不悖的情感路径，一边是寻找你的乳娘，一边是向生身父母走近，情感之路你走了几十年，到头来，你终于领悟到，爱，还有另一个名字，叫"一生一世"。

次年八月，你带着妹妹恒青和卫国、弟弟南征一起回乳山探亲。吃饭时，一盆新上的羊骨炖萝卜勾起大哥脑海中一段陈年往事。那年过春节，母亲不知从哪儿弄到两块羊骨头。多长时间没动荤腥了！你们姐俩一人一块吃得津津有味，他呢，只能眼巴巴地在旁边瞅啊瞅。直到你把啃得光溜溜的骨头随手一扔，他立马抄起来，不管不顾塞进嘴里……大哥话音未落，你的心里一阵酸楚，眼睛湿润了。你瞅瞅大哥，他正讪讪地笑。你轻轻放下筷子，炖羊骨虽然香气诱人，但是，你已经吃不下去了。

# 我的母亲是人民

扫码听书

那是一座浓缩了你全部童年记忆的大宅院。

青砖黑瓦，气象森然。

印象中，院落很大，坐北朝南。三个大门由西向东依次排列，门前，各有一对石狮分居左右。大狮子威风凛凛，怒目圆睁，眼珠从眼眶里鼓出来，很像两只剥了皮的大鸭蛋；躲在母亲身后的小狮子探出毛茸茸的脑壳儿，一双天真的大眼睛眨也不眨地望着熙熙攘攘的南大街。

你记得，育儿所是从田家村搬来的。

一天早上，赶车的叔叔长鞭一甩，车上的小伙伴们便麻雀似的叽叽喳喳嚷开了。马车晃荡了一整天，太阳落山后，车轮终于驶进陌生的村街，于是，透过朦胧夜雾，你看到了一座神秘庄园。

在后来无数次的回忆中，总有一只看不见的手轻轻推开那扇厚重的大宅门，于是，从开启的门缝里泄出陈旧的光影和模糊的声音，它们切近、温馨，又寥远、优美。你在《我的追忆》一

文中这样描述了院落的概貌：里面有三百多间房子，庭院也很多，东西院之间都有弧形圆门，还有厢房和胡同。北面有一个大操场，设有滑梯、木马、秋千等，还有菜地和马厩。最北面还有一个后大门……每次重返大院，你都被愉快的情绪包裹着，因为，沿着记忆的胡同走回童年让你感到十分惬意。忽然，从院落的深处隐约传来稚嫩的嗓音：

　　吹起小喇叭，嗒嘀嗒嘀嗒；

　　打起小铜鼓，得隆得隆咚；

　　……

　　你循声而去，拐进一条胡同，穿过两个庭院，在那间熟悉的教室里，你又遇见了儿时的自己。大概是心性使然，每次上音乐课你都显得兴致勃勃。你努着劲地鼓动歌喉，小小的胸廓波浪似的起起伏伏，细眯的眼睛也瞪大了。小伙伴们也唱得很投入，一个个昂首挺胸，跟小大人似的。

育儿所小朋友排练节目

　　你最喜欢的邢老师站在黑板前，右手潇洒地挥出节拍，清澈的目光如同温暖的河水在教室里缓缓流淌。邢老师中等个头，身材纤巧，鸭蛋脸，单眼皮，待人接物非常和蔼，一开口，笑容就像彩云一样在脸上缭绕。这时候，邢老师的样子最动人，薄薄的嘴唇在笑，长长的眼睛在笑，甚至，纤巧的身体也在笑，如果碰巧有阳光溅过来，那白釉般的牙齿便映出晶莹的光亮。那会儿，你脑子里还没有母亲的概念。后来，你长大了，知道了自己的身世。不知为什么，每当思念母亲的时候，你总觉得，母亲应该是邢老师的模样，身着一套列宁服，亭亭玉立，英姿飒爽。

下课了，你和伙伴们跑出教室，一窝蜂地拥进小巷。很快，冷清的大操场又变得人声鼎沸，你们在寂寞了一个时辰的滑梯、木马那又撒着欢地尽情嬉闹了。

你兴冲冲地坐上秋千，嗬，绳索荡起来了，夸张的嬉笑声鸟儿一样飞上蓝天。这真是一只神奇的鸟儿呀！它飞过苍茫岁月，飞过万水千山，多少年以后，居然又真真切切地掠过你的耳畔，于是，已经白发苍苍的秋千又挟着风声荡进脑海。这时候，你的心头总会掠过一阵异样的震颤。你目不转睛地盯着满脸兴奋的小女孩，那一刻，早已消失的童年又清晰闪现。哦，童年是不老的记忆，童年是鹅黄的背影，童年是无法忘却的纪念。

就像小伙伴的长相各有不同，他们的性格也不一样。

你记得，那个叫志刚的小男孩不喜欢劳动，一轮到值日就玩起了捉迷藏。老师问他为什么，他噘着小嘴嘟囔说："我不愿干嘛。"老师严肃地提醒他："只要活在这个世界上，每个人都必须劳动。为什么？不劳动者不得食呀！这个道理我在课堂上讲过，你忘了？"小男孩敷衍了事地点点头，下次值日，他又重蹈

覆辙，不知躲到什么地方去了。

1946年春，育儿所大班的小朋友

　　还有一个叫永利的小男孩比女孩更爱哭鼻子，别人碰到不顺心的事儿，哼哼唧唧哭两声，阿姨哄哄就好了。他呢，只要小嘴一咧，哭起来没完没了。一上来，先是扯着嗓子嚎一阵，累了，便降低调门，时断时续。缓上一阵，猛地来个鲤鱼打挺，新一轮号啕又开始了。阿姨哄呀、劝呀，忙了半天，徒劳无功，没办法，只好板起脸，教训了两句。小永利垂下眼帘，委屈地抿住嘴唇。没承想，沉寂片刻，哭声复起。咳……阿姨的叹息透出深深的无奈，油盐不进，真是个犟脾气啊！

　　更有甚者，有的小男孩不定什么时候就会上演一出恶作剧。

244

那天晨起，你穿好衣服，翻身下床，脚丫往毡靴里一伸，就听"泼刺"一声，感觉踩到了水窝里。刹那间，你闻到了一股强烈的尿骚味儿，你像被蛇咬了似的甩掉靴子，小腿痉挛地抖动着，两只脚丫尿液淋漓。蓦地，你捂着脸蹲下去，紧接着，从搐动的指缝间迸出一串愤怒的哭泣。"谁干的？"一个男孩子厉声质问，是林山的声音。他是班里的孩子王，霸道、调皮，比你大两岁，长得瘦瘦的，平日里话不多，眼神透着莫名的忧郁。或许是出于对弱小的怜悯，他总像大哥哥一样处处护着你。看你哭得一塌糊涂，林山急了："是谁尿到小会鞋里了？"咆哮声愈发锐利，如同狞厉的寒风肆意呼啸。寝室里鸦雀无声，小伙伴们都被

育儿所工作人员合影

林山凶巴巴的样子震住了。"快说，到底是谁尿的？"声音陡然蹿升八度。终于，一个耷拉着脑袋的小男孩畏畏缩缩地开口了："我……是我尿的……"话音刚落，你"噌"一下弹起来，抹着眼泪去找老师告状。

在随后的班务会上，神情沮丧的小男孩老老实实做了检讨。借此机会，老师狠狠敲打了几句。到末了，小男孩吸溜几下鼻涕，抽抽搭搭哭上了。

在《胶东育儿所》一书中，我看到了育儿所当年的两份工作总结。

1947年的报告记述了孩子们的生活状况：五六岁的小孩上午九时至十时为上课时间，授课内容是绘图识字，听讲故事。游戏方面是：下午三时至四时为游戏时间，娱乐节目是在广阔的田野里唱歌，跳舞，摘野花，捉小虫，扔石头，攻碉堡，捉汉奸，捉迷藏，小人撑圈，看民兵打靶等。1949年的工作总结这样写道：1945年抗日战争结束时，条件已允许集中抚养孩子了，育儿所随即制定了新的工作方式，马上把已不吃奶的幼儿和奶不够吃的婴儿逐渐抽回所里抚养，将吃奶的婴儿仍放在农民家里抚养着。当时动员农村的劳动青年妇女与中年妇女到育儿所来抚养小孩子。这些妇女毫无保育经验，沿用的是农村一套不科学的抚养办法。因此，来所后首先训练她们，使其初步懂得照顾幼儿生活的科学常识，之后再开始抚养孩子……对老师和阿姨的工作时间和轮班责任亦有翔实书写——譬如，每天熄灯后巡视检查被子盖得怎么样，顺便摸摸孩子的额头，确定温度是否正常，然后逐个记到本子上；夜间按时叫孩子起来小便，切记要先握握小手，再摸摸头部，让孩子慢慢醒来，以免受到惊吓；游戏时要注意孩子的精神，看是否有不愿意活动或精神疲劳；吃饭时要注意孩子不愿意吃什么饭，并掌握数量；甚至连孩子的大小便都要仔细观察，并要求详细记录在本子上……看得出，那跨越血缘的母爱不仅真挚、细腻，而且条分缕析。当战争的苦难被一群平凡的女性用深情的词语重新描绘，曾经的忧伤便被温暖的光芒所抚慰，于是，青青株苗镌刻上爱的印记，日臻茁壮的成长也因此呈现出异乎寻常的美丽。

一天下午，你和伙伴们在院子里玩耍。忽然，阵风袭来，"噗"的一声，从木格窗棂的屋檐上掉下一只小麻雀。它在地上扑腾了几下，踉踉跄跄爬起来，昂着小脑袋，求助似的。你小心翼翼地把它捧起来，小麻雀闭着眼睛，挓挲着翅膀，身子哆哆嗦嗦，好可怜，也好可爱呀！有个小伙伴忍不住了，轻轻摸了一下，它忽地张开嘴巴，哎哟，锥子般的小嘴原来这么大，瞧瞧，镶着嫩黄边线的嘴角几乎裂到后脑勺上了。小伙伴们七嘴八舌嚷起来："饿了……""它肚肚饿了……""小麻雀要吃饭了……"很快，有人找来一撮饭渣，有人找来一个纸盒。等到吃饱了，喝足了，小麻雀便顺理成章地在你们寝室安了家。

没多久，小麻雀的模样发生了明显变化。

原先光溜溜的身上长出了浅浅的棕色绒毛，又短又密，看

上去，圆乎乎、毛茸茸的。而且，屁股上也撅出一根小尾巴，三根深褐色的羽毛一字排开，乳白色的斑点散缀其上，仿佛落了几片小雪花。看到有人靠近，圆圆的小眼睛左顾右盼，蛮警惕的。大约一个月后，小麻雀会飞了。这时候，它就像精力过剩的小娃娃，从早到晚都不消停，不是啾啾有声，就是飞来飞去，真调皮呀。

那天，小麻雀突然不见了。你从屋里寻到院里，找遍了每个角落，始终不见踪影。你沉没在失落的迷雾中，胸口闷得厉害，有一种缺氧的感觉。

你去问邢老师："小麻雀还能回来吗？"

邢老师轻轻地摇摇头。

你一脸困惑："为啥呀？"

邢老师微微一笑："小麻雀找妈妈去了。"说着，她亲切地摸摸你的小脑瓜，脸上现出温暖的神情："不光小麻雀有妈妈，你和小朋友们都有妈妈。"

蜷缩在胸骨后面的心脏古怪地搐动了一下，就像日头底下突然划过一道闪电，你的眼睛里写满了惊愕。是啊，从小到大，你始终不知道妈妈究竟意味着什么，可万万没想到，须臾之间，事情发生了戏剧性变化。邢老师当然理解你的困惑，她认真地解释说："你妈妈和你爸爸都在前线打仗，等全国一解放，她就来接你了。"你怔怔地望着邢老师，就像望着黑板上从未见过的生僻字，无从辨识，更无法理解。但无论如何，你的心里注定要发生微妙的变化。因为，一只无形的手悄然拨动了心中的隐秘琴弦，一直沉睡在心底的情感苏醒了。

暑热刚刚消散，秋天就开始用斑斓的色彩为自己悄悄缝制一件新的衣裳。

大院里的松树绿得愈发深沉了，好像涂上了古铜的色调。杨树的叶片泛出淡淡的浅黄，偶尔，打着旋儿落下来，蝴蝶一般飘飘荡荡，最让你和伙伴们着迷的是，枣树上的枣儿熟了。你瞧，坠满枝头的枣子说熟也快，几天工夫，就会更换一套新装。先是绿色变淡了，淡得发白，然后，又悄悄转黄。隔了几天，黄中又透出浅红，乃至深红。风一吹，"吧嗒吧嗒"往下掉。"噢，吃枣了……""吃枣了……"你和小伙伴兴高采烈地扑过去，围着枣树叽叽喳喳地闹。此时，谁也不会想到，你们的爸爸妈妈已经渡过长江，一个个被解放的地方就像成熟的枣子一样落进人民的怀抱，新中国就要成立了。

七十一年后，国庆节。

胶东育儿所当年收养的第一个孩子，现已七十八岁高龄的张东海在"胶东育儿所"微信朋友圈里发出这样的感念："有谁还记得 1949 年 10 月 1 日那个历史时刻？

我们在腾甲庄育儿所，那天上午在大教室里，还没有上课，小朋友也不多。

一个大姨兴冲冲走进来说，中华人民共和国成立了。

我们当时在场的几个人都高兴得蹦蹦跳跳。

在那时期，育儿所墙壁上总是贴着'捷报'，每天更新，

报道消灭敌人的数量。大家当然都在盼望着最后的胜利"。

新中国成立了，离散多年的骨肉终于能够团聚了。于是，念子心切的父母们从天南海北陆陆续续来到腾甲庄。

那天，一位陌生的阿姨来接爱丽姐。

看到老师把爱丽姐招呼到一个阿姨跟前，你突然意识到什么——坏了，最要好的爱丽姐要走了！一上来，爱丽姐显得很拘谨，神情也很惶惑。在老师的再三催促下，爱丽姐怯怯地喊了一声："妈妈……"阿姨的眼里顿时泛出泪花，她捧着爱丽姐的小脸蛋一个劲地亲呀，亲呀，然后，抹着眼泪，从包里掏出一个红色的小发卡别到爱丽姐的头发上。从窗棂筛过来的阳光映着发卡，红光晶莹璀璨，真漂亮。"哎哟，那个俊呀！"老师的赞美脱口而出，爱丽姐笑了，开心的表情像院子里灿然绽放的牵牛花。望着眼前的一幕，你好羡慕，也好难过。"再见……"爱丽姐挥手道别，声音发闷，嘴巴像被捂住了似的。你失魂落魄地跟到大门口，当那个熟悉的身影终于消失在大街尽头的时候，明晃晃的光线突然暗了下来，你像一只被挖走了肉体的贝壳孤零零地晾在感情的沙滩上，而爱丽姐却被命运的潮水不知冲到什么地方去了。

1955年5月6日，《大众日报》刊发乳山县育儿所（前名胶东育儿所）寻找乳儿父母的启事——"本所现有一部分小孩与父母及亲属无通信关系或不知其父母姓名，现特登报声明，望其父母及亲属以及有知其父母或亲属现在何处工作及住址者，请来信与本所联系，兹将小孩姓名及父母等列左……"启事披露了九名乳儿的信息，你是其中一个，父亲叫吴剑，母亲的姓名和你的出生年月不详。若干年后，你在寻亲的过程中发现，父亲的名字或许也不准确。

对于当时的感受，你在《我的追忆》一文中做了详细描写："当我眼巴巴地看着那些洋溢着幸福的父母把我朝夕相处的小朋友们领走了，叔叔、阿姨也陆续地调走了，那种难以割舍的心情久久不能平息，我那天真的童心一下子跌入了孤独迷茫的深谷，眼泪簌簌地流个不停，我一次又一次地在心中呼喊：叔叔、阿姨，小朋友们，我们何时还能相见啊？"

从那时起，你的心灵都被这个念头占据着，折磨着。悄悄地，忧郁如同结网的蜘蛛，用看不见的丝线占领了屋里的每一个角落，你甚至觉得，连院子里的空气都透着荒凉。你变得少言寡语，时常一个人待在教室或寝室的角落里，眼睛一眨不眨地盯着一个地方，那股专注的劲头，简直能把墙壁盯出个窟窿呢！这时，在心底的缝隙里，那个清晰的疑问像背阴坡地的小草一次次地拱出新叶："妈妈在什么地方？她什么时候来接我呢？"

或许是命运之神动了恻隐之心，终于，你苦苦思念的亲人在黑暗的隧道尽头出现了。

那是 1955 年初秋的一个上午，你和几个小伙伴在活动室里玩耍。老师领着一位陌生的阿姨走进来。她长得挺漂亮，个子高高的，身材苗条，大眼睛，梳着黑亮亮的齐耳短发。一照面，露

出和蔼的微笑，目光饶有兴味地在你们身上绕来绕去，老师则神秘兮兮地在她耳边说些什么。过了一会儿，老师把你招呼到跟前，指着阿姨认真地对你说："利会，这是你妈妈。"你的耳边"轰"地响个炸雷，你像一截被闪电击中的木桩直愣愣地戳在那儿。妈妈？她就是我的妈妈？看上去那样陌生，可又觉得似乎在哪儿见过。阿姨猜到了你的疑问，冲你点点头，用一个肯定的眼神做了回答。你眉毛一扬，刹那间，不期而遇的喜悦让模糊的思念一下子变得清晰了。你痴痴地望着阿姨，目光里的倾诉很复杂：有激动，有羞怯，甚至还有一丝委屈……这是一种很奇妙的感觉，突然之间，素不相识的陌生女人就占据了你的整个内心世界。但不知为什么，阿姨没像爱丽姐的妈妈见到女儿那样激动，她只是淡淡一笑，摸摸你的脑袋，接着，打开随身带来的深绿色帆布包，把里面的花生、板栗分给大家。然后，朝你们摆摆手，和老师嘀嘀咕咕地走了。

望着阿姨离去的背影，你不禁有些失落，心想，她为什么不带我走呢？

正在愣神儿，旁边的林山突然冒出一句话："我听阿姨说，她不是你妈妈。"什么？你像兜头撞上一只怪物，蓦地惊呆了。事情来得猝不及防，就像爆炸造成的冲击波，只听"轰隆"一声，刚刚矗立的希望之屋坍塌了。

你去找阿姨，想问个究竟，对方闪烁其词，脸上的表情也捉摸不定，如同谜语一般费解。

大概是受了情绪的影响，午饭没吃几口，竟觉得心口窝有些坠胀，仿佛刚刚吞咽的食物形成板结。上课时，你显得心不在焉，写在黑板上的课文变成一个个孤立的粉笔字，自始至终都连不成有意义的句子。那几天，你的心里像是窝了一团乱麻，横七竖八，理不出头绪。想想也是，小小年纪怎能参破远超心智的情感之谜？唉，实在难为你了。

　　随着时间的推移，胶东育儿所圆满完成了自己的历史使命，终于有一天，上级下达指令，育儿所要解散了。

　　一份现存于乳山市档案馆的文字材料对育儿所解散始末作了这样的勾勒：1955 年 8 月 9 日，由人事科李云德科长到所里去召开全所党员会议，时间不到一小时，主要说："该所要解散，为什么呢？是由上级的指示（我们去了解，没书面指示），因为我们处于建设社会主义时期，国家需要积累很多资金，因此国家就不能有这笔开支费用，决定解散。人员怎么办呢？组织考虑很长时间，不能分配工作，因为我们这些人没有技术，现在干工作得有条件，必须有技术才行。这样决定要你们回家生产。"8 月 10 日，一起走了 8 名，一直有一个月的样子才走完了……关于小孩的处理，最后由人事科负责，共 8 名，内有 2 名是路边拾的非婚生子，干部子女是 6 名，有 4 名给机关工作人员，有 2 名给父在机关母在家生产，处理时首先说明谁要小孩，等其亲生父母找时就给其父母，要小孩的人都同意。

　　这期间，那位陌生的阿姨又来所里看过你几次，直到育儿

所移交当地政府的前几天，她终于把你领回家。养父叫李玉光，是1941年入伍的老八路，因为身负重伤而中途转业，时任乳山县农村工作部部长，他身材高大，面容宽厚慈祥；养母叫宫本志，在县妇联工作，由于战争年代落下肺病，年逾三十仍未生养。至此，你终于有了姓氏，乳名"利会"也改为"丽慧"。当你背着新书包走进夏村完小时，等待插班生李丽慧的已经是三年级的课程了。

第二年开春，养母怀孕了。

如果用唯心的说法来解释，你就是一部生育手册的重要索引，得益于你的标识，毫无经验的养母很快找到了渴求的东西。生育之门一旦洞开，压抑日久的生产力便立马扬眉吐气。在随后的几年中，养母的小腹又两度隆起，于是，继妹妹之后，你又多了两个弟弟。如此一来，已经紊乱的家庭秩序就像马儿脱缰——乱套了。

平日里，养父工作繁忙，很少着家，为了减轻养母的压力，每天放学后，你总是手脚勤快，尽量做些力所能及的家务事：劈柴、烧火、洗刷碗筷、打扫卫生、照看妹妹和弟弟……那时候，家里没有自来水，每次洗尿布你都要端着脸盆西行一里许，因为，那条波光清冽的小河是你唯一的目的地。寒冬腊月，冰凉的河水如同一蓬尖锐的荆棘，切肤之痛径直渗透到骨子里。几天工夫，手背、手指就争先恐后地肿起来，皮肤瘀红，仿佛冻伤的胡萝卜；为了缓解柴草短缺的困扰，每逢炼油厂倾倒花生壳，你就拽着麻袋钻进人堆，拼命地扒呀，装呀，直弄得灰头土脸、汗流浃背；酒厂的酒糟可以烧火，大人花几块钱拉回一车，在路边晾出长长一溜，天黑之前，你挥着铁锨、扫把一堆堆地拢起来，然后，一袋袋地背回家。第二天一早，你又把酒糟运回原处，依次摊开，忙完了，再去上学。你感觉最吃力的是挑水，当那根沉重的扁担横上肩头时，你的心底泛出一缕绝望的呻吟。你憋住气，咬着牙，双手死死顶着担杖拼命一拱，顿时，肩胛迸出塌陷的碎响，身体趔趄了一下，水桶翻倒了。从此，房东家北院的井台上，时常出现一个女孩子瘦弱而倔强的身影。你努着全身的气力撑起一个难以平衡的支点，右肩古怪地陷下去，左肩夸张地翘起来，身体歪斜着，挣扎着，就这样，行行复行行，一路踉跄着走过童年岁月。

　　待到上初中时，你不光个头增高，身体发育也出现明显变化。考虑到学校伙食一般，为了给你增加营养，养父隔段时间就会悄悄塞给你十块钱，并嘱咐说，想吃什么就买，别不舍得。多少年以后，每当你想起当时的情景，心里总会溢满温暖的感觉。是啊，并非每个有了子女的男人都会成为感情细腻的父亲。应该说，你是幸运的。

　　姑娘大了，心事也多了。有时候，你的目光会长时间地停留在某处，你在看什么呢？莫非，是在凝视一个神秘的蛊惑？是的，早先那个百思莫解的疑问这会儿又悄悄冒出来：妈妈到底在什么地方？她究竟长得什么样子？

　　在你的情感长卷中，1962 年是用怅惘之色涂上印记的。

因为备战高考，你度过了一段激情燃烧的岁月。那些日子，你甚至连睡觉都睁着一只眼，专注的劲头生动诠释了什么叫作"头悬梁，锥刺股"。这，就是梦想的魅力所在，你一旦痴迷，逐梦的步伐便如此坚韧、如此执拗。出乎意料的是，看似笔直的大道突然出现岔路。那天，县委组织部的领导亲自找你谈话，意思是金融系统正在培养后备干部，鉴于你的身世，组织决定保送你去烟台银行培训学校，希望认真考虑并尽快予以答复。听到这个消息，老师脑袋摇得像拨浪鼓，"开什么玩笑？培训学校说破天不过是个中专，你是班里的前几名，考大学可以说手拿把掐，放着大学不上去读中专？你自己不觉得可惜吗？"校长的关切同样循循善诱，他说，人往高处走，水往低处流，大学和中专孰高孰低，就像小葱拌豆腐，一清二楚。为了让你安心高考，他甚至提出，如果经济上有困难，你可以在学校免费吃住。那几天，你的心里矛盾极了。伴随着内心的纠结与挣扎，你与自己的灵魂进行了一次隐秘的长谈，最终，你做出了一个痛苦的决定。你的取舍充满感情色彩，你想尽早参加工作，减轻养父养母的经济负担，以此报答他们的养育之恩。当你饱含泪水告别母校时，心中凄然，五味杂陈。

　　1964年秋，你中专毕业，分配到牟平县人民银行。工作之余，你会不由自主地陷入遐思：我是怎么来到这个世界上的？最初的家在哪里？我到底姓什么？爸爸妈妈是谁？在寂寞的迷茫中，你的眼前漫开薄雾般的乡愁，心中出现一个被围困的小岛。思念真是情感的宿命啊，就像白云嫁给蓝天，从此开始了永远的流浪。

两年后，你对本职业务已经得心应手，与此同时，魂牵梦绕的乡愁也变得越发厚重。

不是说，有困难找组织吗。是的，天地两茫茫，亲人何处觅？不依靠组织又能依靠谁呢？你向领导袒露心迹，并强调寻亲的愿望。领导对此十分重视，马上同公安、民政等部门联系，通过组织传导，诸多社会链条相继启动。在一个阳光明媚的春日里，寻亲的车子带着希望上路了。

没多久，你获得了数十条信息反馈。

其中，一封来自兰州干休所的书信让你喜出望外，就像一把无形的钥匙突然间打开了长满苔藓的心扉。回信者是胶东育儿所第二任所长刘志刚，她在信中说，当年所里有两个小利会，大的在新中国成立后让父母领去上海，还有个小的，但无法确定是不是你。她希望你能去兰州见个面，只要见到你的模样，就会得出最终的结论。可是，问题来了。且不说出门远行需要足够长的假期，即便时间允许，让一个年轻姑娘只身踏上陌路，不光领导担惊受怕，就连你自己也觉得心里很不踏实。最终，迫于无奈，怏怏而止。

1971年腊月，你结婚了。

成家不久，你得到一条线索，荣成县第二人民医院的退休干部于瑞珍当年就在育儿所工作。作为曾经的巡视员，她既是你命运迁转的摆渡人，也是骨肉离散的见证者。你迫不及待地登上

了去往石岛的长途客车，一见面，老人张开双臂，慈母一样拥住你，地道的胶东乡音透出浓浓亲情："哎呀，小利会，一转眼长这么大了，要是在街上走个对面，阿姨都认不出你了。"

呃，往事如烟，温情依旧。

当记忆的晚风徐徐吹拂，如烟的往事便袅袅曳出昔日的身影。

于阿姨说，你父母都是南方人，父亲姓吴，名字叫吴剑或吴钊；母亲个子不高，皮肤很白，长得小巧玲珑。你是在战地医院一间厢房里出生的，又瘦又小，只有三斤多重。寻找乳娘时，让人颇费心思。由于你先天羸弱，有奶水的几位妇女都提心吊胆，不敢答应。经过一番周折，总算在河东村找到一位姓王的乳娘。那天晚上，借着夜色的掩护，于瑞珍领着你母亲来到河东村，并亲手把你交给养母。临别时，母亲给你取名"利会"，顾名思义，就是胜利以后再相会的意思，她还特意留下一双胶鞋作为信物。当时，山东军区所属部队均未配发胶鞋，从这个细节看，你父母很可能是由南方转战胶东的东江纵队的干部。于阿姨说，因为乳娘营养不良，奶不够吃，你不满周岁就被提前接回育儿所……跟随着深情的讲述，你泪眼蒙眬地走近那间裹着夜色的小屋，你看见，柴扉开启的一瞬间，出生只有几天的小丫头已然跨越了人生的分水岭；你还看见，母亲哭得涕泪俱下，伤心地像个孩子。不是说好了胜利以后再相会吗？为什么说话不算数？唔，妈妈，你能听到女儿的呼唤吗？利会想你呀！

在绵绵不绝的思念中，新世纪的脚步悄然临近，蓦然间，千禧年的钟声敲响了。

正当全世界不同肤色的人们满怀希冀跨入新纪元的时候，你却时运倒转，噩梦缠身：先是久卧病榻的养父气血耗尽撒手人寰，随后，养母又罹患晚期癌症。或许是得益于你的悉心照料，抑或是由于病人对世间的无限眷恋，生命的烛光在凄风苦雨中摇曳了半年之久。接近生命终点的时候，那衰竭的身体已经被病痛的箭镞扎得千疮百孔，完全走形了。捱至立冬，痛苦的枷锁终于打开，可怜的养母用生命作为交换，才从死神手里拿到了解脱的钥匙。

你泪眼迷离地走回老屋料理后事。在那儿，养父、养母的关爱曾经温暖过你的身心；在那儿，你曾经体验过什么叫作"幸福"。现在不同了，一种荒凉的气息雾霾般笼罩了所有房间，你感到了前所未有的空旷与孤寂，无所适从。受此影响，接踵而至的春节就变成了一串黑色的日子。望着万家灯火，听着爆竹声声，你感到喧闹中有一种难以言说的凄凉。你发现，纵使人间风情万种，但情感的候鸟除了思念的陆地，竟然无处可栖。昏暝中，你想起了刚刚过世的亲人，想到了谜一样的生身父母。"曾是寂寥金烬暗，断无消息石榴红。"从第一次寻亲开始，命运的线球就被那只看不见的手抛来抛去，至今依然头绪紊乱，扑朔迷离。望着床头如霜的月光，你忽然有了时不我待的紧迫感——二老若健在，也已年逾古稀，再不抓紧时间寻找，恐怕就来不及了。

2001 年 10 月，你光荣退休。

第六章 心灵的归宿

259

赋闲后做的第一件事就是找到《烟台晨报》，希望能够得到媒体的帮助。随即，报纸便以大幅版面连续刊登你的寻亲故事，国内数十家新闻媒体闻讯后纷纷施以援手。很快，三位当年同在胶东育儿所的小伙伴——于致荣、刘云明、高建军先后同你建立联系。元旦前，四位遗孤相聚烟台，感喟之际，滚滚热泪抚慰了积蓄已久的离愁别绪。你们相约重返乳山，于是，在别离了半个世纪后，一行四人再次踏上这片滚烫的热土。都说人生如梦，一眨眼，几十年光景过去了，当年的乳儿已经垂垂老矣，然而，巍巍大乳山还是那样苍翠，那样年轻；记忆中的垛河还像从前那样蜿蜒流淌，只是河水看上去比从前浑浊了。也说不清为什么，白发苍苍的父老乡亲和一座座沉默的院落忽然让你有了一种温暖的感觉，就连村里的鸡呀、狗呀叫起来都带着浓浓的乡音，同城里那些宠物的叫声明显不是一个味道。哦，蹚过漫长的岁月之河，你终于领悟了故乡的含义——这儿不仅是生命的源头，也是感情的归宿啊。你用湿漉漉的眼神表达游子的问候：你好，童年的故乡！你好，久违的亲情！

　　那天下午，你们来到东凤凰崖村。

　　傍晚时，村支书领你们去探望乳娘姜明真。路上，村支书感慨道：前不久，姜家乔迁新居，老太太怕哪一天乳儿回来找不到家，说什么也不肯搬进新房，而是一个人留在老宅里。听到动静，老人出来开门。昏暗中，你看到当年的乳娘苍老、瘦小，棉衣臃肿，腰身佝偻。小院不大，却很空旷。大概是为了省电，屋里没有光亮，显得暮气沉沉。进了屋，老人摸索着去拽灯绳，灯亮了，虚虚的光亮映得她的脸有些虚肿。灰蒙蒙的灯泡瓦数很小，借着暗淡的光线，你看到老人的棉袄、棉裤上缀了几处补丁。再看屋里，除了炕上一套破旧的铺盖，没有一件像样的家具。你的心中一阵悲戚，你突然发现自己是负了债的，那是积攒了五十多年的感情债务啊！

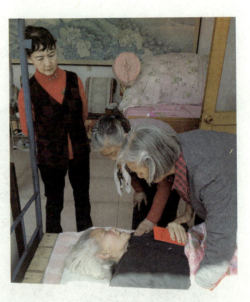

老人紧紧地攥着你们的手，又一次陷入刻骨铭心的回忆之中。她从抚养第一个乳儿说起，一直说到怎样哺育第四个孩子。说着说着，干燥的眼窝里盈满泪水，她抬手抹下眼角，胳膊颤抖抖地，仿佛力重千钧。少顷，老人深深叹了口气："唉，这么些年了，真想再见见孩子们！"那一刻，你的视线变得模糊，一泓悲凉的泪水顺着脸颊蜿蜒而下，嗓音哽咽了。

乳儿探望乳娘

返回宾馆的路上，你想起了李商隐的两句诗："春蚕到死丝方尽，蜡炬成灰泪始干。"是的，默默奉献的乳娘多像一支驱散黑暗的红蜡烛呀！她们燃烧自己，照亮别人。因此，用蜡烛比喻乳娘，不仅贴切，而且传神。然而，许多人在讴歌蜡烛的时候，

并未意识到审美的缺失。因为，他们在意的只是蜡烛的光亮，却不在意蜡烛的眼泪，实际上，蜡烛是流着泪水把自己燃烧殆尽的。

乳山归来，你把手头的线索又重新梳理了一遍，随即，寻亲的车子再次启动。你不知道自己距离目的地还有多远，因为从一开始你的脚下就没有路；你也不知道自己是否能够找到亲生父母，因为没有人能告诉你，他们究竟身在何处。你唯一能做的就是把每一天的思念连接起来，于是，你的眼前就出现了一条看不见尽头的希望之路。接下来，执拗就像一束追光，照亮了寻亲的全部行程。

乳儿刘丹勇（左一）与乳娘宫云英（中）及乳娘儿子田瑞英（右一）交流

在此过程中，你做了大量笔记，后来，又予以归纳并写进《我的追忆》中——原胶东育儿所老干部刘俊杰、姜书敏夫妇，不顾年老体弱，不厌其烦地讲述了育儿所的情况，提供许多证件和照片；八十多岁的冯德清妈妈（电影《苦菜花》娟子的原型）顶着盛夏的烈日，多次领着我去访问知情的老干部；还有七十六岁的原烟台地委组织部部长刘欣，胶东育儿所文书高吉儒等多个相关部门一百多名老干部都热情地提供线索和信息，倾注了百般的关爱。

乳儿徐永斌（左一）、刘丹勇（中）与乳娘宫云英（右一）重逢

随后，寻亲活动从烟台很快扩展到其他地市，广州郑戈、深圳叶青茂、佛山兰姨、兰州刘志刚、成都于恒佳等胶东部队和东江纵队的数百名革命老干部及其子女，参与了寻亲活动。仅成都军区干休所就有寻亲热线一百多人次，他们讲述了很多惊心动

魄的真实故事，使搁浅已久的革命历史活生生地展现出来。东江纵队七十九岁的女指导员刘婧讲述了 1947 年她临产时冒着敌人的轰炸，担架当产床，在山东战场上，生下了女儿，取名"鲁冰"，并忍痛将刚出生的小生命送给了胶东老乡哺乳的惊险情景……

令你感到遗憾的是，尽管收获了许多感动，但神秘的希望之门始终锁得严严实实。

2016 年 2 月 27 日，李丽慧（右）和保育员姜书民合影

2016 年 6 月 29 日，你应邀再赴乳山，参加弘扬传承乳娘精神座谈会并参观胶东育儿所旧址和纪念馆。晚饭后，你在宾馆的大院里散步。仰望星空，天幕深邃，璀璨晶莹的北斗七星组成一个巨大的问号，仿佛对情感之谜进行最后的追问。忽然，心

里冒出一个清晰的声音：寻亲之旅已经持续了五十多年，现在，可以画上句号了。

经过漫长的跋涉，你终于得出明确的结论。

此时，你已年届古稀。

岁月在你身上留下明显的痕迹，那是一种沉淀过后的淡泊与澄明。站在七十岁的门槛上，你凝眸眺望自己的一生，往事纷纭如浪花层叠，追逐着涌进脑海。透过岁月尘埃，你看到了被偶然因素改变的残酷人生，更看到改变残酷人生的人间大爱。就这样，在昔日的场景里，你又把从前那些好日子有滋有味地过了一遍。对你来说，它们永远是一道美妙的精神大餐，你发现，从小到大，你的生命中都会有这么一个人，她会因为你的每一次微笑而感觉阳光灿烂，为你的每一次进步而感到无比欣喜。这个人，是乳娘、是阿姨、是养母和养父，是所有关爱你的人……是啊，那温暖的笑容如同路边一束束黄澄澄的苦菜花，次第开放在漫长的人生岁月里，连缀成情感旅途中最美丽、最温馨的一道风景！

于是，触景生情，并由情入理。

你认为，寻亲之旅也是感悟之旅。的确，如果把长达半个世纪的情感跋涉比作一次漫长的精神淬火，那么，炽热与冰冷、失望与希望的反复砥砺炼则一点点地改变了你的内心质地，最终，你实现了庄严的精神涅槃，完全明晰了这件事情的本质意义。你发现，许多人用一生去苦苦寻找生活的真谛，到头来才终于领悟——爱，是唯一的真理。

第六章 心灵的归宿

你语气诚恳地对我说："寻亲的过程跨越了半个世纪，至今我还不知道家在哪里。但是，我觉得自己找到了根，我认为乳山就是我的原籍；我不知道自己生于哪年哪月，我就把十月一日国庆节作为自己的生日；我不知道自己的母亲是谁，叫什么名字，但我知道哺育我的娘亲就是革命老区的人民。"

　　叹哉！言出肺腑，感人至深。

　　我想，这真挚的话语不仅是个人的心声，也是共产党人的情感共振。邓小平同志曾说：人民是一切的母亲。他在自己的文集序言里这样写道，我是中国人民的儿子，我深情地爱着我的祖国和人民。

　　唔，伟大的人民！永远的母亲！

　　大爱无疆，慈悲无垠。

　　汤汤乎，江河浩荡；巍巍乎，高山仰止。

# 尾 声

RU NIANG

2016 年 6 月 29 日，位于乳山市崖子镇田家村的胶东育儿所旧址和纪念馆修缮后对外正式开放，曾经在育儿所生活过的十八名乳儿从全国各地相约而来，再次踏上这片滚烫的热土，重温当年的温暖记忆。

在纪念馆内，听着熟悉的儿歌，七十一岁的宋玉芳动情地说："敌机来轰炸时，乳娘就会像母鸡扑倒小鸡一样保护每个孩子；为了让我们睡着，她们会一遍遍哼唱自编的儿歌……"说着，宋玉芳笑了，泪水却在脸上簌簌流淌，"可以说，生我的是父母，养我的是乳娘。"事实上，早在两年前，宋玉芳、宋玉芝姐妹就携手远在安徽的段桂芳一同回乳山寻亲。当时，姜淑珍老人已经瘫痪在床，语言表达也出现障碍。但是，当宋玉芳三人站在病床前，询问老人是否还记得她们时，老人干枯的眼窝里渐渐渗出浑浊的泪水，口齿含混地反复念叨："知道，知道呀……"在探望育儿所的王占梅阿姨时，已经八十五岁高龄的老人特意让家人为三位乳儿准备了一顿丰盛的午餐。分别时，王占梅突然紧紧搂着段桂芳放声大哭。因为，自己去日无多，有生之年，不知母女是否还能相聚？哭过了，又执意把宋玉芳三人送到楼下，车子驶出好远，老人还伫立原地，久久凝望。七十三岁的徐永斌对采访的记者说："这是我今年第二次回乳山，第一次回来是在清明节。"那天，他早早来到乳娘的坟前，长跪不起，失声痛哭："爸、妈，儿子不孝，我来晚了，到今天才回来看你们。"

2019 年清明节，六位乳儿相约回到乳山，祭奠娘亲。

尾

声

扫墓之后，他们在育儿所旧址附近亲手种下"敬母林"。
只见六位白发苍苍的老人一锹一镐挖出树坑，植入树苗，然后，
小心翼翼地埋土、浇水。沐浴着和暖的春风，小树苗惬意地舒展
腰肢，那翠生生的挺立分明是乳儿点燃的一炷心香；而日后的婆
娑绿荫无疑是乳儿书写于天地之间的祭母诗文。

2015年中秋节，七位乳儿回到魂牵梦绕的乳山，为了表达对乳娘的思念，
在大乳山的坡地上每人栽下一棵松树，也栽下了母爱长青的美好祈愿

扫码听书

毫无疑问，2016 年 6 月 29 日，是一个值得永远铭记的日子。

在现场观众的注视下，一座座历经沧桑的院落庄严地捧出珍藏已久的历史卷宗。是的，在民族复兴的浩浩卷帙中，它如同一个深刻的当代寓言，声情并茂地讲述着一个民族曾经的心路历程。

在此之前，因为档案散佚、保密需要，以及绝大多数乳娘一生守口如瓶，导致这个英雄群体的事迹长期湮没乡间、鲜为人知。在时间的层层淤积下，当年的乳娘变成被深深掩埋的红珊瑚，直到有一天，悉心的发掘剥开岁月厚土，璀璨的精神之光又一次辉映了时代的天幕。

采访中，乳山市党史办的同志告诉我，早在 20 世纪 80 年代，县委党史资料征集委员会与县妇联就开始了胶东育儿所的资料搜集和整理工作。2016 年年初，为庆祝中国共产党成立 95 周年，乳山市委决定进一步深入发掘乳娘事迹，在此基础上，兴建胶东育儿所陈列馆。为了在最短的时间取得最

尾
声

大成果，乳山市党史办通过新华社、大众日报、威海电视台等媒体面向全国发布《胶东育儿所相关史料征集公告》，并先后派出6批工作人员赴中央党史研究室、中央档案馆、省级党史、档案馆及周边市县搜集相关史料。与此同时，12个专题采访组相继奔赴全国各地，累计采访60多位老将军、老干部和育儿所亲历者，收集文物1650多件，查证150多位乳娘的感人事迹，采访拍照200余张。在此基础上，胶东育儿所成功申报"山东省党史教育基地"。鉴于育儿所当年在乳山境内多处迁转，经过筛选，最终，在旧貌遗迹保存相对完好的田家村择定馆址。

田家村我是必须要去的。

造访那天，夏意初浓。

行走于昔日的村舍间，我刻意寻觅岁月的留痕，用心聆听历史的回声。仔细打量，那一条条狭长的胡同犹如一条条通达历史幽微角落的毛细血管，正是当初的血脉供养，苗壮了红娃子的身心，丰润了新中国的肌肤。

谈起纪念馆的兴建过程，村支部委员沙钦基十分感慨，他说："2016年4月29日，市领导在马石山十勇士纪念馆召开了胶东育儿所筹建专题研讨会。尽管时间紧、任务重，但是，董镇长还是当场拍了胸脯。你也知道，房屋征收和置换在任何地方都是一件很麻烦的事情，所以，我们的工作同样具有很大的难度。"

正是在这样的背景下，发生了许多动人的故事——村支部委员王永国不计个人得失，在尚未讨论任何补偿的情况下，第一时间就把自己投资近10万元，占地面积300平方米的苹果收购大棚拆掉了；因为没有其他住所，76岁的村民沙典仁和老伴搬进村头苹果收购大棚，盛夏时节，大棚如同一只大烤箱，每天中午室内气温高达50摄氏度……

怀着由衷的敬意，我登门拜访了已届八十高龄的沙老爷子。一进屋，见他俯身炕沿，双手倒腾着在搪瓷脸盆里和面。老伴则倚着墙壁，软塌塌地坐在旁边。由于造访突然，老爷子显得颇为尴尬，慌慌地甩着两手，不好意思地解释说，老婆子浑身毛病，腰椎间盘突出，股骨头坏死十几年，现在自己穿鞋都困难。家里的大活小活啥也干不了，没办法，自己做饭已经四五年了。问及当年住大棚的感受，老伴诉苦说："到了中午的时候，能热死人，摸摸墙板，都烫手。苍蝇蚊子也厉害，从早到晚，劈头盖脸，嗡嗡的。"老沙补充道："大棚紧靠道边，到了夜里，超载的大货车都偷着上路了。车一过，震得地皮直晃悠，上半夜根本别想睡觉。等到好歹迷糊着了，天也快亮了。"我关切地问："你们在大棚里住了多长时间？"

尾声

273

老沙不假思索地回答说："差五天四个月。"老伴轻轻叹了口气："咳，那些日子，真是遭老罪了。"我忽然有些感动，诗人杜甫吟哦的名句倏忽跃入脑海：白发千茎雪，丹心一寸灰。我在心中默默赞叹，多么可亲可敬的两位老人！

在党员干部和广大村民的共同努力下，短短一个月的时间就圆满完成了胶东育儿所纪念馆、胶东育儿所旧址两大板块的修缮和建设任务。总计 10 处展室，建筑面积 7520 平方米，展陈面积 1030 平方米，建设速度令人称道。

作者在沙典仁家采访

育儿所的旧址坐落于村中小广场北侧，以临街的纪念馆为主轴，办公室、生活室和育儿室院落衔接，次第延展，与参差的民居融为一体。很显然，这是一座由平凡女性协力构筑的伟大堡垒，一座用人间大爱为新中国倾情奠基的特殊建筑——温情脉脉的一砖一瓦托举起庄严的红色圣殿，滞留其间的音容笑貌则凝固成历史永恒的表情。

走进纪念馆，一组历史的肖像赫然入目，每一位乳娘都浓墨重彩，熠熠生辉。倘若时光倒流80年，她们还是一个个活泼的生命、一个个如花似玉的女人。不知为什么，我似乎觉得，展板上的面孔那样陌生，又那样熟悉。是的，她们就是中央苏区那些执手泪别，十送红军的农家妇女；就是东北抗日联军的赵一曼和投江殉国的八位巾帼英雄；就是用乳汁救治伤员的红嫂、用肩膀扛起浮桥的沂蒙六姐妹；就是新中国第一位女火车司机田桂英、全世界第一个登上珠穆朗玛峰的藏族女运动员潘多，就是第一个荣膺诺贝尔医学奖的女科学家屠呦呦，更是为振兴中华而拼搏不息的女排姑娘们……当她们的绝代芳华在历史的景深中永远定格，中国妇女美丽而又伟大的形象便在人性的底片上清晰显影了。唔，那泱泱大气的情感奔流多像波澜壮阔的母亲河呀，上下五千年，纵横九万里，于是，人们听到了"花儿"的缠绵、"信天游"

的高亢、"安塞腰鼓"的雄浑、"华阴老腔"的苍凉，更有沁着泥土芬芳的"沂蒙山小调"，淳朴、真挚，韵味悠长……伴随着百转千回的蜿蜒流淌，母亲之河丰盈了高山，壮阔了大海，最终，昔日的画幅被装订成册，一部现代意义上的"巾帼群英谱"面世了。毫无疑问，这是一部厚重的人文经典，装帧并不华美，内容却注定经久。字里行间，诠释了一个时代的精神遗产，蕴藏了一个民族弥足珍贵的心灵财富。

我神情肃穆地凝视着一张张照片，希望让她们知道，此时此刻，有位感念恩德的党员作家用注目礼向她们表达深深的敬意。

这是一次耐人寻味地隔空对视。

我知道，她们专注的目光里蕴含着多么深刻的历史含义。实际上，七十多年前，她们和共产党人目光交汇的一瞬间，彼此已经形成了精神上的契约关系。她们的想法很朴素，跟定共产党，将来有望过上好日子。这，就是老百姓与共产党心意相通的契合点——乳娘们的期盼，正是共产党人的初衷。从此以后，她们用坚韧诠释忠诚，以恒心坚守初心。因其执拗的守望，后人才有了温暖的记忆，时代才有了情感的连接，逐梦的人们才有了持久的力量。

先贤尝有言：以史为镜，可以知兴替；以人为镜，可以明得失。

　　历史永远是一位隐喻的高手，它总是在某个重要的时间节点选取一个恰当的角度进行暗示。从这个意义讲，今天对昨天的真诚叩访，无疑渗透着生命体悟的深刻互动。面对乳娘清澈的目光，每位党员干部都会从这面特殊的镜子里看到自己的道德写真与灵魂投影。的确，从乳娘的默默凝视中，我看到了这样的潜台词：同志，你是否记得曾经的感动？你当年的情意如今是否温暖如初？我无言以对，因为，这世上最不能直视的就是太阳和人心。正由于此，回眸昨日为我们审视初心提供了契机。实际上，初心并不抽象，它从来都是有血有肉的。所以，我们在讴歌和呼唤乳娘精神的同时，也应该扪心自问：自己是否还是从前那个天真无邪的乳儿？我想，当今天的目光重新照亮了历史，当回望初心的自省最终促成党员干部的普遍自醒时，令人欣喜的变化就会悄然发生。这，就是乳娘精神对于当代中国的重要意义。

　　走出展厅，我在院子里伫立良久。

　　我闻到了一股特殊的香气，那是醇醇乳汁经过熊熊烈火蒸馏之后生成的佳酿吗？我无法确证，不过，可以肯定的是，在时间的窖藏中，日子越久，它的香气就越浓郁。此时，殷红的夕阳已经滑落到西边的山顶，举目望去，浸在血色沉香

尾声

277

中的村舍如同一座古老的祭坛，上面，陈列过多少高贵的魂灵！忽然，旁边的展厅里广播传来声音，一个男人用低沉的歌喉深情唱道："什么花开放向太阳？什么人拥护共产党？葵花开放向太阳，老百姓拥护共产党……"

歌声在院子里稍事盘桓，然后，越过墙头，信鸽一般扶摇直上，抖擞翅羽向着天边的五彩祥云飞去了。

# 后 记

　　2018 年初秋的一天，我枯坐书房，反复斟酌《大风歌——中国民营经济 40 年》里的一段文字。忽然，手机响了，山东人民出版社胡长青社长打来电话，问我可否暂做调整，转而着手《乳娘》的创作，并刻意强调，倘能在新中国成立 70 周年的时间节点之前完成是最理想的。当时，我正在焦虑的泥淖中拼力挣扎，苦于分身乏术，只得无奈推托：等写完《大风歌》再说吧。

　　白驹过隙。

　　眨眼的工夫，一年过去了。

　　2019 年岁末，一天晚上，《中国报告文学》杂志社执行主编魏建军打来电话，告之安徽人民出版社同乳山市有关部门达成合作协议，并求助北京，希望推荐一名优秀的报告文学作家，于是，他想到了我。必须承认，建军兄的抬爱令我精神一振，登时，思绪就被那根看不见的文学彩线牢牢拴住了。

　　元旦一过，我束装就道。很快，便意识到，前期采访远

后

记

比预想的还要棘手。原因很简单：绝大多数乳娘已经故去，把曾经的一切默默地隐匿于时间深处。许多人没留下照片，甚至没留下姓名，除了不朽的灵魂线条可以用心触摸，其他的，我几乎一无所知。这是一种怎样的悲哀与无奈——脚下纵有千条路，却没有一条通向乳娘那里，真情犹在，阴阳隔世。问题明摆着，采访是一道绕不过去的坎儿，无论如何，我都要努力一层层地剥开岁月的厚土，一点点地挖掘情感的甲骨，唯其如此，才有望最终复原那张感天动地的母爱拼图。在费尽周折的采访中，我的耳边始终有一个清晰而又神秘的声音环绕，我知道，这是乳娘们心灵的倾诉。那娓娓深情穿透了我的灵魂，唤起了叩访者对无疆大爱的深深敬重。

同年9月，时代出版传媒股份有限公司副总经理韩进和安徽人民出版社副社长孙立亲赴威海与作者面洽交流。坦率地讲，安徽方面的重视与期待给我增加了新的压力，同时，也让我倍受鼓舞。

2021年1月23日晚，我在键盘上敲定最后一处修正，随之，深深地舒了一口气。窗外，月白风清，黑漆漆的夜色中悄悄渗出一点白色，就像春寒料峭中的梨树绽开冷暖自知的花蕊。掩卷沉思，感慨系之。孔子曰：士志于道。从这个意义讲，作家的使命感可视为圣贤之言的同义语。让我感到欣慰的是，在庆祝改革开放40周年和中国共产党成立100周年这样特殊的历史节点上，身为作家，自己的思考与书写均未缺席。我发现，此前创作的《大风歌》和适才成篇的《乳娘》虽然题材迥异，主题却异曲同工。如果说，前者生动诠释了毛泽东同志的论断：人民，只有人民，才是创造世界历史的动力。那么，后者则深刻印证了邓小平同志的观点：人民，是一切的母亲。

同样，从史学的角度看，文稿一旦变成铅字，其自身便成为历史卷宗的一部分。至于它具有怎样的生命力，则有待时间做出最终的甄别与裁定。我信服时间的权威，一如信服日月经天的时空逻辑。

作为威海市委宣传部文艺创作重点扶持作品，《乳娘》的创作得到刘昌毅副部长、刘爱春科长的悉心关注；采访过程中，乳山市委宣传部部长刘建忠、宋斌主任和市党史办、市妇联领导以及崖子镇党委书记董辉、老干办主任钟晓、宣传委员王伟华等诸多同志均给予热情帮助；《中国作家》纪实版以头题刊发并积极评价；中国作家协会副主席何建明、张炜等7位权威专家属意奖掖、具名推荐；在编辑出版过程中，张立国教授、高玉山老师认真勘误，责编汪峰、黄牧远、王琦亦付出许多心血。书稿付梓之际，难能一一酬答，借此机会，对泽被拙作的所有贵人表示由衷的谢意。

后

记

281

# ——乳娘影像（部分）——

崔凤英

宫桂兰

李书敏

刘素仙

宋桂英

宋文凤

孙书英

孙喜英

滕吉花

滕淑娥

田丛芝

王玉芝

肖翠玉

肖淑凤

杨淑英

尹秀卿

于秀英　　　　　张翠云　　　　　张海明　　　　　孙爱华

姜淑珍　　　张秀芬　　　郑翠凤　　　陈月明　　　张吉美

林均秀　　　　　田崇兰　　　　　高读兰　　　　　宫镜泉

王占梅　　　　　张华英　　　　　郑玉珍　　　　　孙凤芝

　　还有更多的乳娘没有留下影像，甚至没有留下姓名，她们像划过夜空的流星，隐没于历史的深处……

**胶东育儿所纪念馆** 一一是凝固了国家记忆的特殊建筑，恩逾慈母的乳娘和倾心助力的父老乡亲是它坚固的情感基石。